KB117313

모모가 세 번째로 만난 건 부산의 조그만 섬에 정착한 서울러 '심바'다. 관계 속에서 비로소 나로 존재할 수 있었다는 심바의 말에 난 저절로 고개를 끄덕였다. '아는 사람'에게서 해방되고 싶은 마음 때문에 어디서든 살아보는 로컬생활자가 되었지만, 아이러니하게도 타지에서 애타게 기다리게 되는 건 나의 이름을 불러주는 사람이었기 때문이다.

관계와 커뮤니티에 대해 이야기 나누며 모모 작가는 말한다. 결국 중요한 건 '내 마음'이라고. 내가 나라는 깃발을 꽂을 마음을 내는 것, 거기서부터 내 영역이 그려지고, 그려진 딱 그만큼이 '내 마을'이 된다고. 나의 로컬생활을 관통하는 문장이었기에 밑줄을 쫙쫙 쳤다.

타지생활에 있어 마음 붙일 곳이 있는 것과 없는 것의 차이는 크기에, '다정한 관계'를 큰 가치로 여기는 심바가 있는 곳이라면 어디든 가서 살아보고 싶다는 생각이 든다. 아직은 영도에 갈 경황이 없으니, 심바의 인터뷰를 통해 그녀의 동네 주민이 되는 상상을 해봐야겠다.

- 소피, 집이 없는 게 취미인 로컬생활자(@local.sop)

'나를 찾는 여행'에 대한 모모 작가의 글은 벌써 한참 유행 지난 영화 대사를 떠올리게 한다. "뭣이 중헌디?" 나는 오늘도 이 답을 생각하며 살아가고 있다. 돈? 사랑? 명예?

모모 작가는 무엇이 정답이라고 말하기보다 더 많은 보기를 우리에게 들려준다. 사회가 은근히 강요하는 '좋은 것' '해야 하는 것'에서 벗어나 '내가 하고 싶은 것'을 이야기할 용기를 준다.

그러니 그녀 말대로, 지금부터라도 눈치 보지 말고 춤을 춰보자! 지금껏 나란 존재를 드러내기 위해, 인정받기 위해 고군분투한 사람들이여, 우린 이미 충분히 세상 속에서 쓸 만한 인간이니.

— 홍요, 영상감독(@yeol_8969)

필요 이상의 많은 돈을 벌기 위해 나를 착취하고 싶지 않고, 누군가를 이용해 돈을 벌고 싶지도 않은데… 이런 내가 잘못된 걸까? 자본주의 사회에서 이런 생각을 하는 스스로가 종종 낙오자처럼 느껴지곤 했다. 그런 내게 모모와 미스페니가 나눈 '돈'에 관한 대화는 새롭게 시야를 넓히고 숨을 불어넣었다. 무작정 '이쪽'을 가리키는 게 아닌 작가의 솔직한 고민과 의심을 따라갈 수 있어 더 좋았다. 이 책의 대화들을 통해 '나'와 '우리'가 정말 '잘' 사는 길에 한 발짝 가까워진 듯한 기분이 든다.

— 이가인, 스토너스튜디오 대표(@stonerstudio.kr)

가히 N잡 열풍이다. 여러 가지 일을 동시에 하며 월 천만 원은 벌어야 한다고 하는데, 그 방법은 놀랍도록 획일적이다. 명문대, 대기업, 월 천만 원…. 이름만 달라졌지 세상은 여전히 우리를 한 방향으로만 달리게 몰아친다. 나만 뒤처지는 기분에 뭐라도 해야 할 것만 같다. 그러면서 우리는 정말로 소중한 삶의 의미나 대한민국 헌법 제10조에도 명시된 행복을 추구할 권리가 있다는 것을 까먹고 산다.

모모의 책을 읽었다. 명상 서적도 아닌데 신기하게도 어느새 초조함이 누그러지고 '내가 좋아하는 건 뭐지?'라는 질문과 함께 에너지가 차오른다.

인터뷰 하나하나가 던지는 주제가 다르다. 사는 곳이 중요한 이유가 결국 '보는 것'이 달라지기 때문이라고 하니, 당장 물리적인 장소를 바꿀 수 없다면 이 책이야말로 다름을 경험할 수 있는 '가성비 갑'의 선택이 아닐까?

대기업, 월 천만 원만 존재하는 세상이 아닌, 다채롭게 반짝이는 사람들로 가득한 리얼월드로 초대한다.

— 만끽, 동네잡지 '안녕망원' 편집장(@himangwon.dawon)

나의 쓰임에 한계를 보일 때 내 주변을 살핀다. 모모는 본인의 삶에 주인 의식이 투철한 친구다. 내 부족함을 모모에게서 깨닫곤 한다. 삶의 본질을 찾고자, 세계를 두 발로 내딛는 데 망설임이 없다. 이 책은 그동안 그녀가 지켜온 신념과 가치관이 담겼다. 읽는 내내 당신의 삶이 풍성해질 것이다.

- 신동호, 구름아양조장 양조사(@joe_shin_)

그냥 그렇게 살아가는 인생도 나의 것. 치열하게 고민하면서 삶을 만들어가는 인생도 나의 것. 이 책은 한 번뿐인 인생을 좀더 나다운 나의 것으로 살아가고 싶어지게 만든다.

6년 전 아들 고등학교 입학식 때 "네 삶의 주인은 너"라고 말해준 적이 있다. 현재 자신의 삶에 노력 중이지만 지친 아들에게 모모 작가의 삶의 키워드를 찾는 여정을 소개해주고 싶다. 나와 아들에게 인생의 키워드를 생각하게 해주는 소중한 마중물이 될 이 책의 출간이 유난히 반갑다.

- 욕심이, 대학도서관 사서&금산간디학교 졸업생 학부모

이번 여행지는 사람입니다

인생 키워드 쫌 아는 10인의 청년들

Human Glossary of Different Lives
Written by Sodam Kim.
Published by BOOK OF LEGEND Publishing Co., 2023.

이번 여행지는 사람입니다

· 인생 키워드 쫌 아는 10인의 청년들 ·

경로를 이탈해서
더 괜찮은 인생!

김소담 지음

책이라는신화
BOOK OF LEGEND

『이번 여행지는 사람입니다』에 폭 빠져들어 읽었다. 유명세가 아니라 자기다운 삶을 사는지를 기준으로 인터뷰이를 선정한 이 책에서, 공동체를 건강하게 이끌고, 가치관에 맞는 일을 직업으로 탐색하는 일을 비롯해 책 속 목소리를 따라가며 열 갈래 가능성의 실현을 만났다. "길은 반드시 생긴다"는 저자의 말이 든든하다. 이 책은 내게도 용기가 되었다.

－이다혜, 씨네21 기자 · 『출근길의 주문』 저자

여기 삶으로 지도를 만드는 이들이 있다. 웃으며 경로를 이탈하는 이들이 있다. 그들은 내가 막다른 길이라고 생각했던 곳 너머에서 소리친다. "여기 꽤 괜찮아요!" 그저 새로운 친구가 사귀고 싶어서, 좋은 동네를 만나고 싶어서, 그냥 해보고 싶어서 다른 길로 걸어봐도 괜찮다고 말한다.

나는 그 얼굴들을 이정표 삼아 가보지 않았던 세계로 한 발짝 딛어본다. 새로운 풍경을 본다. 1인분이 아닌 10인분을 만들고, 내 방이 아닌 내 동네를 만들고, 내가 아닌 사회에 균열을 만드는 것. 삶이 여행이고, 함께 딛는 걸음이 길이 된다면 이보다 유효한 여행 지침서가 있을까. 살아남느라 바빠 재미있게 사는 법을 잊어버린 모든 청년들에게 이 책을 권한다.

가장 먼저 2인분 이상의 라면의 물 맞추는 법을 익히자. 다 함께 젓가락을 부딪치며 먹을 기막힌 라면을 끓일 수 있다면, 어쩌면 미래는 조금 더 시끄럽고, 무진장 재밌어질 테니까.

－양다솔, 에세이스트 · 『가난해지지 않는 마음』 저자

키워드를 품은 사람들

시곗바늘을 딱 10년 전으로 돌리면, 세미정장 차림으로 서울 강남대로의 한 외국계 회사에서 열심히 노트북을 두드리고 있는 내가 보인다.

꽤 유명한 회사였다. 회사 이름까진 몰라도 제품 이름은 안 들어본 사람이 없을 만큼. 다들 '좋은' 회사라고 말하기도 했다. 특히 여자가 다니기 좋은 회사라고. S전자 다니다가 출산과 육아를 위해 이직했다는 경력직 대리의 존재가 그 자체로 확실한 증거였다. 장기근속 여성 직원도 많았다.

운이 좋다고 여겼다. 그 언니들의 미래와 내 미래가 별로 다를 거라 생각하지 않았기에. 그때까지 난 사회에서 요구하는 인생의 단계를 충실히 밟아나가는 사람이었다. 평범하게 대학 졸

업하고 적당한 때 좋은 기업에 입사했으니 이제 나에겐 좋은
사람 만나 결혼해 아이 낳고 행복하게 살 일만 남아 있었다.

경로를 이탈하다

우연히 언니들의 대화에 낀 건 마케팅 부서에 자주 찾아오지
않는 어느 한가한 오후였다. 한 과장님이 운을 뗐다. 그날 아침,
가지 말라며 울고불고 품에 파고드는 네 살배기 아이를 억지로
떼어놓으며 출근하느라 가슴이 미어졌다고…. 요즘 들어 부쩍
더 그런데, 매일 아주 곤혹스럽고 마음이 아프다고 했다. 그 말
을 들은 여자 상무님이 자기 때도 다 그렇게 출근했다며 옛날
이야기로 이어받자 다들 한숨 쉬는 얼굴이 되었다.

화제는 가사도우미로 넘어갔다. 집안일 도와주시는 조선족
아주머니를 다른 아주머니로 바꿀까 싶다는 누군가의 말에 다
들 귀를 쫑긋 세웠다. 특별히 안 맞는 건 아니지만 아이가 조선
족 특유의 사투리를 배울까 걱정된다는 게 이유였다. 차라리 어
렸을 때 영어 한 단어라도 더 익히게 필리핀 아주머니로 바꿨다
며 어떤 대리님이 맞장구치자 다들 오오, 하고 무릎을 탁 쳤다.

그때였다. 뭔가 이상하다는 생각이 든 게. 세상 무엇보다 사
랑하는 아이와 함께하지 못하고 누구의 손에 맡길지 고민하는
언니들의 모습…. 워킹맘들의 흔한 고민에서 그칠 게 아니었다.

난 이것이 '시간'에 대한 이야기임을 직감적으로 알아차렸다..

다른 직원들은 육아 정보를 얻고 자리로 돌아갔지만, 나는 그날의 대화에서 큰 질문을 하나 안고 자리로 돌아왔다. 앞으로 살면서 주어지는 시간을 어떻게 보낼 것인가…. 그 질문이 마음에 깃든 순간 내가 여태껏 지향했던 미래가, 가장 좋다고 여겼던 그 길이 뭔가 어색해 보이기 시작했다. 그건 과연 '확고부동하게' 좋은 길인가? 한국 사회의 대도약기였던 1988년, 우렁찬 울음소리와 함께 세상의 빛을 본 황룡띠가 처음으로 경로에서 이탈하는 순간이었다.

드넓은 세상을 탐색하며 찾은 것

'어떻게 살고 싶니?'

그날 이후, 짧지만 묵직한 질문을 나 자신에게 던지기 시작했다. 이 질문은 살면서 끊임없이 다양한 형태로 변주됐다. 대학을 졸업하고 취업만이 지상 과제일 때는 '어떤 직업을 갖고 어떤 일을 하면서 살 것인가'라는 의미였다. 하지만 언니들과의 대화 이후로 그 질문은 '시간'이라는 키워드로 다가왔다. 주어지는 시간을 어떻게 맞이할 것인가. 당장 눈앞의 한 시간, 나아가 오전 한나절, 더 나아가 오늘 하루. 죽기 전까지 그렇게 켜켜이 쌓일 시간을….

그 후 나의 십 년은 키워드를 찾는 여행이었다. 가벼우려면 가볍고, 무거우려면 한없이 무거울 수 있는 저 질문에 대한 단서를 찾아 세상을 누벼보자고 생각했다. 덕분에 인생 경로는 이쪽에서 저쪽으로 널을 뛰었다. 외국계 기업을 퇴사하고 간 곳은 휴머니즘을 잃지 않는 자본주의를 꿈꾸는 사회적 경제 영역이었다. 공기업과 사기업으로 양분해 좁은 시야로만 세상을 보던 내게, 사회적 경제와의 만남은 신세계였다. 그간 나는 공무원으로, 인문 교양 편집자로 일한 적이 있다. 물론 모니터 앞의 사무직만 고집하지 않았다. 몸으로 정직하게 노동하며 살 순 없을까 기웃거리다가 전기와 가스를 쓰지 않고 요리하는 적정기술 레스토랑에서 장작을 패고 가게를 운영하기도 했고, 베이커리 카페와 게스트하우스도 운영해봤다. 아파트 키즈가 공동체 마을로 이사 와 살면서 처음으로 '우리 마을' '우리 동네' '이웃'을 생각하기 시작했다.

탐색은 해외로도 이어졌다. 이 길밖에 없나? 좀 다르게 살 순 없을까? 뭔가 새로운 가능성이 있지 않을까? 어떻게 하면 마음과 몸이 건강하고 행복한 삶을 살 수 있을까? 내게 의미 있는 일을 하면서 먹고사는 방법은? 다른 나라 사람들은 무엇에 의미를 두고 살아갈까? 일상에서 자연스럽게 단서를 찾고 싶어 헬프엑스HelpX라는 교환여행 방식으로 유럽과 남미를 여행했다. 독일에서 가장 아름답다고 찬미받는 시골 마을과 스페인 최북단의 깊은 산중, 3,000미터가 넘는 페루 산속의 원주민 샤먼의 집, 아마존 정글 프랑스 공동체 등에서 몇 주, 몇 달씩 살았다. 키워드를 폭발적으로 확장한 경험이었다. 바닷가를 천천히 거닐며 반짝이는 모래 사이에 반쯤 파묻힌 조개껍질을 찾듯, 나는 지구라는 드넓은 백사장의 곳곳에서 저마다의 색깔로 반짝이는 사람, 동물과 식물, 흙과 돌, 미생물을 만났고, 그들에게서 새로운 키워드를 길어냈다.

키워드가 더해질수록 어떻게 살고 싶냐는 질문의 의미는 더 넓어졌다. 그 질문은 인생을 대하는 태도를 묻는 것이었고, 무엇에 우선으로 가치를 둘 것이냐는 물음이기도 했으며, 또 어떨 땐 더 나은 세상을 만들기 위해 지금 당장 필사적으로 주목해야 할 사회문제를 의미하기도 했다. 살 만한 세상을 만드는 것은 그 속에 존재하는 내 삶을 더 낫게 만드는 것과 동의어라는 아주 기본적인 사실을 깨달았기 때문이다.

놓치고 싶지 않은 단어들

나는 인생의 롤모델이 없을뿐더러, 누가 누군가의 롤모델이 될 수도 없다고 생각하는 사람이다. 인생은 각자의 고유한 것인데, 누가 누구의 모델이 될 수 있단 말인가. 다만 살고 싶은 삶의 이정표는 있을 수 있다고 생각한다. 있어야 한다고도 생각한다. 정신없이 흘러가는 세상에서 흔들리지 않고 중심을 잡기 위해서.

내게 이정표는 '단어'다. 살면서 놓치고 싶지 않은 나만의 키워드다. 20대엔 무엇무엇을 해야 한다고, 20대란 이러이러한 시기라고 다들 다양하게 이십 대를 말하는데, 나의 지난 종횡무진 십 년은 이 키워드들을 찾는 시간이었다.

내가 찾은 키워드를 더욱 생생하게 다듬기 위해, 아홉 명에게 대화를 청했다. 이 책의 제목이 '이번 여행지는 사람입니다'인 이유다. 내 삶에 꼭 동반하고 싶은 키워드를 품고 살아가는 이들은 굉장한 어른이 아닌 나와 같은 2030 청년 세대다. 삶의 주인이 될 수 있는 노동을 고민하다 전업주부를 선언한 네 아이의 아빠 '몽키', 무엇보다 남성이 자유로워지기 위해 페미니즘을 외치는 성평등 교육활동가 '견과', 절반은 농사짓고 절반은 하고 싶은 일을 하려고 제주 소농들의 공동체를 꾸린 '비나와 솔', 오랜 서울 생활을 청산하고 부산 영도라는 작은 섬으로 내려가 자기 집을 청년들에게 내어주는 '심바', 쓰나미처럼 몰려오는 불안 앞에 버티고 서서 지속가능한 열정을 고민하는 청년 대장장이 '숫돌' 등….

이들은 바로 우리 곁에 존재한다. 지금 이 순간 각자의 자리에서 대한민국 사회를 생생하게 살아내고 있는 이들 덕분에 아홉 개의 키워드는 박제되지 않고 역동적으로 살아 움직인다. 얼핏 평범해 보이는 모습으로 견고한 사회에 작은 균열을 내고 있는 이들 한 명 한 명을 초대해 이야길 듣고, 그 이야길 정성스레 닦아 독자 앞에 내놓는 건 마치 흙 속에서 진주를 캐는 작업 같았다.

한편으로 그건 위로의 과정이기도 했다. 뚜벅뚜벅 내 길을 걸어왔다고 생각했는데 돌이켜 보니 사실 불안한 적도 많았다. 이들과 이야기 나누며 나는 안정을 찾았고, 위로받았고, 안개 속처럼 희미하게 윤곽만 보이던 것들도 선명해졌다. 대화하며 조금씩 바뀌어 가는 나의 모습을 가감 없이 담았다. 성장의 기록을 내보이는 게 조금, 아니 사실 좀 많이 부끄럽지만 이 글이 어딘가에서 헤매고 있을 누군가에게 위로와 힌트가 되길 바라는 마음으로 기왕이면 즐겁게 뻔뻔해지기로 했다.

나란 사람을 믿고 개인적인 이야기를 깊게 나누어준 아홉 명의 별에게 진심으로 고맙다. 인터뷰에 응한 건 단순히 그 자신의 이야기를 들려준 것이 아니라, 여전히 더듬거리며 걷는 내 손을 잡아준 것이고, 나와 함께 어깨를 걸어준 것임을 다시 한번 말씀드리고 싶다.

인연에 인연, 도움에 도움이 더해져 이 책이 세상에 나올 수 있었다. 최초 기획이 가능하게 많은 도움 주신 김성신 평론가님과 책을 세상에 내놓기 위해 빛나는 아이디어와 깊은 애정으로 함께 고민하고 수고해주신 책이라는신화 서상미 대표님, 김지연 편집자님께 머리 숙여 깊은 감사를 드린다. 묵묵히 응원해준 가족, 내 파트너 그리고 우리 개들에게 고맙다. 응원해준 모든 친구와 지인 들에게도 감사 인사를 드린다. 고비고비마다 나타나 힘을 불어넣어준 그들 덕분에 지난한 과정을 무사히 통과할 수 있었다.

처음 기획할 때만 해도 내 안에서 고작 씨앗 정도에 불과했던 이 책의 의미는 이들 덕분에 단단히 뿌리를 내려 다음 여정의 이정표가 되었다. 내가 이 프로젝트를 통해 연결되고 위로받았듯이, 더 나은 삶의 방향을 고민하는 이들, 자기만의 길을 찾아가는 이들이 이 책으로 더 많이 연결되었으면 좋겠다. 우리가 서로 어깨를 겯었듯, 이 책이 또 다른 누군가의 어깨를 겯어줄 수 있기를 바라며 세상에 내놓는다.

2023년 8월 망원동에서
모모 김소담

차례

프롤로그 키워드를 품은 사람들 6

01
무엇을 위해 어디서 일할까

별명	몽키(@astro_ape_)
나이	만 37세
직업	전업주부
지역	서울
좌우명	수처작주 입처개진
	(隨處作主 立處皆眞, 내가 처한 곳에 주인이 되어라. 그러면
	내가 서 있는 곳이 바로 진리다.)
좋아하는 것	문현준이 가장 문현준답게 사는 방법을 찾아가고 있습니다.
	스케이트보드를 좋아합니다. 길에서 가장 문현준답게 만들
	어주는 이동수단이라서요.
싫어하는 것	이기적으로 행동하는 거 싫어요. 해조류도 싫어요! 식감이
	너무 안 좋아요.
앞으로의 계획	가급적 덜 소비하며 자녀를 돌볼 수 있는 방법을 모색하고
	있습니다.
키워드	노동

내 삶의 주인은 누구일까? 평범하게 회사 다니던 시절, 출퇴
근길에 가끔 하던 생각이다. 퀴퀴한 냄새를 맡으며 만원 지하
철에 몸을 싣고 이리저리 치이다가 회사에 도착해 여기저기 불
려 다니다 하루를 마감할 때, 나는 무엇을 위해 이러고 사나 싶
었다. 내 삶의 주인이 누구인지를 묻는 질문에 답을 하기 위해
MSG를 약간 보태자면, 학교 다닐 때까지는 엄마였던 것 같고
사회에 나와서는 사장님 같기도 했다. 핵심은 '같기도'다. 엄마
나 사장님이라고 딱 잘라 말하면 너무 슬퍼지니까.
　어쨌거나 2012년 5월 첫 회사 생활을 시작했으니 올해로 난
10년 차 사회인이다. 내 삶의 주인이 되고 싶었고, 그동안 직장
을 여덟 번 옮겼다. 길게 머무른 곳도, 짧게 경험한 곳도 있다.

다양한 경험을 하면서 생각도 많이 변했다. 예를 들면, 지금 내 직업은 하나가 아니다. 최소한 회사원이면서 작가다. 한 가지 일만 하지 않는단 뜻이다.

뭐, 요즘은 그리 신기한 일도 아니지. 100세 시대에 어떻게 한 가지 일만 하고 살겠는가! 주위를 둘러보면 생각보다 N잡러가 흔하다. 대부분은 자기가 해왔던 일과 관련된 일을 하면서 영역을 넓히는 방식인데, 때론 완전히 새로운 일에 도전하는 경우도 있다. 진정한 '용자'가 아닐 수 없다. 우린 다양한 이유로 일한다. 누군가는 먹고살려고, 또 누군가는 자아실현을 위해 일한다. 내 존재의 필요성을 일로써 세상과 스스로에게 증명하고, 주변과 관계 맺으며 살아간다.

그런데 잠깐, '일'이라는 단어에서 잠시 생각을 멈춰보자. 일이라고 하면 대부분 돈을 버는 행위를 떠올린다. 그게 일다운 일이라고 생각한다. 직장인, 프리랜서, 개인사업자… 형태는 다양하지만 어쨌든 돈을 벌어야 일이라고 여긴다.

하지만 지금 내 눈앞에 있는 남자에겐 그 생각이 통하지 않는다. 키는 작지만 다부진 이 남자의 별명은 '몽키'다. 텁수룩한 수염에 꼬불머리는 어깨까지 길러서 아무렇게나 질끈 묶고, 반다나로 앞머리를 싹 밀어 올렸다. 말할 때마다 짙은 눈썹이 꿈틀거린다. 범상치 않은 외모에 한 발로 스케이트보드를 슬슬 밀며 낮 시간에 동네를 어슬렁거리는 모습이 영락없는 개구쟁이 소년 같다. 말을 붙이면 구수한 대구 사투리가 쏟아진다.

세상 자유롭게 사는 백수 같지만, 몽키는 '일'하는 중이다. 서른일곱, 한창 왕성하게 일할 나이인 만큼 그도 하루 대부분을 일에 매달려 있다. 이른 아침 눈뜨면서부터 잠들기 직전까지 일하니, 야근도 밥 먹듯 한다고 볼 수 있다. 몽키는 당당하게 자신을 소개했다.

"저는 전업주부입니다!"

인생의 주인이 되기 위해, 전업주부

'가사(는) 노동'이라는 말이 생기기 전부터 우린 자연스럽게 집안일에 '일'이라는 단어를 붙여 썼다. 혼자 살아보면 금세 알수 있다. 집안일도 엄연한 일이라는 걸. 옷은 스스로 세탁기에 뛰어들어 깨끗해지지 않는다. 속옷과 겉옷을 일일이 구분해 넣어야 하고, 알람이 울리면 꺼내서 하나하나 겹치지 않게 널어야 하고, 가끔은 일부러 바람이 통하고 햇볕 잘 드는 곳까지 가져가서 널어야 꿉꿉한 냄새가 안 난다! 여기서 끝이 아니다. 가지런히 개켜서 서랍에 넣고, 구겨져 있으면 다리고…. 이 모든 단계에 손이 가지 않으면 깨끗하고 단정한 옷차림은 불가능하다. 그뿐인가. 며칠만 내버려 둬도 이불과 바닥에는 먼지가 뽀얗게 쌓이고, 욕실 바닥과 변기의 찌든 때는 마치 생명이 있기라도 한 듯 어쩜 그렇게 빨리 불어나는지.

그중에서도 가장 시간을 많이 잡아먹는 일을 꼽으라면 단연코 요리다. 다른 건 며칠 미룰 수 있지만 먹는 건 그럴 수도 없다. 무릇 자취인이 가장 빠르고 절실하게 빈자리를 느끼는 것은 바로 엄마의 밥상이다. 삼시 세끼 제때 입에 넣을 따뜻한 음식이 있기까지 얼마나 바지런히 움직여야 하는지 하루만 혼자 살아보면 뼈저리게 깨닫는다. 이런 상황에서 돌봐야 할 아이까지 있다면? 상황 종료. 이쯤 되면 누군가 그 일을 전담으로 맡아야 한다. 우리 모두가 알고 있듯, 인류 역사에서 대체로 그 역할은 여성에게 돌아갔다.

　몽키는 그 흐름을 거스르는 남자다. 전업주부를 선언한 몽키 곁에는 거의 언제나 여덟 살, 일곱 살 여자아이와 네 살 꼬마 남자아이가 또록또록 눈을 굴리고 있다(심지어 이 책이 세상에 나오기도 전에 네 명으로 늘었다!). 2023년 올해 벌써 전업주부 8년 차! 몽키가 집안일과 육아를 주로 담당하고, 부인이 직장을 다니며 가정 경제를 이끌어간단다. 이렇게 지내는 이유를 물었더니 묘한 답변이 돌아왔다.

　"제 인생의 주인으로 살고 싶어요!"

　몽키는 부인을 '바깥양반'이라고 부른다. 듣고선 혼자 쿡쿡 웃었다. 보통 부인이 남편을 그렇게 부르고, 남편은 부인을 집사람이라고 부르지 않나. "우리 집사람이…" "우리 바깥양반이…" 하는 게 흔한 어른들 대화다. 남자는 바깥에서 사회생활을 하고, 여자는 가사를 돌보는 문화. 표현은 고리타분해졌어도

아이가 태어나면서 전업주부라는 역할을
만났어요. 이거야말로 제가 가장 저답게
살 수 있는 길이더라고요.

문화는 2023년 대한민국 사회에 여전히 건재한데, 이 집은 완전히 거꾸로다. 몽키는 자신의 역할을 적극적으로 선택했다. 부부가 어떻게 이런 합의에 도달할 수 있었을까? 질문에 대한 반응은 의외로 덤덤했다.

> 결혼하고 첫째에 이어 다음 해에 곧바로 둘째가 생겼어요. 한 명은 장모님께 부탁드릴 수 있었지만 두 명까진 무리였죠. 아내와 저, 둘 중 한 명은 일을 그만둬야 했어요. 당시 저는 대학교에서 계약직 행정직원으로 일했고, 아내는 어린이·청소년 상담사 일을 10년째 해오던 중이었어요. 아내 쪽이 전문직인 데다 정규직이고 본인도 계속 일을 하고 싶어 하니, 제가 일을 그만두는 게 좋겠다 싶었어요. 양가 부모님 반응이 어땠냐고요? 의외로 저희 부모님은 별로 반대하지 않으셨고요. 장모님이 오히려 "남자가 사회에 나가서 일을 해야지"라며 걱정하시더라고요(웃음).

별것 아니라는 말투에 나조차 그래 그렇지, 끄덕이며 넘어갈 뻔했다. 그런데 다시 생각해보니, 쉬운 일이 아니다. 아무리 세상이 바뀌었다지만 애 키우겠다고 자발적으로 일 그만두는 남자가 몇 명이나 될까? 제 발로 '경력 단절'의 길을 걷겠다는 뜻인데, 자격지심을 느끼지 않을 수 있을까? 주변 시선 따위 신경 쓰지 않는 사람이라 해도 계속 반 호기심, 반 우려의 시선을 받으면 흔들리지 않을까. 부인은 또 어떨까? 밖에 나가서 돈 안 벌고 집에서 아이 돌보는 남편을 어떻게 생각할까?

몽키에게 꼬리에 꼬리를 무는 질문을 속사포처럼 퍼부었다. 예민한 부분을 건드리는 건 아닐까 조심스럽기도 했지만 새어 나오는 궁금증을 참을 도리가 없었다. 그런데 어라, 웃음과 함께 돌아오는 답변이 머리를 친다. 무림의 고수를 만나면 이런 느낌일까. 사방에서 화살처럼 퍼붓는 공격을 휘리릭 부드럽게 방향을 바꿔 빙글빙글 돌리다가 한 방에 상대를 제압한다.

음… 사람들이 물어보면 이것저것 설명하기 복잡해서 그냥 간단하게 대답해요. 아내가 능력 있어서 제가 일 그만두고 애 본다고요. 그런데 사실은요, 이건 제가 원했던 거예요. 직장에서 경력 쌓아 승진하는 것보다 지금 이 역할이 더 의미 있게 느껴지거든요. 인생의 주인으로 살 수 있는 방법이라고 생각했어요.

인생의 주인이라는 말이 좀 거창하게 들릴지 모르겠는데, 처음엔 단순한 욕구였어요. 내가 원하는 곳에서 살고 싶다는 거였죠. 어렸을 땐 대체로 뭘 모르니까 시키는 대로 살잖아요. 저도 그랬어요. 중학교 때 수학·과학 좀 잘한다는 이유로 선생님이 이과 가라고 해서 이과를 갔고, 취업 잘된다고 해서 기계공학도가 되었어요. 그런 제 모습을 부모님도 선생님도 보기 좋아하시니 기대에 부응하려고 더 열심히 했죠.

어느 날 대학 선배들과 이야기 나눌 자리가 생겨서 갔어요. 다들 이름 있는 대기업에 다니더라고요. 그런데 근무지가 서울이 아닌 거예요. 포항, 광양, 군산, 수원 같은 곳에서 일하더라고요. 전 지방 출신이라 그런지 항상 서울에서 살아보고 싶었거든요. '어? 내 인생인데, 이 길을 계속 가다 보면 내가 원하는 곳에서 살 수 없겠네?' 처음으로 내 안에 질문이 생겨난 거예요. 그 의문을 마음에 품고, 군대에 갔죠.

그때를 떠올리는 몽키의 눈빛이 반짝반짝한다. 어찌 보면 순진하다고 생각할 수도 있다. 요즘 같은 취업난에 원하는 곳에 산다는 건 언감생심. 일을 따라 이리저리 삶의 터전을 옮기며 사는 사람이 많다. 직장 때문에 서울로 올라와 전·월세를 사는 지방 청년도 많다. 반대로 지방에 내려가 살아보고 싶지만 일 때문에 엄두를 못 내는 사람도 있다. 그뿐인가, 출퇴근 시간을 조금이라도 줄이기 위해 회사 근처에 자취방을 알아보는 직장인들, 회사가 발령 내는 대로 이리저리 흘러가며 인생이 바뀌는 사람들… 다들 그러려니 하고, 그렇게 산다.

하지만 문득 20대 중반의 몽키가 품었던 의문이 마치 '예민한 더듬이' 같다는 생각이 들었다. 무엇을 입고, 무엇을 먹고, 어디에 사는가…. 인간 생활의 근간을 이루는 이 세 요소 중 하나에 몽키는 본능적으로 의문을 품었다. 무엇을 입고, 무엇을 먹는다고 해서 삶의 모습이 뿌리부터 바뀌지는 않는다. 하지만 어디에 사느냐는 다르다. 어디에 사느냐에 따라 매일 보는 일상의 풍경이 바뀌고, 풍경이 바뀌면 생각이 바뀐다. 생각이 바뀌면 순간의 선택이 바뀌고, 행동이 바뀐다. 삶이 변하는 것이다. 그런 면에서 의식주 가운데 '주'는 나도 모르는 사이 내 삶의 모습을 가장 크게 바꿔놓는 요소라 할 수 있다. 인생의 주인으로 살고 싶었던 몽키에게 어디에 사는지가 중요했던 이유다.

전업주부 VS 비서관

군대에서 수행비서 역할이 재미있어 보여서 제대 후 행정학과로 전과했어요. 이론 위주 강의보다 사례연구, 행정법 수업을 열심히 들었더니 국정감사, 행정감사 등을 경험해볼 기회가 주어졌어요. 좋은 기회라고 생각했죠.

그런데 원했던 자리를 기웃거려 보고, 한 국회의원 비서실의 6급 비서관과 꽤 깊은 이야기를 나눠보니 제가 원하던 삶은 아니라는 걸 알겠더라고요. 그 또한 결국엔 남을 돋보이게 하는 역할이고, 만약 내가 모시는 분의 생각이나 가치관이 나와 맞지 않다면 내 생각을 바꿔야 한단 걸요. 말하다 보니 또 생각나는 게 있네요. 당시 그 형이 지금의 제 나이대였는데, 매일 저랑 같이 야근하고 새벽에 집에 들어갔어요. 형한테 두 살짜리 딸아이가 있었는데, 늦게 퇴근하니 매일 자는 모습밖에 못 봤겠죠. 그때만 해도 저는 아이가 없었으니 지금만큼 피부로 와닿진 않았지만, 내 삶인데 내 마음대로 할 수 없다는 것만은 알겠더라고요. 고민하다가 결국 일을 그만뒀어요.

그 후로도 여러 조직에서 다양한 직무를 경험했어요. 단정한 정장(지금의 몽키를 생각하면 상상 불가!)을 차려입고 대학교 행정실로 출근하기도 했고요. 그런데 공통적으로, 회사 다니면서는 한 번도 '내 일을 한다'는 생각이 들지 않더라고요. 그 일은 늘 거기 있는 거고, 꼭 내가 해야 할 이유가 없잖아요. 내가 아니라도 조직은 굴러간다는 말, 회사 다니면서 한 번은 듣잖아요? 결국 그게 다 남이 해야 할 일을 대신하고 급여를 받는 게 아닌가 하는 생각이 들더라고요.

그러다 결혼을 하고 아이가 태어나면서 전업주부라는 역할을 만났어요. 신기한 게, 이거야말로 제가 가장 저답게 살 수 있는 길이더라고요. 내 아이를 포함한 내 가족, 내 집을 돌보는 게 결국 나를 위한 일이거든요. 저는 관심사가 굉장히 다양한데, 이것저것 시도해볼 수 있는 시간 여유도 있고요.

이 말을 듣는 순간, 난 내가 왜 몽키와 이야기를 나누고 싶었는지 깨달았다. 그는 더 이상 '벌거숭이 임금님'으로 살지 않기로 다짐했던 거다. 임금님이 자신이 벌거벗었다는 걸 인정하기 어려웠듯이, 남들 보기에 그럴듯해 보이는 직장, 사회가 인정하는 길이 자신과 맞지 않는다는 사실을 인정하는 건 쉬운 일이 아니다. 모든 회사 일이 그런 건 아닐 것이다. 회사에서 자아를 찾는 사람도 분명 있다. 그런 일, 그런 회사를 만나는 것 또한 행운이다. 하지만 여전히 많은 조직에서 노동자가 일개 부속품으로 다루어지는 오늘날, 몽키의 말엔 수많은 회사원이 느끼는 일말의 진실이 담겨 있다. 그 진실을 똑바로 보고 인생의 방향을 바꾸기로 한 몽키는, 참 용기 있는 사람이라고 생각한다.

또 이런 점도 생각해봐야 한다. 사실 몽키처럼 생각하지 않을 이유가 있을까? 전업주부의 일이 국회 보좌관의 일보다 의미 없다고, 누가 감히 소리 내어 말할 수 있는가. 국회 보좌관도 퇴근하면 어딘가에 있을 집으로 돌아가 피곤한 몸을 누일 것이다. 그 집이 안락하게 유지되는 건 주부의 가사노동 덕분이다. 바깥일이 원활하게 돌아갈 수 있는 건 보이지 않게 '안의 일'을 해내는 사람이 있기 때문이다.

돌봄은 엄연한 노동이라는 목소리는 오늘날 준엄하게 울려 퍼지고 있다. 2021년 11월, 서울 성동구는 전국 지자체 가운데 최초로 '경력보유여성 등의 존중 및 권익 증진에 관한 조례'를 제정하고 돌봄 노동 경력인정서를 발급했다. 회사원이라면 누구나 한 번쯤 '이 사람이 우리 회사에서 어느 기간만큼 어떤 일을 했습니다'라는 내용이 담긴 경력인정서를 회사에 요구하고 받아본 적이 있을 텐데, 성동구가 돌봄에 대해 발급한 게 바로 그런 경력인정서다. 취업할 때 이 경력인정서가 도움이 된다면 정말 멋질 것이다. 돌봄 경력을 인정받아 채용되고, 임금도 협상하고! 그것이 이 조례의 목표이기도 하다. 육아와 가사, 간병 등 무급으로 누군가에게 떠맡겨졌던 돌봄 노동의 가치를 인정하는 사회적 실험이 시작된 거다. 최근엔 서울 마포구에서도 이 조례를 만들기 위한 시민운동이 펼쳐지고 있다.「육아도 간병도 경력, 돌봄은 왜 자격증이 없나요?」,『한겨레』, 2022. 03. 19. 무척 고무적인 일이 아닐 수 없다.

그러나 변화가 반갑단 건 그만큼 기존의 생각이 뿌리 깊게 박혀 있다는 뜻이기도 하다. 여전히 전업주부보다는 국회 보좌관이 되어야 한다고 생각하는 이들이 훨씬 더 많고, 특히 남자라면 더 그래야 한다고 생각한다. 전업주부인 남자는 뭔가 '하자 있는' 사람이 아닐까 하고 의심받는다. 정말 무서운 건, 사회의 고정관념을 거부하고 살기로 한 용감한 사람들조차 가끔은 이런 생각에서 완벽히 벗어나지 못한 모습을 보일 때가 있다는 사실이다.

'여자라면…' '남자라면…'으로 시작되는 사회 통념에서 자유로워지는 건 정말 쉽지 않다. 고백하건대 나 또한 그런 생각에서 완벽히 자유롭진 못했다. 20대 후반에 만났던 애인이 몽키처럼 살고 싶다고 이야기했을 때, 가장 먼저 들었던 생각이 이랬다. '뭐야, 나한텐 나가서 돈 벌어 오라고 하고 자기는 셔터맨하면서 편하게 살겠단 거야?' 내 마음속에 집안일은 바깥일보다 쉬운, 일답지 않은 일이라고 이미 경중이 매겨져 있었던 것이다. 참 어리석었다.

가사가 노동이라는 관점은 살면서 더욱 선명해지고 있다. 예전엔 구호로만 이해하다가 점점 머리로, 종국에는 가슴으로 이해하는 과정을 거치고 있달까. 하지만 머리에서 가슴으로 내려오기까지는 아직 쉽지 않다. 여전히 마음속엔 작은 불씨가 남아 있다. 힘들면 좀 쉴 수도 있고, 시간에 쫓기거나 타인의 눈치를 볼 일도 별로 없는 집안일보다는 바깥일이 더 힘든 게 사실 아닐까 하고.

하지만 나는 곧 그 불씨를 발로 팍팍 밟아서 꺼버렸다. 모든 일에는 다 나름의 특성이 있고, 애로 사항도 있다. 집안일도 마찬가지다. 예를 들면 퇴근이 없다든가! 설령 집안일의 그런 특성이 큰 장점으로 작용한다 하더라도 그걸 굳이 따져 경중을 매기는 게 누군가(아마도 미래의 파트너)와 관계 맺는 데 어떤 도움이 될까? 모르긴 몰라도 도움보단 싸움의 불씨가 될 가능성이 더 크지 않을까.

전업주부 아빠의 파워일상

자녀 넷 파워주부 아빠의 하루를 따라가보자. 일단 아이 셋을(막내는 아직 젖먹이다) 어린이집 등·하원 시키는 것 자체가 중요한 일과다. 특히 코로나19 팬데믹으로 유치원 버스 운행이 중단되기라도 하면 등·하원은 고스란히 엄마, 아빠의 몫이다. 실제로 코로나 시기에 그런 문제로 싸우는 집들도 많았다. 그런데 몽키네 가족의 등·하원길 풍경을 보면 입이 떡 벌어진다. 손잡고 타박타박 걸어가는 방식 따위, 파워아빠는 거부한다! 어떤 날은 네발 달린 수레에 아이 셋을 태워 밀고, 어떤 날은 전기 자전거 페달이 힘차게 돌아간다. 그중에 제일은 막내를 포대기에 안고 스케이트보드로 질주하는 모습이다. 쉬잉~ 쏜살같이 골목 코너를 돌아 멈춰 서더니 한 발로 스케이트보드 끝을 탁! 쳐올려 익숙하게 옆구리에 척! 끼는 모습이 '놀랄 노' 자다. 품에 안긴 막내도 몽키 아들 아니랄까 봐 울기는커녕 얼굴이 평온하기 그지없다.

이렇게 다종다양한 수단으로 등원하는 몽키네를 지켜보던 유치원 선생님 말씀이, 요즘 자녀들 코딩 교육시키는 게 유행이라 비싼 교재 사고 비싼 수업료 내는 걸 마다하지 않는데, 그런 것보다 매일 같은 장소에 가더라도 다른 길, 다른 방식으로 도달할 수 있단 걸 직접 보여주는 게 훌륭한 교육이 된다고 하셨단다. 그 말을 들은 몽키, 더욱 힘내서 파워등원한다고! 매일 똑

인생의 주인이라는 말이 좀 거창하게
들릴지 모르겠는데, 처음엔 단순한 욕구였어요.
내가 원하는 곳에서 살고 싶다는 거였죠.

같이 해야 하는 일이지만 능동적으로 다양하게 변주해 아이들이 지루할 틈이 없다. 다른 날도 마찬가지다. 물놀이를 가도, 그네를 밀어도, 심지어 동네 산책만 해도 에너지와 끼와 흥이 넘치는 아빠의 육아는 뭔가 달라도 다르다!

집사람의 역할 가운데 육아만큼이나 중요한 게 집안일 그리고 알뜰하게 집안 경제를 이끌어나가는 것이다. 몽키의 검색력과 기동력이 빛을 발하는 순간이다. 몽키의 귀신같은 촉은 24시간 풀가동되고 있다. 해외 온라인사이트부터 중고 거래, 집 근처 오프라인 매장까지 모두 섭렵, 무슨 물건을 어디에서, 심지어 어떤 동선으로 사는 게 가장 합리적인지 재빨리 판단한다. 결정이 나면 그대로 슝! 스케이트보드를 타고 언제든 총알처럼 튀어 나가 가족에게 꼭 필요한 물건을 구해온다.

집사람으로서 제 역할은 지출을 관리하고 알뜰한 소비를 하는 것이라고 생각해요. 예를 들어 가전제품 하나 사는 데 100만 원 정도가 필요하다면, 열심히 검색해서 80만 원에 사면 20만 원은 다른 곳에 쓸 수 있잖아요. 가용소득이 늘어나는 거죠. 장도 알뜰하게 보는 제 나름의 노하우가 있어요. 각 품목을 가장 저렴하게 살 수 있는 곳을 알아뒀다가 가장 효율적인 동선을 짜는 거죠. 일단 할인 행사를 많이 하는 대형 마트에 가서 가공식품이나 유제품을 먼저 사고, 그다음에 신선식품을 사러 동네 마트에 가고, 채소 같은 건 마지막으로 재래시장에 들러서 사고…. 어떤 물건을 어디에서 사느냐에 따라 거의 50퍼센트까지 할인받을 수 있거든요. 주부로 살면서 노하우가 많이 늘었죠(웃음).

혼자가 아닌 둘이라서 가능한 것들

다방면에 재능이 많은 사람을 두고 '다재다능'이라는 표현을 쓴다. 몽키가 딱 그 타입이다. 요리도 잘하고 영상도 잘 찍고 기계도 잘 다루고(다시금 깨닫건대 그는 기계공학도다), 이것저것 고치기도 잘한다. 재주가 얼마나 뛰어난지 남들은 못 쓰겠다고 내놓은 컴퓨터 본체, 자전거 등을 수리해서 중고거래로 팔기까지 할 정도다.

관심사 또한 무척 다양하다. 직접 고기를 떼어다가 훈제 소시지를 만들기도 하고(가히 상상을 초월하는 맛이다!), 작은 주택을 뼈대만 남겨 싹 뜯어고치기도 한다. 일상 브이로그도 찍는다. 이 관심사들이 일로 연결되어 인테리어도 하고, 사진사로 일한 적도 있단다. 아이들이 어린이집에 가 있는 동안 할 수 있는 일을 찾아 집 근처 작은 물류창고를 시간제로 관리하기도 했단다. 전업주부라는 '본캐'를 중심에 두고 다른 일을 주변에 배치한 셈이다. 어떤 모습으로 살든, 삶을 일에 끼워 맞추는 게 아닌, 일을 삶에 끼워 맞추겠다는 생각이 바탕에 깔려 있다. 이

런 이야길 해주던 몽키가 갑자기 펜을 들고 뭔가를 그리기 시
작했다.

　(선을 하나 그으면서) 여기 저라는 사람의 타임라인이
있어요. 태어나서 나 하나로 존재하면서 살고 있었죠. 대
학에 들어가고 군대를 다녀오고, 전과하고, 회사에 입사하
고 퇴사하고…. 그러다 결혼해서 아내와 가정을 이뤘어요.
(선 아래 또 선을 긋는다) 그 사람의 타임라인이 제 곁에
나란히 그려진 거죠. 그러다가 아이가 생겼고, 첫째의 타임
라인이 시작됐어요. 그다음 둘째가 그리고 셋째가. (길이
가 다른 선 세 개를 나란히 더 긋는다)
　(선 다섯 개를 관통하는 수직선 하나를 그으며) 이걸 어
떤 시기라고 생각해봐요. 어떤 시기에 누군가의 삶에 일어
난 사건이 다른 가족 구성원의 인생에 영향을 주죠. 가령
남편이 지방으로 발령나면 어떻게 되나요? 대부분 가족이
다 같이 이사 가죠. 아내는 하던 일을 그만두고, 아이들도
정든 동네와 학교를 떠나서요. 이렇게 인생의 여러 시기가
있을 수 있는데, 저는 각각의 순간에 뭐 하나 정해진 것 없
이 유동적으로 대처할 수 있으면 좋겠다고 생각했어요. 가
령 여태까지는 아내가 일을 계속하고 싶어 했으니 제가 일
을 그만두고 아이들을 돌봤는데, 아내가 잠깐 쉬고 싶다고
하면 그땐 제가 나가서 일하면 되죠. 그때그때 상황에 맞

취 서로 원하는 걸 자유롭게 선택하고 존중해줄 수 있다면 우리 가족이 조금 더 행복해지지 않을까, 그런 생각이에요.

관심사가 다양한 몽키는 여러 일을 해보고 싶어 한다. 물론 재능도 있다. 하지만 이런 성향은 자칫 위험하다. 꾸준히 지속하지 못하고 이 일 저 일 하다 보면 남는 것 없이 불안정한 삶이 되어버릴 수 있기 때문이다. 그런데 대화를 나누며 몽키도 나도 깨달은 게 있다. 이렇게 자유롭게 여러 일을 해볼 수 있는 건 둘이기 때문에, 즉 몽키가 부인과 함께여서 가능하다는 것이다. 몽키의 다재다능함과 용기가 방황이 아닌 생존 전략이 될 수 있는 건, 즉 부정이 아닌 긍정의 요소가 될 수 있는 건 몽키가 안정적인 경력과 성향을 가진 아내를 만났고, 그에게 가족이라는 중심이 있기 때문이다. 몽키는 이걸 두고 "닻을 내렸다"고 표현했다. 이보다 더 찰떡같은 표현이 있을까. 표면적으로는 이리저리 흔들리는 것처럼 보여도 단단히 닻을 내린 배는 걱정이 없다. 그 닻을 기반으로 흐름에 몸을 맡기며 앞으로의 항해를 준비한다.

요즘 다시 뜨거운 감자가 된 청년 세대의 결혼 문제가 스쳐 지나갔다. 물론 이 문제가 사회적 이슈가 된 건 본질적으론 낮은 출산율 때문일 거다. 하지만 그전에, 통계는 점점 더 많은 젊은이가 결혼을 필수로 생각하지 않는다는 사실을 가리킨다. 나 또한 그렇다. 내 남은 생을 함께할 이가 꼭 남편일 것이라고 생

상황에 맞춰 서로 원하는 걸 자유롭게
선택하고 존중해줄 수 있다면
우리 가족이 조금 더 행복해지지 않을까.

각하지 않으며, 형제자매, 친한 친구 또는 1인 가구 공동체 구성원일 수도 있다고 생각한다. 그게 누구이건 간에, 인생 계획을 공유하고 서로 보완하며 같은 방향으로 나아갈 수 있는 동지가 있다는 건 참 든든한 일이다. 오래전부터 인간은 혼자가 아닌 무리를 이루어 살기로 선택했다. 그리고 가족은 가장 작은 단위의 무리다. 인간은 왜 그렇게 살기로 선택해왔을까. 몽키의 이야기를 들으며 생각에 잠겼다.

인생의 주인으로 산다는 것은

'한 사람이 행복한 삶을 살기 위해 정해진 길은 없다.'

몽키와 이야길 나눈 뒤로 조금 뻔하게 들릴 수 있는 이 말이 다시 묵직하게 다가온다. 길을 역할로 바꿔 읽으면 더욱 그렇다. '남자라면, 여자라면' 같은 고정된 사고방식이 거기에 들어맞지 않는 수많은 이들을 불행으로 내몰 뿐이라는 건 이제 상식이 되었다. 여전히 너무나 두터워 자각하기도, 벗어나기도 어렵긴 하지만.

그렇다고 그런 억압에서 몽키가 자유를 선언한 건 뭔가 대단한 이유 때문만은 아니다. 그가 열정적인 페미니스트여서 그런 게 아니란 거다. 그는 다른 사람이 아닌 바로 자기 자신을 위해 선택했다. 어떻게 하면 스스로 가장 행복할 수 있는지 살펴고, 거기에 맞는 생활 방식을 찾았더니 결론이 전업주부였을 뿐이다. 그 생각이 물 흐르듯 자연스러워 전통적인 성 역할 문제로 해석하거나 페미니즘이라는 개념을 갖다 붙이는 게 오히려 어색할 정도였다. 그러나 몽키의 행보는 분명 특별하다. 자기 자신을 잘 알고(자 하고), 스스로에게 솔직하고, 자신의 행복을 갉아먹는 수많은 요소를 과감히 외면할 수 있는 용기가 있고, 결단을 내리고 밀고 나갈 뚝심이 있으니까.

이 글이 마무리된 2022년 말 몽키는 넷째 아들을 얻었다. 몽키네 가족에게 무한한 축복을 보낸다. 잊었던 신생아 육아를 다시 공부한다는 몽키가 그렇게 멋져 보일 수가 없다.

또 한번 나 자신에게 묻는다. 내 인생의 주인으로 살기 위해, 내가 원하는 건 무엇일까?

같이 읽으면 좋을 책

임아영·황경상, 『아빠가 육아휴직을 결정했다』, 북하우스, 2020.

02
무조건 재미있게 살 거야

별명	비나 | 솔(@projectgroupjidda)
나이	만 39세 | 만 38세
직업	어쩌다 농부, 농경문화 기획자 | 노마드를 꿈꾸는 농부
지역	제주
좌우명	일관된 소명으로 임하기 | 심겨진 곳에서 꽃을 피워라.
좋아하는 것	새로운 사람들과의 만남은 설레여서 좋고, 오래된 사람들과의 만남은 편안해서 좋아요. | 편안한 사람들과 두런두런 얘기하는 시간
싫어하는 것	사람을 압도하는 건축물, 지나치게 냉소적인 분위기 | 혼자만의 고독한 시간, 소음
앞으로의 계획	나는 무엇을 원하는가를 지속적으로 고민하며 살아가고 싶어요. | 올해는 풍년이길!
키워드	공동체
비나와 솔의 좌표	제주시 구좌읍 평대리 1467-6 프로젝트 그룹 짓다

공항은 공기부터 다른 것 같다. 기분 좋은 설렘과 흥분의 냄새. 인력으론 불가능한 거리를 단숨에 이동한 끝에는 언제나 새로운 인연, 새로운 세계가 기다린다. 그 관문인 공항은 늘 마음을 새롭게 한다. 그 마음에 한계는 없다.

　종종 '한계 짓다'라는 표현을 생각한다. 선을 긋고 더 나아갈 가능성을 차단한다는 의미로, 여기서 주어는 대개 그 자신이다. 그래서인지 부정형으로 많이 쓰인다. 우린 부정적 한계를 짓는 삶에 익숙하다. 나도 마찬가지다. '아차, 내가 또 그러는구나' 하고 늘 노력해서 알아차려야 한다. 깨어 있지 않을 땐 해온 대로 자연스럽게, 내 능력을 의심하고 미래를 고정하며, 알아서 꿈을 삭제한다. 머리는 자연스럽게 주문을 건다. 그게 어른이 되어가는 과정이라고, 현실적인 거라고. 사고가 왜 그런 식으로 작동하는지는 명확하다. 실패는 두렵고, 이 거친 세상에서 우린 확실하게 살아남아야 하니까.

하지만 누군가는 말한다. "네 꿈에 한계를 짓지 말라"고! 그래, 맞다. 인생 두 번도 아니고 한 번 사는데, 내가 스스로에게 한계를 지을 필요가 있을까? 그래서 난 종종 주변으로 시선을 던진다. '깨어 있기'에 도움받기 위해서. 제주 평대리에 자리 잡은 '프로젝트그룹 짓다'는 그런 내 시선이 머문 곳이다. 서른아홉 비나, 서른여덟 솔 그리고 스물일곱 연다가 짓다를 함께 만들었다. 이들은 얼핏 당근과 감자 농사를 짓는 젊은 농부들처럼 보인다. 몇천 평이나 되는 밭을 유기농법으로 일구겠다고 앉아서 손으로 잡초를 뽑고 있는 우직한 청년들 말이다. 그런데 자세히 들어보니 의외다. 흙투성이 티셔츠에 장화 신고 호미 들고 하는 말이 "사실 농사가 목적이 아니"라는 것이다. 농사지어 번 돈을 나누고, 그것을 바탕으로 각자 하고 싶은 일을 하며 사는 공동체를 꾸리는 중이라는데…. 이른바 '기본소득' 실험이다. 여보시오. 평대리에서 대체 무슨 일이 벌어지고 있는 겁니까?

이들이 꾸는 꿈은 한계에 갇히지 않는다. 다들 불가능하다고 고개를 저었지만 결국엔 어떻게든 해낸다. 그 과정에서 더욱 많은 사람이 함께 꿈꾸고 상상하게 되는 묘한 힘이 그들에게 있다. 짓다의 이야기를 꼭 들어보고 싶어 스태프 중 한 명인 비나에게 인터뷰를 청했다. 한라산 노루도 잠이 덜 깬 이른 아침….

그런데 어라, 솔과 연다가 빼꼼, 얼굴을 내민다. 비나와 솔은 부부니까 당연하다지만, 이렇게 이른 아침에 연다가…? 알고 보니 이들 세 사람, 한집에 살고 있단다. 뭐지? 당황하며 시작한 인터뷰. 분위기가 갑자기 후끈, 달아올랐다!

농사 말고 재미

30대 후반의 부부(여기에 아이까지!) 그리고 20대 후반의 여성 한 명. 나이도 열 살 이상 차이 나는 이 셋이 '짓다'의 공동 대표로 함께 일하는 것도 흥미로운데, 심지어 가족도 아니면서 한집에 같이 살기까지 한다는 말을 들으니 호기심이 샘솟는다. 셋은 어쩌다가 제주에서 만난 걸까? 이야기는 비나부터 시작됐다.

비나 대학에서 중국어와 미학을 공부하고 문화예술 분야에서 석사를 마쳤어요. 원래 문화예술을 통한 시민교육에 관심이 많았어요. 세상이 바뀌려면 사람이 바뀌어야 하고, 사람이 바뀌려면 아주 감성적인 부분에서부터 변화가 일어나야 한다고 생각했거든요. 생각이 말랑말랑한 어린 시기에 그 교육이 이루어진다면, 세상이 바뀔 거라고 믿었죠(웃음).

관련 기관에서 일을 시작했어요. 그런데 어라… 정작 거기서 일하는 사람들의 사고가 말랑말랑하지 않은 거예요. 조직문화도 유연하지 못하고…. 퇴사하고 방황하기 시작했어요. 그런데 관심은 여전히 사그라들지 않아서 관련 분야를 전전했어요. 하지만 계속 뭔가 빠진 느낌이더라고요. 도대체 뭐야, 뭐가 빠진 거지? 그러다 깨달았죠. 그건 바로 '재미'였어요! 아니, 이름부터가 문화고 예술인데, 재미가 없으면 어쩌나!

뭘 하면 재미있게 살 수 있을까, 한참 고민하다가 만난 게 '○○땡땡은대학'이라는 시민단체였어요. '누구나 가르치고, 어디서나 배운다'는 모토 아래 내 동네, 우리 지역에서 온갖 문화예술 활동을 벌이는 곳이었는데, 그곳에서 머리가 땡! 할 정도로 새로운 경험을 했어요. 하고 싶은 일을 스스로 만들고 자유롭게 하는, 그걸로 돈도 버는 경험이요. '와, 이게 된다고?' 그때부터였어요, 제 인생이 완전히 바뀐 게!

솔 전 중국 하남성에서 3~4년간 대안학교 교사로 활동하다가 간디학교를 만든 양희창 선생님을 만나 제주에 왔

---

[*] 충북 제천에서 시작해 지금은 금산·산청 등에 있는 대안학교.

어요. 한·중·일 삼국의 청년들이 만나 평화를 공부하는 '지구마을평화대학'이라는 대안대학교를 만들려고요. 외국인도 무비자로 체류할 수 있는 제주도가 좋은 거점이라고 생각했죠. 그런데 정치적 이슈와 여러 피치 못할 사정으로 학교가 해산했어요. 제주에 더 머물 이유가 없었죠. 비나를 알게 된 게 그즈음이에요. 전 다시 중국으로 돌아가서 청년 커뮤니티 공간 '몽상가'를 만들었는데요, 바다를 사이에 두고 국제전화카드가 닳아빠지도록 연애했죠. 결국 결혼에 골인! 결혼한 뒤엔 중국과 한국을 넘나들며 활동하고 싶었는데, 코로나19 때문에 제주에 자리를 잡게 됐네요(웃음).

솔은 스케일이 남다르다. 대안교육, 청년 커뮤니티… 혀를 내둘렀다. 그런데 한국에서도 순탄치 않아 보이는 일을 굳이 중국까지 가서 해야 하나? 그만큼 세계시민의식이 투철한 걸까? 힌트는 비나의 말에 있었다. 바로 '재미'다.

연다 저희는 재미있게 살고 싶은 욕구가 가장 커요. 다른 사람은 그다음 문제예요. 일단 우리가 재미있게 살아야 누군가에게 좋은 사례가 될 수 있고, 다른 사람의 즐거움도 만들 수 있다고 생각해요. 굳이 중국까지 가서 청년 커뮤니티 공간을 세운 건 저희 스스로가 국경을 넘나드는 삶을 살고 싶어서였어요. 거기가 일종의 전진기지였죠! 지금 제주에서 하는 활동들도 뭔가 멋진 이유를 대기 전에, 일차적으로는 우리가 재미있으려고 하는 거예요.

그야말로 온 삶을 걸고 치열하게 탐구하는 재미라니! 비나와 솔의 구상에 연다가 힘을 보탰다. 연다는 중국에서 솔의 대안학교 제자였단다. 해외에서 무역회사를 다니다가, 경쟁하는 삶이 싫어 제주로 왔다고. 짓다의 감각적인 디자인은 모두 연다의 작품이라고 한다.

지금까지의 이야기에서 농사라는 단어가 한 번도 등장하지 않은 건 정말 의외였다. 밖에서 보면 이 사람들은 작정하고 농사짓는 사람들처럼 보이기 때문이다. 요즘 귀농하는 청년들이 적지 않다는데, 줄곧 컴퓨터 붙잡고 일하던 도시 사람 비나가 농사꾼 솔을 만나 사랑의 힘으로 호미를 들었다… 내가 상상한 건 대강 이런 스토리였다. 아니, 사실 당연히 오해할 만하다. 직접 기른 유기농 감자와 당근을 온라인 스마트스토어에서 판매하는 어엿한 농부들이니 말이다. 심지어 그들의 '소농로드' 브랜드는 유기농 판매 분야에서 1위를 차지한 적도 있다. 그런데 사실 농부가 아니라니?

비나 얼마나 단순한 이유에서 농사를 시작했는지 알면, 아마 어이없어서 웃을 텐데(웃음)…. 시작은 이런 거였어

굶지만 않으면 하고 싶은 일 하면서
살 수 있지 않을까?

요. '농사지으면 적어도 굶어 죽진 않겠지. 그러면 하고 싶은 거 하면서 살 수 있지 않을까.' 감자, 당근을 기른 것도 그래서였어요. 일단 우리가 먹어야 하니까요! 보통 청년 농부라고 하면 샤인머스캣 같은 특용작물을 길러서 돈 많이 벌려고 하는데, 우린 방향이 완전히 달랐죠(웃음).

100평 정도의 밭에 친구들과 같이 농사짓기 시작했어요. 30여 가지 작물을 심어서 나눠 먹었죠. 아유, 그러면서 오만 가지 일을 다 겪었어요. 밭을 좀더 늘려보려고 우리 밭 옆에 있는 노지에 무단경작을 했는데, 300평 정도였나… 아무도 거기에 농사를 안 짓는 이유가 있더라고요. 물이 안 빠지는 '물밭'이라 감자가 다 썩어버렸지 뭐예요! 그래도 어찌어찌 수확하긴 했는데, 기계가 없어서 호미로 그 많은 감자를 캐다가 밭일 좀 한다는 애들도 다 나가떨어졌어요.

좌충우돌하는 저희가 딱해 보였나 봐요. 마을 삼춘*이 "나랑 돌이나 쌓자"는 거예요. 제주에 돌이 진짜 많잖아요. 빼도 빼도 계속 나오니까 "밭에서 돌이 자란다"고 표현할 만큼이요. 근데 그걸로 밭과 밭을 가르는 담을 쌓는 게 밭일의 기본이에요. 문제는 힘들어서 그 일을 아무도 안 하

---

* 제주에서 어른을 부르는 친밀한 표현.

려고 한다는 거예요. 그러니 우리처럼 '육지 것'에게도 기회가 온 거죠.

지금 농사짓는 땅은 그렇게 같이 돌담 쌓다가 인연 맺은 어느 삼춘 땅이에요. 크기로는 2,500평 정도인데요, 마침 그 삼춘이 평대리에서 가장 먼저 유기농 농사를 시작한 분이어서 우리와 뜻이 잘 맞았어요.

정말로 단순한 이유에 피식, 웃음이 나오지 않을 수 없었다. 하지만 비나의 말에는 곱씹을수록 깊은 울림이 있었다. 사실 어떻게 보면 가장 근본적인 게 그 안에 담겨 있었던 것이다. 인생 뭐 있나! 잘 곳, 먹을 것, 입을 것만 해결되면 거기서부터는 안 되는 게 어딨을까. 뭐든 다 할 수 있다. 잠시 상상력을 발휘해보자. 먹고사는 걱정하지 않아도 될 때, 내가 정말로 하고 싶은 게 무엇인지. 마음속 저 밑바닥에 꽁꽁 묻어두었던 그것. 그걸 꺼낸다고 생각해보자. 상상만으로도 신나는 일 아닌가! 몸과 마음에 여유가 있을 때 머리는 더욱 말랑하고 즐거운 상상이 가능하다. 비나와 솔, 연다가 농사를 짓는 이유가 바로 그것이었다. 내 마음속 그리고 네 마음속의 진정한 꿈을 꽃피우기 위해서! 그 꿈들이 서로 만날 때 우린 얼마나 더 재미있게 살 수 있을까? 어떤 가능성이 펼쳐질까? 이런 상상은 그들이 혼자가 아닌 '함께'라서 가능하다.

국가를 기다릴 수 없다

좀더 구체적으로 들여다보자. 이들은 농사로 '기본소득'이 가능한지를 실험하고 있다. 기본소득이란 정부나 지방자치단체가 모든 개인에게 조건 없이 정기적으로 지급하는 소득을 말한다. 시간이 돈이고 돈이 곧 시간인 세상에서 무언가를 꿈꿀 수 있게 숨통을 틔워주는 수단인 셈이다. 내가 뭘 좋아하는 사람인지, 어떤 삶의 형태가 내게 맞는지 고민하려면 시간, 그야말로 시간이 필요하다. 하지만 현실에서 그런 여유를 갖고 사는 사람은 많지 않다. 학창 시절엔 입시를 좇느라, 대학 가서는 학점과 취업을 좇느라 시간이 없다. 취업 후에는 먹고사니즘의 늪에 빠져 자유롭지 못하다. 먹고살기 위해 시간을 판다. 우린 스스로에게 시간을 벌어줘야 한다. 고민할 시간, 생각할 시간, 부딪혀볼 시간, 실패했다가 다시 회복할 시간!

기본소득의 여러 장점 중 가장 의미 있는 게 바로 시간을 벌수 있다는 점이다. 이미 스위스·핀란드·스페인·미국 등 전 세계 많은 나라에서 기본소득 실험이 진행되었거나, 진행 중이다. 유의미한 성과도 거뒀다. 국내에서는 시사 주간지 『한겨레21』이 1,000일간 자체적으로 기본소득 실험을 진행하고 연재 기사를 실은 적이 있다. 재원은 펀딩으로 마련했다. 최근엔 서울시 '안심소득' 실험도 진행 중이다. 지난 제20대 대통령 선거에서 이재명 더불어민주당 후보가 관련 정책을 내놨지만 당선되지 못하며 이슈가 사그라들었고, 이후 대한민국은 아직도 기본소득에 대한 사회 전체의 의견을 모으지 못하고 있다. 아쉬울 따름이다.

하지만 국가가 안 한다고 해서 기다릴 필요가 있나? 직접 하면 되지! 2020년부터 짓다는 농사를 지어 창출한 이익으로 구성원 세 명의 기본적인 소득을 보장하는 실험을 하고 있다. 함께 농사지으니 규모도 커지고 판매도 수월하고, 혼자 버틸 때보다 외롭지도 않단다. 심지어 결과 또한 성공적! 많지는 않지만 이들은 정말로 소득을 나누고 있다. 된다는 건 알았으니, 당장의 목표는 이 소득을 최저임금 수준으로 끌어올리는 거다.

솔 '숙식(만) 제공해줄 테니까 여기 와서 같이 일해보자', 여태 제가 몸담았던 대안학교가 다 그랬어요. 저는 거기에 실패의 원인이 있다고 생각해요. 많은 청년이 지금의 삶이 뭔가 잘못되었다고 느끼더라도 쉽게 방향을 틀지는 못해요. 다니던 직장 때려치우고 훌쩍 떠날 수 있는 사람이 몇이나 되겠어요? 뭐라도 보장이 되어야 할 것 아니에요. 이거다 싶은 비전을 찾든지, 사는 데 도움이 되는 기술을 배울 수 있든지…. 와서 먹고 자면서 뭔가 열심히 한 것 같긴 한데, 떠날 때 자신에게 남은 게 없다는 느낌이 드는 건 문제라고 생각해요. 그럼 또 다른 곳에서 0부터 시작할 수밖에 없어요. 그런 제안은 굉장히 폭력적이에요.

적어도 대안적인 삶을 모색함과 동시에 스스로 자기 살림을 꾸릴 수 있는 '구조'를 만들어야 한다고 생각해요. 짓다가 지난 2년 동안 자체적으로 진행한 기본소득 실험의 결과는 상당히 고무적이에요. 이재명 씨가 2022년 대통령 선거 공약으로 내놓은 '전 국민 기본소득 100만 원'보다 저흰 이미 2년째 더 많은 금액을 분배하고 있다고요(하하).

비나 궁극적으로 저희가 꿈꾸는 건 **반농반X**半農半X예요. 농사로 기본소득을 만들고, 그걸 바탕으로 각자가 정말 하고 싶은 일X을 하는 거죠. 각자의 X를 만들어가는 게 중요하다고 생각해요. 근데 이 X도 각자 따로 노는 게 아니라 유기적으로 맞물려요. 가령 연다는 디자인 작업을 좋아하고, 전 시민교육에 관심은 많지만 경험은 좀 적고, 솔에겐 인테리어 기술과 시민교육 경험이 있어요. 솔이 인테리어를 할 때 디자인은 연다가 도와주고, 대신 연다는 솔한테서 영감을 많이 얻어요. 또 연다가 디자인하면 글은 제가 입히고요. 제가 하고 싶은 교육사업 아이디어는 솔이 줘요. 혼자라면 절대 불가능한 일이죠. 자립과 재미, 이 두 가지를 우리가 함께라서 꿈꿀 수 있다고 생각해요.

함께이기에 꿈꿀 수 있다는 게 얼마나 멋진 일인가. 비나와 솔, 연다는 오늘도 꿈꾼다. 짓다가 좀더 많은 이들의 든든한 '뒷배'가 될 수 있기를, 더 많은 청년과 다양한 삶의 가능성을 나눌 수 있기를!

따로 또 같이

하지만 화합이란 게 말처럼 쉬운 건 아니다. 특히 각자의 역할 분담이 명확하지 않고, 이제 막 새롭게 만들어가는 조직에서는 더욱 그렇다. 짓다의 경우엔 농사도 고려해야 한다. 농사로 돈을 번다는 건 정말 고된 일이다. 게다가 친환경 방식으로 짓는 농사라면 더 말할 필요도 없다. 수확했다고 저절로 팔리는 것도 아니다. 상품성 있는 제품을 일일이 골라 포장해야 하고,

각종 쇼핑몰과 SNS에 소식을 전하고 고객을 응대하는 등 홍보와 마케팅은 끝이 없다. 이 모든 수고로움을 정확히 분담하기는 어려울 텐데, 각자의 기여도가 다를 수밖에 없는 상황에서 기본소득이라는 명목하에 균등하게 돈을 가져간다면 누군가는 억울함을 느끼진 않을까?

이런 질문을 했더니, 비나가 키득키득 웃으면서 들려준 건 솔과 연다와의 공동생활 에피소드였다. 이 뜬금없는 에피소드에 아까의 질문에 대한 힌트가 담겨 있었다.

> **비나** 우리가 모두 한집에 사는데 화장실은 하나예요. 어느 날 같이 차를 마시다가 불만이 터져 나왔어요. 다들 '나만 화장실 청소를 하는 것 같다'는 거였죠. 솔은 솔대로, 전 저대로, 연다는 연다대로 자기만 화장실을 청소한다고 여긴 거예요.
>
> 그런데 이야기를 더 나누다가 밝혀진 진실이 아주 재미있었어요. 사람마다 민감하게 느끼는 지점이 달랐던 거예요! 가령 솔은 변기가 더러워 보여서 변기를 닦았고, 전 세면대가 눈에 거슬리니 세면대를 닦았고, 연다는 지저분한 바닥이 신경 쓰여서 바닥을 닦았던 거죠. 나만 청소한다고 생각했는데, 알게 모르게 각자의 영역을 청소하고 있었어요. 그래서 화장실이 그렇게나 깨끗할 수 있었던 거고요. 전 이 에피소드가 공동체란 무엇인가에 대한 아주 상징적

인 답변이라고 생각해요.

    기본소득 실험과 함께 살기 실험은 결국 공동체에 대해 고민하게 만든다는 점에서 본질적으로 같다. 공동체, 공동체… 요즘 여기저기서 많이 회자되는 단어다. 공동체란 과연 무엇이고, 왜 오늘날 다시 공동체적 삶의 방식을 고민해야 한다고들 말할까? 제대로 된 공동체를 경험해보지 못한 우리 세대에게 공동체는 굉장히 막연한 무엇이 아닐 수 없다. 잠깐, 공동체가 뭔지부터 짚어보자. 사전을 찾아보면 공동체에 대한 정의는 하나가 아니다. 몇 개를 조합해보면 공동체란 '사람들이 모여 하나의 유기체적 조직을 이루고 목표나 삶을 공유하면서 공존할 때의 조직'을 일컫는 말로써 공간, 상호작용, 연대를 그 핵심 요소로 본다.

    공간, 상호작용, 연대… 이 세 단어를 가만히 들여다보면 떠오르는 게 있다. 바로 '타인'의 존재다. 모든 공동체는 타인이 존재해야만 성립된다. 1인 공동체라는 말은 없잖나. 타인과 '함께'를 고민하는 바로 그때 그 자리에서 공동체의 싹이 튼다. 나는 믿는다. 앞으로는 모두가 더욱 악착같이, 자기 삶에서 공동체의 의미와 필요성을 고민하고 여러 시행착오를 통해 그 경험을 몸에 새겨나가야 한다고. 이유는 한둘이 아니지만 가장 큰 이유는 이거다. 개개인이 깨진 유리조각처럼 파편화되어 살아서는 더 이상 답이 안 나오기 때문이다. 공동체적 감수성은 앞으로 살아남기 위해 장착해야 할 필수 역량이다. 마치 미래 세대에게 코딩이 필수 역량이라고 하듯이.

짓다 사람들의 이야길 들어보자.

비나 인간이 다른 인간과 함께하기 위해서 가장 중요한 건 '따로 또 같이'의 감각이라고 생각해요. 부부든, 부모 자식이든, 나아가 그 어떤 형태의 공동체든 말이죠. 여기선 '따로'와 '같이'가 같은 무게로 중요한데요. 어디에 방점을 찍느냐의 차이인 것 같아요. 전 '따로'의 경험이 결국엔 '같이' 살기 위해서 필요하다고 생각해요. 그런데 대부분 거기까지 못 가요. 따로 사는 경험은 많이 하는데 같이 사는 경험을 할 기회가 없어요. 옛날엔 삼대가 같이 살았고, 형제도 많았잖아요. 그런데 이젠 외동 아니면 둘이고 그마저도 다 각자 살기 바빠요. 이런 사회 구조 속에서 함께 사는 경험의 기회 자체가 점점 사라지고 있다는 위기감이 들어요.

한번은 이런 일이 있었어요. 전국의 청소년, 청년 들이 저희 짓다를 종종 방문해요. 일손을 보태겠다고요. 일종의 실습이죠. 그날도 꽤 모였어요. 사람이 일곱 명이니 라면 일곱 개를 끓이자고 했는데, 이 친구들이 한 번에 라면을 두 개 이상 끓여본 적이 없다는 거예요. 물 양을 못 맞추더라고요. 저는 이 사건이 굉장히 상징적이라고 생각해요. 요즘 아이들은 다른 사람과 함께하는 경험, 여러 사람이 모인 가운데 자기가 어떤 역할을 맡아 해볼 기회가 점점 없는 거예요. 꽃을 피워야 하는데 토양이 아예 없는 셈이나 마찬가지죠. 공동체적 감수성이 길러질 수가 없어요.

같이 사는 경험을 해봐야 해요. 좀더 친밀하고 끈적끈적한, 어떤 관계망을 맺어봐야 해요. 그리고 그 안에서 자신이 똑바로 설 수 있어야죠. 그렇게 살아본 경험이 그 사람의 미래를 바꿀 거라고 생각해요.

나만의 선을 그어봐야

함께인 경험을 해봐야 한다는, 그리고 그 속에서 자신이 똑바로 설 수 있어야 한다는 말에 몹시 공감한다. 특히 자신이 똑바로 설 수 있어야 한다는 말은 그 안에서 어떤 역할을 맡아 수행해보는 경험을 의미하기도 하겠지만, 내 경험에 비추어보면 '내가 어디까지 함께할 수 있는 인간인가?'를 스스로 아는 것이기도 한 것 같다.

나에게도 이와 관련해 우스운 일화가 하나 있다. 2015년 난 부모님과 서울에 있는 **공동체주택**으로 이사 왔다. 내 아이, 네 아이 할 것 없이 함께 기르자는 공동육아로 유명한 이 공동체 마을에서 우리 가족은 아이를 기르지 않는 비육아인이었다(부모님, 나 그리고 남동생, 우리 가족 구성원은 모두 성인이었으

같이 사는 경험을 해봐야 해요.
그 안에서 자신이 똑바로 설 수 있어야죠.
그렇게 살아본 경험이 그 사람의 미래를
바꿀 거라고 생각해요.

공동체주택, '소통이 있는 행복주택'

우리 가족이 공동체주택에 살기로 결정한 건, 옆집에 누가 사는지 얼굴도 모르는 곳이 아닌, 서로 알고 나누며 더불어 살고 싶었기 때문이다. 우리 주택엔 총 열한 집이 산다. 303호, 501호처럼 각자의 집이 있고, 각 집을 자기 취향대로 디자인해서 지었다. 현관문을 닫아놓고 보면 평범한 다세대주택과 똑같다. 다만 입주 전부터 단체 메신저방을 만들어 꾸준히 소통했고, 공용신발장·커뮤니티실·공용창고 등 일부 공간을 공유한다는 점이 다르다.

따로 살려면 얼마든지 따로 살 수 있는 곳이다. 반대로 같이 살려면 또 얼마든지 같이 살 수 있다. 모든 건 상상하기 나름이다. 가령, 어떤 공동체주택은 각 집에 작은 세탁기를 놓아 공간을 넓게 쓰는 대신 옥상에 큰 공용세탁기를 두어 이불 빨래 등을 할 수 있게 했다. 또 다른 주택은 아예 1층 공동현관에 들어서면서부터 신발을 벗고 엘리베이터를 탈 수 있게 했다. 복도에서도 양말만 신고 걸어 다닌다.

니까!). 꼭 아이들에게만 마을이 필요한 건 아니라는 생각이었다. 친한 사촌 하나 없는 서울 대도시에서의 외로움은 우리 가족을 자연스럽게 '마을'이라는 단어로 이끌었다.

함께 살기 경력자, 솔의 함께 살기

"함께할 때 생기는 갈등을 풀어보려고 이것저것 다 해봤어요. 규칙도 정해보고… 근데 규칙이 또 규칙을 낳더라고요. 규칙을 어겼을 때 어떻게 할지 또 규칙을 정해야 하고…. 최소한의 규칙은 필요하지만, 그게 먼저는 아니에요.

그럼 어떻게 하는 게 좋을까요? 종교 공동체에 있을 땐 마음 나누기, 밥상 나누기를 하고, 심지어 같이 예배도 드려봤어요. 그런데 결국 제가 깨달은 최고의 공동체 문화가 뭔지 아세요? 싸우는 거더라고요. 다 열어놓고 이야기하는 거죠. 아주 사소한 것도, 직접적으로 진솔하게 다 이야기하는 거예요. 뭔가 털어놨을 때 불쾌하고 문제가 생길 것 같더라도, 일단 다 이야기를 해야 해요. 보통 종교 공동체에서는 문제를 전부 '내 안으로' 갖고 들어오거든요. 내게서 시작된 문제니까 회개하거나, 명상하거나, 108배를 하라고 하죠. 그건 안 돼, 암 걸려요(웃음). 내 안으로 갖고 들어오는 것도 좋지만, 공동체는 결국 같이 사는 것이기 때문에 의견을 나누는 게 꼭 필요하다고 생각해요. 근데 여기서 노하우(?)가 있어요. '내가 먼저 이야기하기'예요! 내가 먼저 이야기하지 않으면 상대방도 절대 말하지 않아요. 이게 제가 깨달은 궁극의 함께 살기 팁이에요."

난 내가 남녀노소, 그중에서 어린아이들과도 잘 어우러져 살 수 있을 거라 생각했다(난 평소 아이들을 꽤 좋아한다. 아이들은 내 선생님이다. 그 창의성과 기발함을 사랑한다). 그런데 아니었다. 난 아이들과 긴 시간을 함께 있을 순 없는 사람이었다. 내가 사는 건물 2층엔 커뮤니티실이라고 이름 붙인 조그만 거실이 있는데, 거기서 가끔 다 같이 밥 먹고 입주자회의도 했다. 몇 번 참석해본 후 어느 순간 깨달았다. 한 공간에 아이들이 세 명 이상이면 내 정신이 가출한다는 사실을. 나중엔 힘들어서 그 자리를 슬슬 피했다. 이사 온 초기엔 '한꺼번에 조카가 열 명 생긴 셈 치지 뭐' 하는 마음이었지만, 시간이 지나며 난 내가 허용할 수 있는 한계가 어디까지인지 알게 됐다. 모두 어우러져 사는 아름다운 그림만 그리다가 처음으로 '현타가 씨게 온' 사건이랄까.

어른들 간에도 마찬가지였다. 요즘은 가족 외 누군가와 '친밀하고 끈적끈적한 관계'를 만들 일이 별로 없다. 심지어 가족과도 끈끈하지 않은 사람도 많다. 특히 서울이라는 대도시에서 이웃은 물리적으로 가까이에서 일상을 공유하지만, 전혀 친밀하지 않은 관계이기 쉽다. 30여 년을 서울에 살면서 나 또한 이웃과 그런 관계를 맺어본 적이 별로 없었다. 어렸을 때, 신림동 언덕 꼭대기 주택가에서나 그랬었나…. 어느새 남의 집 현관은 장대높이뛰기 가로대만큼이나 넘기 어려운 곳이 되어버렸다.

공동체마을에 이사 왔다고 달라지는 건 없었다. 처음 몇 년 동안은 '받는 것도 부담, 주는 것도 부담, 그러니 받지도 주지도 말자'는 생각이 여전해 단단한 껍질 속에 머리를 집어넣은 달팽이처럼 살았다. 그러다 보니 '육아도 안 하는데… 역시 여긴 내가 살 곳이 아닌가 보다' 싶어서 어딘가 훌쩍 떠나 살까도 생각했다. 이런 나를 변화시킨 건 다정한 몇몇 이웃이었다. 슬리퍼 신고 한 층만 걸어 올라가면 따뜻한 차를 내주고, 빵이 맛있어 보인다고 한 개 살 걸 두 개 사서 나누고, 재미있게 읽은 책을 나누고 싶다고 우편함에 꽂아둔 이웃. 그 마음 씀씀이만큼 돌려주지 못한다 싶어 오히려 마음이 불편하기도 했는데, 바보 같은 생각이었다. 이 마을에서 관계를 쌓아가며, 잘 주는 것만큼이나 잘 받는 것도 중요하단 사실을 깨달았다. 어느 선에서 편안하게 주고받을 수 있나, 그걸 가늠하는 것 또한 '나의 선'을 만드는 작업이었다.

모든 '함께'의 경험에서 내가 편안하게 받아들일 수 있는 선이 어디인지 그어보는 건 매우 중요하다. 일단 내가 날 잘 살펴야, 그래서 마음이 편안해져야 그 관계가 건강하고 길게 갈 수 있으니까. 그런 의미에서 '함께하기'는 일반적인 성찰의 의미와는 또 다르게, 언제나 자기 자신을 먼저 살펴야 하는 일이라고 생각한다.

소농의 의미를 확장하다

앞에서 잠깐 소개했던 '소농로드'는 짓다의 농경문화 및 유통 브랜드다. 열심히 농사지은 유기농 농산물을 온오프라인으로 판매하니 유통 브랜드인 건 쉽게 이해가 되는데, 농경문화 브랜드란 뭘까?

솔 얼마 전에 티셔츠를 하나 제작해 판매했어요. 짓다 굿즈로요. 뒷면엔 짓다의 캐치프레이즈를 넣었어요. '무언가를 길러내는 마음, 누구에게나 농부의 기질이 있습니다.' 모든 인간에게 내재된 농경문화적 감수성, 이걸 적극적으로 발현시키는 게 중요하다고 봐요. 몸 노동이 상실되는 시대잖아요. 몸과 머리는 연결되어 있어요. 몸 노동이 없으면 머리가 탁해지죠. 모든 인간은 여기에 본능적인 갈증을 느낀다고 생각해요.

그래서 짓다는 1년에 한 번, 수확 페스티벌을 열어요. 1년 동안 농사지은 걸 청소년, 청년 들을 불러 함께 수확하는 거죠. 전국에서 20~30여 명이 비행기 타고 와서 같이 밭일을 해요. 돈 주는 것도 아닌데, 오로지 수확의 즐거움을 함께하기 위해서요. 사실 농사로 밥벌이하는 사람들이 1년 농사의 수확을 비전문가에게 맡기는 건 불가능해요. 그땐 일이 진짜 많거든요. 해오던 대로 할망, 삼춘 들 인력

몸과 머리는 연결되어 있어요.
몸 노동이 없으면 머리가 탁해지죠.
모든 인간은 여기에 본능적인
갈증을 느낀다고 생각해요.

써서 똑같은 돈으로 더 많이, 빨리, 말하자면 효율적으로 거두는 게 관건이죠.

근데 그건 짓다의 방향이 아니에요. 무엇보다 재미가 없잖아요?(찡긋) 그래서 우린 그냥 같이 해요. 사실 챙길 게 많아서 더 정신이 없어요. 밥 챙겨야지, 간식 챙겨야지, 옷 더러워지면 안 되니까 옷 챙겨줘야지, 손톱에 흙 끼면 안 되니까 라텍스 장갑 챙겨줘야지(웃음). 근데 이 친구들이 정말 열심히 일하고, 재미있어하는 거예요. 흙 만지는 일이 이렇게 좋은지 몰랐대요. 참, 이런 이야기도 하더라고요. "흙을 만지면, 뭔가 착해질 것 같잖아요." 인상적인 소감이었어요.

소농로드. 풀어 쓰면 소농小農의 길Road, 어쩌면 이들은 전통적인 소농의 의미를 확장하고 있는지도 모른다. 사전에서는 소농을 '가족노동을 통해 농업에 종사하며 획득한 농업생산물을 자급자족적 수입원으로 삼는 전통적 농업사회 구성체'라고 정의한다. 근대화 이후 농사는 땅에서 더 많이, 더 빠르게 작물을 뽑아내야 하는 '산업'이 되었다. 그 때문에 농약도 치고, 각종 화학비료도 주는 등 온갖 노력을 다한다. 반면 소농은 자기 가족이 먹을 쌀과 밭작물을 조금씩, 깨끗하게 지어 먹고 남는 것을 교환, 판매하는 데서부터 시작됐다.

짓다가 농사를 바라보는 관점은 정확히 소농의 그것과 일치

한다. 농사를 통해 기본소득을 벌려는 건 맞지만, 소득에 방점을 찍었다면 보통의 귀농 청년들처럼 특용작물을 심어 돈을 벌려고 했을 것이다. 하지만 짓다는 생명을 길러내는 일, 이 시대에 몸 노동이 갖는 의미, 그리고 이 모든 걸 아우르는 재미를 추구하며 나아가고 있다. 그들이 스스로를 소농으로 명명하는 이유다.

> **솔** 소농이 더 많아졌으면 좋겠어요. 흔히들 농사가 힘들다고 하죠. 하지만 전 이렇게 묻고 싶어요. 서울에서 직장생활하는 건 쉽나요? 새벽 5~6시에 일어나 지옥철 타고 출근해서 직장 상사 눈치 보면서 일하는 거, 절대 쉬운 일 아니죠. 그에 비해 전 농사가 특별히 힘든 것 같진 않아요. 다만 지금은 문턱이 너무 높아요. 땅 구하기도 힘들고, 새로 진입한 사람들은 농업인으로 인정도 잘 안 해줘서 혜택 받기도 어렵죠. 그러니 미래 계획에 조금이라도 농사를 포함시키기가 쉽지 않아요.

언제든 연결이 가능하다는 안정감

2022년 가을, 짓다는 제주 평대리에 그토록 소망하던 공간을 오픈했다. 솔이 인테리어 실력을 십분 발휘해 제주의 밭담을 닮은 건물을 직접 지어 올린 것이다. 기둥과 천장은 물론이요,

구석구석 어디 하나 멤버들의 손길이 닿지 않은 곳이 없다. 직접 기른 당근으로 짓다의 건강한 기운을 가득 담은 주스도 만들어 팔고, 다양한 수제 간식과 아이스크림도 개발 중이다. 무엇보다 더 나은 삶을 함께 고민하려는 모임과 강연이 활발히 공간을 채우며 전국의 청소년과 청년을 불러 모으고 있다. 짓다가 꿈꾸는 세상은 어떤 모습일까. 거기서 어떤 역할을 하고 싶을까.

비나 짓다, 하면 '온기'가 떠올랐으면 좋겠어요. 삶이 힘들 때, 도움이 필요할 때, 외로울 때 있잖아요. 그럴 때 따뜻하게 맞이해주는 사람들이 거기 있다더라… 인간다움을 간직하려고 노력하는 사람들이 거기 있대… 이렇게 회자되었으면 좋겠어요. 뭐랄까요, 일종의 전설처럼?(웃음) 같이 즐겁게 일도 하고요.

얼마 전에 어떤 커뮤니티에서 독립한 친구들이 찾아왔어요. 그 친구들하고도 MOU를 맺었어요. MOU라고 해서 거창한 거 아니에요. 그냥 종이 한 장에 적은 건데, 별 내용 없어요. 지역에서 재미있게 살자, 1년에 한 번씩은 꼭 얼굴 보자, 정도예요. 근데 친구들이 그걸 몹시 자랑스러워하며 자기 공간에 걸어놓고 안정감을 얻더라고요. 연결되어 있다는 느낌을 받는대요.

언제든 연결이 가능하다는 느낌만으로도 안도감을 줄

수 있단 생각이 들어요. 그렇게 우리가 주변 사람들을 챙기면 우리 그리고 나중에는 우리 아들도 누군가에게 챙김을 받는 세상이 되지 않을까요.

같이 읽으면 좋을 책

고바야시 세카이, 『당신의 보통에 맞추어 드립니다』, 콤마, 2017.
시오미 나오키, 『반농반X의 삶』, 더숲, 2015.

03
섬으로 간 서울아가씨

별명	심바(@simolab_kr)
나이	만 35세
직업	심오한연구소 대표
지역	부산 영도
좌우명	좌우명이랄 것은 없지만 가훈은 '그럴 수도 있지'입니다.
좋아하는 것	작은 일에 고마워하기, 고마운 일은 잊지 않고 꼭 고맙다고 이야기하기! 잠자기, 다양한 맛 느끼기
싫어하는 것	상대방을 존중·배려하지 않는 것. 물속에 들어간 큼지막한 당근
앞으로의 계획	영도에서 관계망을 잘 만들고, 잘 엮고, 잘 꾸려가는 것
키워드	연결
심바의 좌표	부산 영도구 청학서로 11-3 '심오한연구소'

잰걸음으로 서울역 KTX 플랫폼에 도착했다. 며칠 집을 비운다고 생각하니 자잘하게 신경 쓸 게 생각보다 많았다. 내 살림이란, 평화롭기 위해 뭐든 내 손이 닿아야 한단 뜻이다.

최근 부모님 집을 떠나 독립했다. 서울에서 서울로 독립하니 집세가 그야말로 공포다. 하메와 절반씩 부담하지만, 벌이에서 주거비가 차지하는 비중이 상당하다. 그래서일까, 난 수시로 서울 바깥으로 시선을 던진다. 서울만이 답이 아닌 세상을 꿈꾼다. 일자리만 해결되면, 정붙이고 살아갈 만하다 싶으면… 떠나자! 굳이 이 복잡한 곳에서 치여 살지 말고! 그런 생각을 하는 게 나만은 아닌 것 같다. 2021년 기준 7만 명이 넘는 2030세대가 서울을 떠났단다(물론 그중엔 타의로 내려간 이도 있겠지만).

그러나 변화는 언제나 설레면서도 두렵다. 갑자기 어디로 갈 것인가? 장장 30여 년 동안 익숙해진 곳을 떠나 완전히 새로운 어딘가로 삶터를 옮긴다는 건, 상상할수록 엄청난 일로 다가온다. 무슨 일을 할 수 있을까? 외로우면 어쩌지? 새로운 관계는 어떻게 맺을 수 있지? 꼬리에 꼬리를 무는 질문을 대책 없이 붙잡고 있다가 퍼뜩, 심바에게 묻고 싶어졌다. 그녀라면 뭔가 이야기해줄 수 있을 것 같아서.

심바를 처음 만난 건 8년 전이었다. 작고 동그란 안경을 쓴 모습이 어렸을 때 좋아했던 그림책『월리를 찾아라!』를 떠올리게 했다. 놀이공원, 해변 등 수많은 인파 속에서 동그란 안경을 낀 주인공 월리를 찾는 책이었다. 다분히 미국스러운 그림체로 그려진 책 속 세상은 어린 내 눈에 꿈과 환상의 세계였다. 사실 따져보면 심바는 체구도 작고(월리는 껑다리다) 동그란 안경을 썼다는 것 외에는 월리와 닮은 점이 별로 없지만, 그럼에도 심바를 보며 월리를 떠올린 건 상대에 대한 호기심으로 반짝이는 눈빛 때문이었던 것 같다. 그 눈빛에서 익숙한 즐거움이 느껴졌다. 새로운 세계를 탐험할 때의 즐거움 말이다.

말투도 조용하고 리액션이 대단한 것도 아닌데, 심바에겐 사람을 끌어당기는 묘한 매력이 있다. 아니, 오히려 심바는 자신을 드러내는 걸 조심스러워하는 타입인데, 도리어 그 모습에 신뢰가 간다. 살짝 쳐둔 베일 뒤에 무엇이 있는지 궁금해진달까. 너울거리는 얇은 베일을 젖히면 월리의 세계처럼 새로운 세계가 펼쳐질 것 같다. 심바라는 사람이 품은 새로운 세계….

심바는 8년 전 서울에서 결혼식을 올린 후 부산으로 내려갔다. 나처럼 서울 토박이인 심바가 자리 잡은 곳은 부산 내륙도 아니고, 육지와 다리로 연결된 영도라는 섬이다. 인구가 고작 10만여 명 정도 되는 작은 섬. 어디서 그런 힘이 나온 걸까…. 그녀는 3층짜리 낡은 주택을 하나 사서 뼈대만 남기고 뜯어고친 후 '심오한연구소'라 이름 짓고, 동네 친구들과 전국의 또래 청년들에게 개방했다. 그곳에선 각양각색의 모임이 열리고, 청년들이 무시로 자고 간다. 심지어 심오한연구소를 베이스캠프 삼아 영도 한달살이를 한 사람만도 여럿이다. 안주인인 심바는 그때마다 다정하게 전기장판을 깔고 보일러를 올려 손님을 맞이한다. 혹여 손님이 차가운 섬 바람에 추울까 봐.

모두가 위로 올라가려고 할 때 도리어 아래로 내려간 심바의 이야기가 궁금했다. 3층 계단을 타박타박 걸어 올라간 심오한연구소 옥상에서 강아지 꾸꿀이(네팔어로 '개'란 뜻이다)를 안고 차양 넓은 모자를 쓰고 앉아 볕을 쬐는 심바에게 물었다. 왜, 이곳에 왔냐고.

영(0)의 상태에서 영도에 온 서울 청년

기차 타고 부산역에 내리면 바로 옆에 남포동이라는 동네가 있다. 자갈치시장으로 유명한 곳이다. 거기서 동해 쪽으로 육지와 연결된 작은 다리 하나를 건너면 바로 심바가 사는 영도다. 서울 동대문구 정도밖에 안 되는 작은 섬이다.

1900년대 초반까지도 영도는 완전히 섬이었다. 1934년 영도대교가 만들어지기 전까지 부산 내륙과 영도를 오가는 건 나룻배가 전부였다. 영도대교는 국내 유일의 도개교跳開橋로, 지금도 매주 토요일에 다리를 위로 올리는 행사를 할 정도로 상당한 명물이다. 영도는 부산에서 '노화한' 곳으로 꼽힌다. 노인 인구가 가장 많단 뜻이다. 세상이 빛의 속도로 바뀌는 가운데서도 소금기 머금은 바람에 깎이고 빛바랜 동네 미용실이 굳건히 자리를 지키고 있는 곳. 서울 토박이 심바는 시간이 멈춘 듯한 그곳에 자리를 잡았다.

꼭 서울이어야 하는 건 아니라고 생각했던 심바가 부산으로 향한 건 남편 오동이 부산에서 활동했었기 때문이다. 그렇다고는 하지만 살 집이나 할 일, 정해진 건 하나도 없었다. 내려올 당시 둘은 그야말로 '0'이었다고 한다. 참 용감하기도 하지. 일단 살 곳부터 마련해야 했던 심바는 수많은 집을 보러 다니며, 부산 하늘 아래 내 집 찾기에 열중한다. 그렇게 발품 팔던 중 마지막으로 만난 게 영도였다고.

부산까지 왔으니 이왕이면 바다가 보이는 곳에 살고 싶었어요. 여기가 딱이었죠. 지대가 높아 옥상에 올라가면 바

다가 한눈에 보여요. 사람들이 야경 보러 이 집에 올 정도
예요. 언덕에 있어 집값도 쌌고요(웃음). 마음에 들어 계약
하고, 대여섯 달 동안 뼈대만 남기고 다 뜯어고쳤어요.

집이 해결되었으니 이제 뭘 하냐는 고민이 남았었죠. 오
동이 제안을 하나 했어요. 우리가 가진 게 집밖에 없으니
까(비록 일부는 은행이랑 공동소유지만⋯후후), 집으로
뭘 해보자고요. 목적은? 청년들이 많이 찾아오게 하는 것!
오동이 원래 청년 정책을 연구했거든요. 어떻게 하면 청년
의 삶을 더 낫게 만들지 정책적으로 고민하는 일이요. 정
책을 만들려면 여의도 국회에서 뛰는 것도 중요하지만, 일
상에서도 청년들의 이야기가 모아져야 한다고 생각했어
요. 그런데 지방에선 청년들이 모이기가 어렵잖아요. 모일
곳도, 모일 일도 별로 없고요. 그래서 이곳에서 새로운 실
험을 해보고 싶다고 했어요. 모임도 열고, 같이 살아보기도
하고요. 그러니까 이 집을 영도의 '청년 커뮤니티 하우스'
로 만들자는 거였죠.

이제야 하는 이야기지만, '같이 살아보기', 그러니까 코
리빙Co-Living에 있어서 오동이 최초로 제안한 방식은 훨씬
더 과감했어요. 이 집은 총 3층이고 1·2층엔 주방, 화장실
이 있는데요, 오동이 3층 작은 방 하나만 우리가 쓰고 나머
지 공간을 몽땅 다른 청년들과 공유하자는 거예요. 아니⋯
아이디어에는 동의하지만 아무리 그래도 프라이버시는 좀

보장되어야 하지 않겠어요! 치열하게 토론한 끝에 결국 저희가 2·3층을 쓰고 1층만 공유하기로 했어요. 방 세 개에 여섯 명이 잘 수 있도록 2층 침대를 넣었죠. 지금 생각하니

남편 오동의 '쌓아서 뭐하나'론

자기 집을 또래 청년들에게 내놓겠다는 과감한 발상은 도대체 어떤 사람이길래 가능한가. 덩치가 곰처럼 크지만 영화 「쿵푸팬더」의 '포'처럼 기민한 오동은 몸의 품만큼이나 마음의 품도 넓은 사람이다. 아름드리 오동나무에서 따온 오동이라는 별명 딱 그대로다. 사람들은 언제 어디서든 자연스레 알게 된다. 답답하고 더운 여름날 그늘을 찾아 모이듯, 오동에게 가면 마음이 시원해진다는 걸.

오동에게 왜 청년 정책 활동가로 일하냐고 물었다. 뭔가를 문제라고 느끼긴 쉬워도 그 문제를 해결하기 위해 발로 뛰는 활동가가 되는 건 다른 일이잖는가. 뭔가 멋있는 이유가 있을 거라고 생각했는데 의외의 대답이 돌아왔다.

"음… 나의 노후를 위해서?(웃음) 지금 노인부양비율이 4~5:1이에요. 생산가능인구 네다섯 명이 노인 한 명을 부양한다는 거죠. 근데 20~30년만 지나면 이 비율이 1:1까지 떨어질 거라고들 예측해요. 인구가 줄어드니까요. 지금 추세로는 그 시점이 더 빨리 올 수도 있어요. 더 문제는 생산가능인구 중에서도 진짜 돈을 버는 경제활동

인구예요. 그 시작점에 위치한 게 청년이죠. 그런데 경제가 어려워지고, 빈부격차가 갈수록 심해지는 오늘날 청년의 삶이 불안정 그 자체잖아요. 1:1에서 앞쪽의 '1'이 흔들리면 뒤쪽의 '1'도 온전히 1일 수 없겠죠. 이러니 청년들의 삶을 살피지 않을 도리가 있어요?"

명쾌한 논리다. 그래서 더 궁금해졌다. 또래 청년들과 집(의 대부분)을 공유한다는 발상은 어떻게 가능했던 걸까? 그 대답 또한 거침이 없었다.

"재산 쌓아서 뭐 하나 싶어요. 아이도 안 가질 건데, 심바랑 저랑 재미나게 사는 데 큰돈 들겠어요? 전 미래가 별로 불안하지 않아요. 건강하기만 하면 어떻게든 살겠지, 하는 마음이랄까."

아아… 그 말을 들으니 오동의 마음이 조금 이해될 법도 했다. 개인적으로 난, 이 시대 청년들이 인생에 있어 비트코인이나 주식이 아닌 다른 무엇에 투자해야 한다고 생각해왔다. 이제 우린 너무나도 잘 알지 않나. 돈 모아 좋은 집 사고 좋은 차 굴리는 게 행복의 전부가 아니며, 어차피 큰돈을 모으기는 너무나 어렵다는 걸. 그렇다면 미래를 위해 시간과 품을 들여 투자해야 하는 대상은 뭘까. 그건 다정한 관계고, 선의라고 믿는다. 지루한 일상, 불안한 미래에서 우릴 건져 올릴 것은 관계다. 관계 속에서 삶은 풍성하고 특별해지며, 어디에 있든 든든하고, 무엇보다 지금 이 순간 행복하다. 오동은 관계의 싹을 틔우는 지혜를 품고 있는 사람이 아닐까.

내 말대로 하길 잘했지, 오동? (옆에서 웃으며 고개를 끄덕이는 오동…)

마음을 전할 마음

심바와 오동의 앞 글자를 따서 이름 붙인 공간, 심오한연구소는 그렇게 탄생했다. 하지만 심바에게 영도가 낯설듯, 영도 또한 생소한 개념의 집을 꿈꾸는 심바를 낯설어했다. 이사 후에도 한참 동안 마을에선 부부에 대한 소문이 자자했다. 서울 청년 부부가 당최 올 이유가 없는 이곳에 이사를 왔으니 오죽했을까.

어느 날 동네 청년 한 명이 집에 와서 그러는 거예요. "저쪽 슈퍼에서 소문 많이 들었는데 이제야 와 보네요" 하고요. 30여 년을 서울에서 아파트 키즈로 살았던 터라 그런 상황이 생소했어요. 아파트라고 해서 이웃 간 왕래가 아예 없는 건 아니지만 여기처럼 소문이 빨리, 많이 도는 건 처음 겪는 상황이었죠. 뭘 해도 눈에 띄었고, 호기심 어린 시선을 한몸에 받는 느낌이었어요.

일거수일투족을 궁금해하시는 동네 분들 때문에 처음엔 스트레스도 많이 받았어요. 예를 들면 우리 차를 매번 슈퍼 옆 주차장에 댔는데, 어르신들이 오늘은 차가 있나 없나를 보시는 거예요. 없으면 남편 어디 갔냐고 물으세요. 당시 오동이 전국 출장이 잦았거든요. 보름 동안 집을 비운 적도 있었어요. 제 입장에선 집에 덩그러니 혼자 남겨져 있단 사실을 주변에 알리고 싶지 않았어요. 무슨 일이 일어날 거라고 생각했던 건 아니지만, 그냥 본능적인 두려움이었던 것 같아요. 그래서 오동 잠깐 어디 갔는데 이따 새벽에 올 거라고 거짓말도 하고 그랬죠.

근데 나중에 동네 어르신이 오동한테 제가 되게 서울깍쟁이 같고, 감추는 게 많다고 그러셨다는 거예요. 더 서운한 건, 그걸 듣고 온 오동은 또 저보고 그러지 말라는 거 있죠. 제가 왜 무서워하는지 이해를 못 하더라고요. 보안장치도 달려 있는데 뭐가 무섭냐고… 내 편이 아무도 없다는 생각이 들어 굉장히 서운했어요(한숨). 지금이요? 지금은 다 적응했죠. 여기 산 지 벌써 8년 차인걸요. 이제는 주변 분들과 신뢰가 쌓여서 괜찮은 것 같아요. 처음엔 어느 선까지 말을 해야 할지 잘 몰랐어요."

난감했을 8년 전 심바의 모습이 미래의 내 모습 같았다. 세상의 약한 동물이라면 어떻게 그녀의 본능적인 두려움에 공감하지 않을 수 있을까. 누군가 이해하기 어려워 보이는 행동을 해도 막상 들어보면 사연 하나씩은 다 있는데, 우린 늘 이해보

미래를 위해 시간과 품을 들여
투자해야 하는 대상은 뭘까.
그건 다정한 관계고, 선의라고 믿는다.

다 오해로 빠지기 쉽다.

어쨌든 그때부터 심바는 동네 분들과 관계를 쌓기 위해 크고 작은 노력을 기울였다고 한다. 음식을 하면 맛이 있든 없든 조금이라도 나누고, 명절에 작은 선물 하나라도 챙기고. 그러자 마을 어르신들도 서서히 마음을 여셨다고 한다. 아무리 낯선 곳이라도 녹아들지 못할 이유는 없다. 마음을 전할 마음만 있다면.

관계 속에서 비로소 나로 존재하다

잠시 딴 얘기. 혹시 어디 먼 곳으로 여행 가서 그런 장난쳐본 적 있는지? 나를 완전히 다른 나로 소개하는 장난 말이다. 이름도, 가족 관계도, 관심사도, 직업도, 성격도 바꿔서 소개하는 거다. 생각보다 꽤 재미있다. 거기선 아무도 원래 내 모습을 모르니까 가능한 일이다. 아, 내 마음대로 내 모습을 만드는 자유로움이란!

하지만 여행이 즐거운 이유는 여행이기 때문이다. 어떤 것에도 얽매이지 않는 자유로움은 여행이 주는 즐거움의 원천이지만, 어디에도 발 딛지 못하는 상황이 계속된다면 그건 자유로움이 아닌 부유浮游하는 상태에 불과하다.

영도에 정착한 심바가 친구를 사귀고 관계를 맺고 싶어 한 이유 또한 단지 외로워서는 아니었다.

내가 없어진 것 같았어요. 여기 처음 왔을 때, 다들 나를 '나'로 안 불러주는 거예요. 원래 살던 곳에선 누구나 어딘가에 속해 있잖아요. 가족이든, 학교든, 직장이든. 저도 서울에선 항상 소속이 있었고, 그 속에서 심보라, 심바라고 불렸어요. 굳이 저를 설명하지 않아도 됐고요.

그런데 여기 오니까 그런 것들이 다 사라지고, '오동의 아내'로만 소개되는 거예요. 그래도 오동은 부산에서 청년 활동을 한 적이 있어서 사람들과의 관계가 형성되어 있었거든요. 그게 나쁜 건 아닌데, 썩 마음에 들진 않았어요(웃음). 내가 나로 있는 게 아니라 '누구의 무엇'으로 있는 것 자체가 너무 어색한 거예요. 그래서 내가 나로서 관계를 만들어야겠다는 생각이 들었어요. 뭘 해야 할지는 아직 잘 몰랐지만요.

그러면서 오동을 따라 프로그램이나 행사에 참여해서 또래 친구를 하나둘씩 만났는데, 가만 보니 오동이랑 먼저 알았던 사람들이 되려 제 친구가 되기 시작하는 거예요(웃음). 잘 모르겠지만 아마 오동보다 절 더 편하게 생각하는 것 같아요. 굳이 나누자면 오동은 공적인 면이 큰 사람이거든요. 일로 만날 기회가 더 많은 사람이랄까요. 오동 자체가 누군가에게 마음이 쓰여도 개인적으로 연락하기보단 일로 만나는 스타일이기도 하고… 뭣보다 무척 바쁘니까요! 그에 비해 전 더 사적인 사람이랄까…. 비유하자면 꼭 무슨 일이 없더라도 소소하게 연락을 남겨보는 사람인 거죠. 상대도 저한테 그렇게 대해주길 바라고요.

이곳에서 친구를 사귀면서 정체성을 다시 쌓고 싶은 마음 그리고 청년들을 많이 초대하고 싶다는 심오한연구소의 목적이 묘하게 맞물리는 지점이 있었어요. 그렇다면 내 손으로 직접, 사람들을 만날 수 있는 프로그램 같은 걸 만들어보면 어떨까 하는 생각이 든 거죠.

그렇게 심바는 사심 한 방울을 넣어 심오한연구소에서 첫 프로그램을 연다. 바로 '심오한영화제'다. 어떤 주제에 관해 심바가 선정한 영화 세 편을 함께 보고 이야기 나누는 기획이다. 2017년 10월의 어느 날. 좌충우돌, 우여곡절 끝에 첫 영화제가 열렸다. 마침내 1층 거실에 사람들이 옹기종기 아빠다리를 한 채 모여 앉고, 모두의 시선이 빔 프로젝터에서 흘러나오는 영화로 향하던 그 모습이, 심바는 지금도 가끔 생각난다고.

잘 찾아오라고 건물 3층 외벽에 현수막을 세 개나 제작해서 걸었는데, 그날 비가 왔던가… 아무튼 바람이 엄청났어요. 거센 바람에 정신없이 펄럭거리는 현수막을 어떻게든 붙잡고 걸려다가 제 정신도 날아가는 줄 알았어요(웃음). 그렇지만 첫 영화제를 치르고 참 행복하고, 벅찼어요. '텅 비어 있던 공간이 사람들로 가득 찼을 때, 상상이 실제가 되었을 때의 느낌이란.' 당시 인스타그램에 썼던 문구예요. 정말 열심히 준비하면서도, 한편으론 '진짜 이 공간에 사람들이 꽉 차게 앉아 이야기를 나누는 날이 올까' 하고 반신반의했달까요.

심오한영화제의 기획 자체는 단순해 보이지만 심바가 던진 주제와 그 성과는 결코 단순하지 않았다. 여태껏 진행한 심오한영화제의 회차별 캐치프레이즈에서도 엿볼 수 있다.

1회: 시작하기
2회: 환경 - 우린 결국 우주쓰레기가 될 거야
3회: 여성 - 원래 그런 건 없어
4회: 채식·비건 - Let's Begin! Let's Vegan!
5회: 도시의 다양한 구성원 - 나도 주민입니다
6회: 목소리 - Do you hear me?

문구가 뇌리에 팍팍 박힌다. 영화제 주제는 무조건 힙해 보여야 한다는 기획자 심바가 오랜 고민 끝에 내놓은 산물이다. 주제는 어떻게 선정하느냐고 물었더니, 매년 1월 1일에 번개처럼, 그해 어떤 주제를 다룰 것인가에 대한 아이디어가 떠오른다는 답이 돌아왔다. 보통 가을쯤 영화제를 여니까 주제와 그에 맞춰 선정된 세 편의 영화는 봄부터 여름까지, 장장 8개월 이상 느리게 뜸 들여 정성스레 지어낸 밥과 같은 셈이다. 심바가 지난 5년간 이 밥을 계속 지을 수 있었던 건 맛있게 먹고 기뻐하는 사람들 덕분이었다.

반응이 정말 좋았어요. 이런 주제 자체를 처음 들어봤다는 분들이 많았어요. 커뮤니티 하우스라는 개념처럼, 영화제의 주제들도 이곳에선 생소했던 거죠. 계속 열리면 좋겠다고⋯. 근데 쉽진 않았어요. 특히 코로나 땐 열지 말지 심각하게 고민했어요. 어차피 이건 부산국제영화제 같은 것도 아니고 그냥 저 개인이 여는 소소한 이벤트잖아요. 꼭 해야 하는 것도 아니고, 무엇보다 '이 상황에서 이걸 기대하는 사람들이 있을까?' 그런 생각이 들었죠. 그래서 고민하다가 딱 열 명이라는 기준을 세웠어요. 영화제 언제 여냐고 나한테 딱 열 명만 물어오면, 그럼 열겠다 다짐했죠. 영도에서 청년 열 명이 적은 숫자는 아니거든요. 그런데 열한 명이 문의를 한 거예요! 군말 없이 준비했죠(웃음).

사람들이 제가 마련한 자리에서 몰입할 때, 딱 그때 표현하기 어려운 어떤 느낌이 있어요. 분위기가 정말 좋을 때, 사람들 표정에서 뭔가가 느껴져요. 그걸 볼 때 '아, 이거 열기 정말 잘했다'는 생각이 들어요. 물론 제 의도가 전부 가닿지 않을 때도 있어요. 저는 A라는 주제를 이야기해보고 싶어 자리를 열었는데 이야기가 B라는 주제로 흘러

가기도 하고…. 하지만 그 또한 의미가 있다고 생각해요. 사람마다 관점이 다르니까요. 그 자리의 충만함을 공유했다면, 그걸로 전 행복해요.

생애 처음, 내 동네

　조용했던 섬에 복작이는 소리가 들리자 영도 어르신들도 서울에서 온 청년 부부를 새롭게 궁금해하기 시작했다. 이러이러

사람마다 보는 관점은 다르니까요.
그 자리의 충만함을 공유했다면,
그걸로 전 행복해요.

한 자리가 있는데 한번 참여해보겠냐는 연락이 오기 시작했고, 그렇게 심바는 영도작은도서관 운영위원회, 영도선거관리위원회, 영도구민소통참여단 같은 것도 해보고, 영도 할매들과 텃밭 가꾸기도 해봤단다.

　　구민소통참여단이라고 하니 구민이 다 모이나 보다, 그럼 청년들도 있을까 싶어서 가겠다고 했어요. 구민이라 하면 어떤 분들이 있을까 궁금하기도 했고요. 내가 사는 곳이 궁금하기도 하고, 공정여행사에서 일할 때 로컬투어리즘에 대해 고민한 적도 있어서 진짜 이 '지역'을 알아보고 싶은 생각도 있었어요.

　　근데 회의를 오후 두 시에 하는 거예요(웃음). 당연히 청년은 거의 없었고요. 오후 두 시에 올 수 있는 청년이 몇이나 있겠어요. 새마을운동하시는 분들, 통장님들 사이에서 우두커니… 좀 아쉬웠죠. 영도작은도서관 운영위원회도 청년이 들어오면 좋겠다 하셔서 갔는데 너무 옛날 방식으로 운영이 되더라고요. 돈 모아서 매월 만나 밥도 먹고 해야 한다고…. 그것도 나름 좋지만, 도서관 운영위원회면 마을 분들이 읽으면 좋을 것 같은 책을 선정하는 등 도서관 자체에 대한 이야기를 할 거라고 생각했는데 꼭 그렇진 않더라고요. 나중엔 잘 운영되는 타 도서관 견학도 같이 가고 그랬지만, 결국 오래 하진 못했어요.

바지런했던 행보를 들으니 누군가 심바를 동네고 뭐고 관심하나 없는 서울깍쟁이라고 부른다면 내가 다 억울하겠단 생각이 들었다. 호기심과 애정으로 계속 두드렸지만 지역문화, 세대차이의 장벽은 과연 높았던 듯하니까.

하지만 심바는 종횡무진! 어르신들의 '동네'를 경험하는 동시에 계속 또래 청년들을 만났다. 그러면서 같은 또래인데도 영도 토박이 청년들이 고향을 바라보는 시각은 자신 같은 이주민의 그것과는 또 다르다는 걸 깨달았다고 한다.

전 여기가 조용하고, 뭔가 마을 같은 분위기가 있어서 좋거든요. 근데 여기에서 계속 산 친구들 중 절반 정도는 그걸 지겨워하더라고요. 우리 동네만 발전이 안 된다며 원망기도 하고, 떠나고 싶어 하고요.

물론 사람들의 욕구도 하나로 수렴되진 않고 다양해요. 요즘 영도에는 남쪽 해안 절벽의 흰여울문화마을을 중심으로 카페나 분위기 좋은 가게들이 들어서는 추세거든요. 영도와 그리스 산토리니를 합친 '영도리니'라는 별명도 생겼을 정도죠. 흰여울 쪽에 사는 사람 중에는 왜 영도가 이렇게 되어버렸을까, 외지인들 좋은 일만 시킨다고 한탄하는 사람들도 있어요. 반면 제가 사는 청학동 쪽 사람들은 이제야 영도가 좀 발전하나보다, 그래요. 저희 집 아래 편의점이랑 M 패스트푸드점이 2014년에 처음 생긴 거래요.

예전엔 그런 데 가려면 왕복 40분을 걸어야 했던 거예요. B 패스트푸드점은 2022년 3월에서야 개장했어요. 어떤 분위기인지 아시겠죠. 요즘 서울 망원동처럼 멋진 카페가 하나둘 생겨나니 전 영도가 너무 개발되는 게 아닌가 하는 위기감이 드는데, 여기 청년들은 이제 친구들이 알아서 영도에 찾아오니 좋다는 거예요. 이런 이야길 들으면서 지역에 대한 제 나름의 관점이 생겼어요.

그 친구들과 이야기하면서 그들이 겪는 경험, 필요로 하는 부분이 지금 당장 청년 정책으로까지 이어지진 못하더라도 최소한 서로 나눌 수 있는 자리라도 열리면 좋겠다 싶었죠. 그게 친구를 만들고 싶은 제 욕구와도 맞물려 심오한연구소를 지속할 동력이 되었어요.

조약돌을 하나하나 올려 탑을 쌓듯, 심바가 차분히 관계의 탑을 쌓아 올린 지 이제 여덟 해가 되었다. 그렇게 만든 관계에서 또 다른 관계가 피어난다. 가장 최근에 심바가 기획한 점-선-면 프로젝트(채우다, 섬)를 보면 그 관계망이 얼마나 다양하고 넓어졌는지 한눈에 알 수 있다. 처음에 기획한 심오한영화제가 아무것도 없는 황무지 같은 곳에서 치러낸 혼자만의 작품이었다면, 2020년 12월부터 이듬해 1월까지 기획한 '점-선-면 프로젝트'는 영도 안에서 작은 변화를 만들고 있는 다른 공간들과 콜라보로 진행했다. 그간 녹색광선(독립서점), 손목서가

(북카페), 와치홈바(술집), 리케이온(생태카페), 문제없어요(카페) 등 영도의 조용하고 고즈넉한 분위기를 사랑해 자리 잡은 이들이 늘었고, 8년 차 주민인 심바의 관계망은 이들을 엮고 모아낼 정도로 넓어졌다.

> 저흰 결혼해서 온 부부니 어르신들이 좋게 봐주신 것도 있어요. 기혼 부부는 우리 사회가 전통적으로 요구하는 정상성의 범주에 꼭 들어맞으니까요. 하지만 그게 다는 아니었어요. 이사 와서도 평범하게 회사 다녔다면 지금처럼 여기가 내 동네라고 느꼈을 것 같진 않아요. 내 동네라는 느낌이 든 건 이 지역과 만나기 위한 활동을 이어나갔기 때문이에요. 누구에 의해서 맺어진 게 아닌 오롯이 나를 중심으로 관계가 만들어지고, 그렇게 이웃을 사귀고 친구를 만들면서 여기가 내 동네라는 느낌을 받았어요.

난 심바 말이 무슨 뜻인지 너무 잘 안다. 나도 그런 경험이 있다. 심바가 부산으로 내려간 시점은 내가 부모님과 공동체마을로 이사한 시점과 비슷하다. 앞서 말했듯 아이들을 공동육아하기 위해 몇몇 가족이 모인 게 시발점이 되어 지금은 서울에서 가장 큰 공동체마을이 된 이곳에서, 작게는 각종 소모임부터 크게는 마을 축제까지 다채로운 행사가 열린다. 다정한 관계를 맺을 수 있는 토양이 충분히 갖춰진 이곳이지만, 몇 년을 살면서도 난 여기가 내 마을, 내 동네라는 생각이 전혀 들지 않았다. 직장 다니느라 바쁜 사람에게 그런 모임이나 관계들은 딴 세상 이야기였고, 아이 없는 내가 공동육아를 중심으로 짜여진 마을에 끼어들 여지는 아무래도 없다고 생각했다. 주말이면 근처 힙한 카페에 가서 혼자 노트북 켜놓고 분위기만 몇 시간 즐기다 오는 게 다였다.

그랬던 내가 이 동네에 사는 즐거움을 느낀 건 친구를 만든 다음부터였다. '더 많은 비육아 커뮤니티가 생겨났으면 좋겠다'는 생각으로 잘 모르던 동네 청년 대여섯 명과 덜컥 '청년 축제'를 기획했는데, 무려 50여 명이나 놀러 오는 대성공을 거뒀다. 한 달 정도 축제를 준비하고 열면서 친구를 많이 사귀었다. 동네에서 길 가다가 인사 나누고 소식을 전해 듣거나, 단골 가게를 공유하는 건 정말 즐거운 일이란 걸 깨달았다. 관계가 쌓일수록 즐거운 경험도 몇 배로 늘어난단 사실도!

관계를 맺으며 그런 느낌이 들었어요. '내가 진짜 여기서 살고 있구나.' 어디가 '내 동네'라는 생각이 든 건, 인생 처음이에요. 예전엔 왜 이런 느낌이 안 들었을까… 생각해 보면 시간을 들인 만큼 내 동네라는 생각이 든 것 같아요.

『어린 왕자』에서 여우가 이런 말을 한다.

관계를 맺으며 그런 느낌이 들었어요.
내가 진짜 여기서 살고 있구나,
여기가 내 동네구나.

"네 장미꽃을 그토록 소중하게 만든 건 네가 너의 장미에게 소비한 시간 때문이야."

아파트 키즈였던 심바나 내가 처음으로 '내 마을' '내 동네'를 가지며 얻은 깨달음은 서로 닮아 있다. 결국 중요한 건 내 마음이다. 내가 나라는 깃발을 꽂을 마음을 내는 것. 거기서부터 내 영역이 그려지고, 그려진 딱 그만큼이 '내 마을'이 된다. 아무리 특별한 마을이고 동네라도, '내 마음'이 거기 없으면 그건 없는 거다. 매스컴에서 그리는 이상적인 마을의 모습은 그렇게 마음을 낸 개개인이 모인 집합체다. 저마다 시간을 들여 동그라미, 세모, 네모로 그린 영역들이 겹치고 합쳐져 만들어진 아름다운 덩어리가 비로소 우리 눈에 보이게 된 것이란 걸, 이제야 조금 알 것 같다.

결국 기대어 사는 건 사람

올리브나무가 한구석에 자리한 심오한연구소 옥상은 볕이 참 좋았고, 꾸꿀이를 쓰다듬는 심바의 모습은 평화로워 보였다. 8년이라는 시간이 선물한 평화다. 몸은 작고 말랐지만 속은 꽉 찬 알밤처럼 단단히 여문 내 친구 심바….

세상을 바꾸기 위해 소리 높여 외치고, 길거리로 나서는 이들이 있다. 그들이 봤을 때 심바의 발자국은 너무나 작고, 목소리는 너무나 낮다고 생각할지도 모른다. 하지만 작은 씨앗 한 알이 세상 무엇보다 강한 생명력으로 척박한 땅에서도 새싹을 틔우듯, 심바 또한 영도에 뿌리를 내렸다. 느리지만 꾸준하게. 심바를 보면서 노랗고 어여쁜 민들레가 떠올랐다. 바람을 타고 날아온, 솜털처럼 가벼운 씨앗에서 피어난…. 심바는 내게 심바라는 작은 민들레 씨앗이 영도의 물과 바람을 만나 싹을 틔우는 이야기를 들려주었다. 그렇게 영도의 한구석에 자리 잡은 심바가 다른 이들의 마음속에도 또 작은 씨앗 하나를 심어 보내 결국 주변을 온통 따스한 노란색으로 물들이는 이야기. 이런 내 감상을 전하자 심바는 수줍게 웃었다. 사실은 그냥 친구를 만들고 싶었을 뿐이라고.

서른이 다 되어 영(0)에서부터 관계 맺기를 다시 하라면 못 할 것 같아요. 오히려 캠핑카 타고 돌아다니면서 사는 게 더 쉽겠다고 생각할 정도로요. 돌이켜 보면 어떻게 했나 싶어요. 잘 몰라서 가능했어요. 무식하면 용감하다잖아요(웃음). 그만큼 여태 맺은 관계가 소중해요. 그 관계를 이곳에 살러 오는 또 다른 청년들과 연결해줌으로써 그들을 돕고 싶어요. 결국 기대어 사는 건 사람이니까요.

같이 읽으면 좋을 책

김동복 외, 『슬기로운 뉴 로컬생활』, 스토어하우스 , 2020.
마쓰나가 게이코, 『로컬 지향의 시대』, 알에이치코리아, 2017.
어반플레이, 『로컬전성시대』, 어반플레이, 2019.
하토리 시게키 외, 『마을이 일자리를 디자인하다』, 미세움, 2017.

04

좋아하지만 몰빵은 안 해

별명	숫돌(@performancehammer)
나이	만 27세
직업	대장장이
지역	충남 부여
좌우명	인생은 유목하는 것처럼 사는 것, 두려워 말고 도전하자.
좋아하는 것	사람들 앞에서 노래하기, 새로운 것을 배우고 누군가에게 나의 지식을 전해주기
싫어하는 것	눈치 보는 것, 너무 기름진 음식
앞으로의 계획	나 자신에게 솔직하고, 버킷리스트를 만들어서 하나하나 이뤄나갈 예정입니다.
키워드	지속가능한 열정

"넌 뭘 좋아하니?"

"뭘 하며 살고 싶니?"

살면서 이 질문 한 번 안 들어본 사람, 아마 없을 거다. 이 질문은 어디에나 포진해 있다. 교실, 각종 광고, 강연, 심지어 서점 매대까지…. 나이를 가리지 않고 누구나 이 질문의 습격을 받는다. 바야흐로 모두가 '나'이기를 주문받는 시대다.

꼭 그래서만은 아니겠지만, 좋아하는 일을 하면서 살고 싶다는 것은 자연스러운 바람이다. 언젠가 유튜브에서 우린 인생의 3분의 1을 일하며 보낸다는 계산을 본 적 있는데 아주 설득력 있었다. 그 영상의 결론은 이거였다. 그러니 기왕 일할 거, 좋아하는 일을 하라고. 만약 실패하더라도 그동안은 즐거웠으니까.

그런데 그게 그렇게 쉽지 않다는 게 문제다. 왜일까. 내 경우 첫 번째 이유는 뭘 좋아하는지 아직도 잘 모르겠단 거다. 대학 졸업하고 서른 중반이 될 때까지 여덟 가지 일을 거쳤다. 대부분의 일에서 적당히 흥미를 발견할 수 있었고, 어떤 일을 맡겨도 곧잘 해냈다. 적성과 능력 면에서 모두, 난 이른바 '팔방미인'과였다. 좋은 것 같지만 이건 자랑이 아니다. 엄마는 늘 입버릇처럼 팔방미인이 굶어 죽는다며 뭐라도 하나 제대로 붙잡으라고 했지만, 어쩌겠나 타고나길 그렇게 타고난 것을. 문제는 다채롭지만 뚜렷하지 않은 내 색깔이 좋아하는 일을 찾는 데도 유리보단 불리에 가깝게 작용했다는 거다. 나는 적성을 살려 일하는 게 아니라 일에 적성을 끼워 맞추는 타입이다. 그러다 보니 세상에 진짜 좋아하는 일이라는 게 있기나 한 걸까 싶은 생각이 종종 들기도 한다. 이런 내가 이상한 걸까.

좀더 들여다보고 싶은 건 두 번째 이유다. 좋아하고 잘 맞는 걸 찾아도 혼란스럽다는 것. 다양한 경험 중 굳이 꼽자면, 난 여행과 글쓰기가 좋다. 헬프엑스HelpX라는 독특한 방식으로 여행을 다녀왔고, 그 경험을 책으로 쓰면서 알게 된 사실이다. 새로운 방식의 여행을 통해 넓은 세상을 만났고, 그 세상에 내 시선이 닿아 탄생하는 생각들이 있었다. 그걸 글이라는 형태로 남겨 사람들과 나누는 건 즐겁고 보람된 일이었다. 하지만 여행 작가로는 생활이 안 된다. 그렇다면 방법은 두 가지다. 생활을 아예 질적으로 변화시키든지, 아니면 어느 정도 일반적인 생활을 고수하기 위해 다른 일을 병행하든지. 여태까지 나는 늘 후자를 택했다. 직장인으로서의 김소담과 여행 작가로서의 김소담. 여러 정체성을 고무줄놀이하듯 양쪽을 넘나드는 건 괜찮은데, 때로 혼란스럽기도 했다. 내가 여행과 글쓰기를 진짜 좋아하는 게 맞나? 좋아한다면 좀더 끈질기게 붙잡아야 하는 게 아닐까? 계속 스스로에게 묻다 보면 이런 반항적인 생각도 든다. 아니, 얼마나 붙잡아야 '진짜' 좋아하는 건가? 그 기준을 누가 정하나? 진짜 좋아하지 않으면 그 마음은 전혀 의미가 없나?

좋아하는 마음에 대해 이런저런 생각을 하다 보니, 좋아하는 걸 찾았다는 사람들의 이야기가 궁금해졌다. 그들은 어떤 계기로 자신의 마음을 깨달았을까? 한 번에 딱! 깨닫고 지금도 불꽃 같은 열정으로 꽉 붙잡고 있을까? 고민은 없을까? 한 번 시작된 질문이 꼬리에 꼬리를 물었다.

숫돌에게 대화를 청했다. 내가 아는 사람 중 좋아하는 일을 가장 끈질기게 붙잡고 있는 사람이기 때문이다. 숫돌의 일은 아주 독특하다. 그는 화덕에 불을 지펴 쇠를 달군다. 벌겋게 달궈진 쇠를 집게로 집고 수백, 수천 번 망치질해서 세상에 없던 걸 만들어낸다. 그렇다, 숫돌은 대장장이다. 5G 네트워크가 깔리고, 드론이 피자를 배달하고, 냉장고와 대화를 하는 2022년에 이 스물아홉 청년은 어쩌다 이런 예스러운 일을 하고 있을까. 충청남도 부여에 조그만 대장간 '춤추는 망치'를 차려 작업하는 숫돌을 만나봤다.

외로운 길을 택하다

대장간을 직접 본 사람, 요즘 아마 별로 없을 거다. 사극이나 영화에서나 봤을까(아, 게임 캐릭터로 봤단 사람도 있었다). 박물관에서나 볼 수 있을 만한 이 일을 직업이라고 소개하는 숫돌은 94년생, 만으론 아직 서른도 안 되었다. 175센티미터 정도 키에 호리호리한 몸매… 언뜻 보면 평범한 20대 청년이지만 팔뚝으로 시선을 옮기면 생각이 달라진다. 말 뒷다리처럼 갈라진 근육, 조각처럼 돋아난 힘줄… 그야말로 '생활 근육'으로 단단하게 다져진 팔을 보면 아, 이 사람 보통 사람 아니구나, 싶은 삘이 딱 온다. 대장장이라니… 요즘 이런 일 하려는 20대 청년이 얼마나 있을까. 그는 어쩌다 이 길로 들어섰을까.

어릴 때부터 싹이 보였다고나 할까요. 칼을 엄청 좋아했거든요. 국내에서 보기 어려운 디자인의 칼을 해외 블로그까지 뒤지면서 덕질했어요. 밤마다 눈이 시뻘개져서 온갖 칼이 잔뜩 나와 있는 화면을 쳐다보는 모습을 보고 화장실 가던 가족들이 깜짝 놀란 적이 한두 번이 아니었죠(웃음). 어디 해외여행이라도 가면 비행기 티켓만큼 비싼 칼을 사와서 모으기도 했고요. 근데 내가 직접 만들어봐야겠다는 생각은 못 했어요. 거기까지 생각이 미치질 않았던 거죠.
돌이켜보면 손으로 뭘 만드는 건 계속해왔어요. 중학생

때부터 다양한 재료를 다뤄봤죠. 나무를 깎아 작품을 만들기도 했고, 전라북도 완주의 적정기술센터에서 흙으로 집을 지어보기도 했고요.

그러다 언젠가 우연히 유튜브 영상을 하나 봤어요. 외국 대장장이가 칼을 만드는 영상이었는데, 불에 달궈진 뜨거운 쇠를 망치로 때려 자유자재로 형상을 바꾸는 모습이 신선한 충격이었어요. 시뻘겋게 달궈진 쇠의 색깔, 이글거리는 불꽃… 정말 멋있더라고요. 어떻게 대장장이가 되었느냐는 질문을 받고 생각해보니, 그때 제 머리에 그 불이 옮겨붙었던 것 같아요(웃음). '멋지다! 나도 해보고 싶다!'는 생각을 그때 처음으로 했거든요.

쇠를 다루는 데는 여러 방법이 있다. 그중 쇠를 불에 달궈서 두드려 변형시키는 '단조'는 가장 전통 방식으로 꼽힌다. 그런데 국내에서는 이 기술을 배울 수 있는 곳을 찾아보기 어렵다. 목공은 요새 워낙 많이들 하니 클래스나 워크숍이 다양하게 열리지만, 단조 기술은 배우고 싶어도 배울 곳이 마땅치 않다. 하려는 사람도 없고, 가르치려는 사람도 없는 것이다.

대장일은 마음에만 품고 쭉 목공을 했어요. 그러다 스물다섯 살 때 사고를 당했어요. 싱크대 공장에서 일하다가 톱날에 장갑이 말려 들어가 손가락을 다친 거예요. 오른쪽

엄지 끝부분을… 지금도 생각하면 소름이 돋아요. 한 달간 꼼짝없이 병원 신세를 지면서 생각이 많았어요. 천생 몸으로 하는 일을 해야 할 것 같은데, 언제든 이런 위험을 맞닥뜨릴 수 있단 걸 처음 제대로 깨달았던 거예요. 그렇다면, 기왕이면… 더 늦기 전에 하고 싶은 일을 해야겠다는 생각이 들더라고요.

우연히, 그야말로 새처럼 날아든 마음이었단다. 우여곡절 끝에 충청남도 부여의 전통문화대학교 부설 교육원에서 단조 교육을 받을 수 있단 사실을 알게 된 숫돌은 짐을 싸서 부여로 내려갔다. 2년에 걸쳐 기본·심화 과정을 배우고, 대장장이가 되어보겠단 생각을 굳혔다. 스물여섯이 되는 해였다.

좋아하는 마음을 돌보기

현장에서 몸으로 하는 일은 학교에서 배우는 데 한계가 있다. 졸업 후엔 곧바로 실전에 뛰어들어야 한단 걸 숫돌도 잘 알고 있었다. 하지만 국내에 남은 대장간은 몇 군데 없다. 각종 금속·기계 공업이 발달하면서 사람 손으로 농기구나 생활 도구를 제작·수리할 필요가 없어졌으니까. 대장간 산업은 사양길로 접어들었다. 그중 누굴 고용할 정도의 여유가 있는 곳은 더 그렇다면, 기왕이면…
더 늦기 전에 하고 싶은 일을
해야겠다는 생각이 들더라고요.

군다나 손에 꼽을 정도다.

하지만 숫돌은 운이 좋았다. 마침 그를 오라고 한 곳이 있었던 것이다. 미국 인터넷 쇼핑몰 '아마존^AMAZON'에 호미를 납품해 히트 친 덕에 TV 프로그램에도 소개되어 나름 유명세를 탄 곳이었다(아마존에서 우리나라 호미가 원예 부문 상품 TOP10에 올랐다고 한다).

워낙 좁은 바닥이다 보니 제의받기 전부터 숫돌은 그 대장간과 대표를 알고 있었다고 한다. 존경하는 선배님에게 취직 제의까지 받은 건 꿈같은 일이었다. 이야길 들은 가족들도 내심 그가 대장간에 합류하길 바랐다. 안 그래도 생소한 분야인데 사회에서 인정받을 만한 경력도 쌓고, 생활비도 벌 수 있는 기회였으니까. 좋아하는 일을 하면서 돈도 벌 수 있다니, 마다할 이유가 없어 보였다. 하지만 숫돌은 조심스러웠다고 한다. 무엇 때문이었을까?

> 왜 선뜻 발이 떨어지지 않는지, 저도 제게 물었어요. 거의 1년 동안이나요. 그 질문은 결국 '내가 왜 대장일을 좋아하는지'로 이어지더라고요. 전 손으로 뭘 만드는 것, 그 자체를 좋아해요. 만들기 위해 골똘히 생각하고, 만들 때 이것저것 다른 생각하지 않고 몰입하는 그 순간이 좋아요. 그렇게 세상에 없던 무엇을 내 손으로 탄생시킨 결과물을 볼 때 즐겁고요.

제가 대장간에서 해보고 싶은 건 똑같은 호미를 하루에 100개, 500개 공장처럼 생산하는 게 아니에요. 쇠로, 금속으로 다양한 디자인을 실험해보고 싶어요. 철은 자연에서 취할 수 있는 가장 단단하고 무거운, 그래서 인간이 맨손으로 다루기 어려운 재료잖아요. 그런 철도 불에 달구면 자유자재로 휘어져요. 철이 잠시 동안 자기 안의 자유로움과 유연함을 내보이는 시간이죠. 대장간에서는 도저히 변하지 않을 것 같은 철이라는 재료를 자르고 이어 붙이고, 휘고, 꼬고, 아름다운 패턴을 새겨 넣는 등 다양한 시도를 할 수 있어요. 하나하나 만들 때마다 달라서 배움이 있어요. 내가 어느 정도까지 만들어낼 수 있는지 알고 싶고, 그 결과물을 사람들한테 선보였을 때 반응이 궁금해요. 저에게 대장간은 상상력을 실현하는 공간, 예술이 이루어지는 공간이에요. 근데 지금의 대장간은 그렇지 않아요.

　숫돌은 알아차렸던 것이다. 대장간에 합류하는 문제가 하나의 '질문'이란 걸 말이다. 그건 자기가 좋아하는 게 뭔지 더 섬세히, 깊게 들여다보라는 요구였다. 좋아하는 것을 가만히 들여다보면 좋아하는 이유가 있다. 내가 이걸 왜 좋아하는지, 이것의 어떤 부분을 좋아하는지, 좋아하는 마음을 방해하는 게 있는지…. 좋아하는 것 하나를 두고 이리저리 돌려가며 다듬는 작업은, 비유하자면 조각사가 불상을 깎기 위해 나무토막 하나를 놓고 가만히 들여다보는 작업과 비슷할지 모르겠다. 불필요한 부분을 깎아내면 비로소 나무속에 잠자고 있던 불상이 드러나는 것처럼, 좋아하는 마음이 무엇인지 똑바로 알기 위해서는 가만히 들여다보는 시간이 필요하다.

좋아하는 마음은 그냥 뒤도 계속 잘 자라는 무엇이 아니다. 그건 마치 애정을 갖고 식물의 잎을 닦고 물을 주듯, 보살펴야 하는 무엇이다. 잎이 마르진 않는지, 뿌리가 고사하진 않는지 아침저녁으로 살피는…. 누구도 도와줄 수 없고, 자기 자신만 할 수 있는 일이다. 어렵지만, 인생이 재미있는 이유가 바로 거기에 있는 게 아닐까. 나는, 너는, 우리는, 좋아하는 마음을 잘 돌보고 있을까.

큰 대장간에서 절 불러주신 게 감사할 일인 건 너무 잘 알아요. 대장간이 어떻게 돌아가는지 경험해볼 수도 있고, 기술을 더 익힐 수도 있을 거고요. 40~50년 이상 해오신 대선배의 노하우를 바로 옆에서 보는 건 큰 영광이에요. 분명 몇 년 정도는 해볼 만하다고 생각해요.

하지만 지금의 대장간에선 사람이 기계가 되어야 해요. 시스템 속 하나의 부속이 되어서 똑같은 일을 몇 년이고 해야 해요. 호미를 예로 들면, 날 가는 사람은 종일 날만 갈고, 담금질하는 사람은 담금질만 하고… 그렇게 시간이 흐르면 호미가 산처럼 쌓이겠죠. 아마존에 납품해야 하는 딱 그 규격의 호미가요.

　할 수는 있을 거예요. 하지만 지칠까 봐 두려워요. 지금은 좀더 제가 대장간을 좋아하게끔 저 자신을 놓아두고 싶어요. 먹고살기 위해 하는 일에 지쳐서 싹을 없애버리고 싶지 않아요.

불나방처럼 화르륵 타올라 자기 안의 열정을 소진해버리고 싶지 않았던 숫돌은 선택해야 했다. 2021년 5월, 그는 비록 작고 허술하지만 자신만의 작업실인 춤추는 망치를 만들었다.

먹고사니즘 말고는 의미 없나요

이른 아침부터 춤추는 망치의 화덕에 불이 피워진다. 흙으로 직접 만든 화덕 옆엔 불을 피우는 데 사용할 목재가 가지런히 쌓여 있다. 여기저기 발품 팔다 고물상까지 가서 직접 받아 온 철재들이 아침 햇살을 받아 환하게 빛난다. 지금은 녹슨 고철, 못 쓰는 농기구에 불과하지만, 곧 수백, 수천 번의 담금질을 통해 작품으로 태어날 귀한 재료들이다. 숫돌은 화덕에 목재와 탄을 쌓아 능숙하게 큰 불을 피우고 쇠를 달군다. 시뻘겋게 달궈진 쇠… 황홀한 광경이다. 모두의 시선을 빨아들이는 그 이글거림을 모루 위에 올리고 단숨에 망치로 내리친다.

버팀이 유일한 선택지인 현실

누군가는 숫돌에게 "해보지도 않고 지레 겁부터 먹는 게 아니냐"고 할지 모른다. "좋아하는 일 하는 데 그 정도 각오도 없으면 좋아하는 게 아니"라는 말도. 하지만 난 그렇게 말하고 싶지 않았다. 이십 대 초반부터 이런저런 현장을 경험한 숫돌이 하는 말을 들어보면, 누구보다 현장의 생리를 잘 이해하고 있단 걸 알 수 있다. 제자를 받지 않고 까다롭기로 유명한 우리나라 최고 목수 밑에서도 버텼던 그였다.

"예전에 대표님이 그 대장간에서 일했던 젊은이들 이야길 해주신 적이 있는데, 제가 들어도 실망스러운 행동을 많이 했더라고요. 일할 시간에 창고 안에서 노래를 듣고, 팔에 작은 불똥 한 번 튀었다고 병원 가야겠다고 그러더래요. 불을 다루는 대장간에서 몸에 불똥이 튀는 건 어쩌면 당연한 건데⋯. 다른 한 명은 손이 너무 느렸고, 일머리가 없더래요. 저도 굉장히 센스 있게 일하는 편은 아니지만, 현장에서 그런 게 얼마나 중요한지는 알아요.
단언할 순 없지만, 대표님이 젊은 직원들에게 바라는 게 많은 것 같진 않아요. 워낙 다들 기피하는 일이란 걸 잘 아니까요. 하지만 기본이라고 생각하는 것도 안 지켜지니까 실망하신 게 아닐까⋯. 후계자를 양성해서 대장간의 명맥을 잇고 싶은 마음이 없는 건 아니지만, 실망하는 경험이 계속되다 보면 아무래도 열정적으로 후계자를 찾긴 어렵겠죠."

흥미로웠다. 힘든 일은 안 하려 한다, 의지가 약하다 등의 평가는 대체로 기성세대가 젊은이들에게 내리는 것 아니었나. 흔히 '요즘 젊은 것들은…'으로 시작하는 말. 그런데 요즘 젊은 것인 숫돌이 그런 말을 하고 있었다.

사실 이런 이야기를 젊은이에게서 들은 게 이번이 처음은 아니다. 내 주변엔 오히려 주어진 상황을 참고 버티며 최선을 다하는 2030들이 많다. '뭐든지 열심히' DNA가 몸에 새겨진 그들은 때로 자기 자신도 미처 돌보지 못하고 최선을 다한다. 요즘 사회적 문제로 부각되는 번아웃이 그렇게 온다.

대장간, 나아가 회사를 운영하는 이른바 어른 세대에게 이 문제를 곰곰이 생각해보시라고 말하고 싶다. 대장간이 겪는 문제는 요즘 일할 사람이 없어서 문제라는 중소기업의 현실과 닮았다. 정말 일할 사람이 없을까? 왜 젊은이들은 중소기업에 가지 않을까? 혹시 버티는 것 외에 다른 선택지가 없어서는 아닐까? 사람이 있어야 일도 돌아간다. 일에 치여 결국 사람이 떠나고, 종국엔 회사가 돌아가지 못하는 것보다는 지금 당장 일을 손해 보더라도 사람의 마음을 얻는 게 더 나은 선택은 아닐까?

좋아하는 마음은 식물을
기르는 것과 같다.
나는, 너는, 우리는,
그 마음을 잘 돌보고 있을까?

깡깡, 깡, 깡깡, 깡!

집게로 이리저리 돌려가며 정확히 원하는 곳을 내리치는 익숙한 망치질에 쇠는 잠시 고집을 내려놓고 조금씩 모양을 바꾼다. '무쇠 같은 고집'이라는 말이 성립하지 않는 순간이다. 누가 이 비밀을 처음 발견했을까. 수없이 내리치고, 열기를 식히고, 조금이라도 형태가 어긋나면 다시 달구길 반복하면서 숫돌은 쇠의 묵직함을 그대로 품은 작품을 만든다. 정성껏 깎은 나무 자루를 끼운 호미와 모종삽, 촛대와 향꽂이, 고목枯木과 자연스럽게 어우러지는 테이블 다리 등…. 최근엔 서울 성수동에 새로 오픈하는 맥주바에 걸릴 대형 샹들리에를 만들어달라는 꽤 큰 주문도 받았단다. 때문에 40도가 넘어가는 폭염에도 쉴 틈이 없다. 찬물에 적신 손수건 한 장 두르고 숫돌은 여지없이 화덕 앞에 선다.

아쉽지만 대장간 작업만으로 생활은 어렵다. 큰 주문은 이제 막 몇 건 받은 거고, 평소 소소하게 플리마켓이나 온라인사이트에서 작품을 판매하긴 해도 그것만으로 생활비를 충당하긴 어렵다. 원체 수요가 적은 분야이기도 하고, 원래 잘 만드는 것과 잘 파는 건 별개의 문제니까. 숫돌은 자기 한 몸 건사하기 위해 할 수 있는 아르바이트는 다 하고 있다. 막노동부터 명절 과일 상자 포장, 분식집 주방 보조, 버섯농장에서 버섯 따기… 부여 관광두레에서 예산을 지원받아 대장간 체험 프로그램을 기획, 운영하기도 했다. 홍보부터 진행, 결산까지 모든 과정을 겪으며 좌충우돌 애 많이 썼다. 나랏돈 받아서 운영하는 건 또 다른 '일'이고 노하우가 필요하다.

가족들은 우려 섞인 눈길을 보낸다. 뭘 위해서 그렇게까지 하니, 남는 게 뭐니…. 1년, 2년 시간은 흐르고 나이는 들어가는데, 계속 아르바이트하면서 버틸 거니…. 친누나는 전화할 때마다 잔소리다. 그냥 서울 올라와서 용접 일이라도 하는 게 어떠냐고.

"결혼하고 싶은 사람이라도 만나면 어떡할래? 이런 널 다 이해하고 곁에 있어 줄 사람을 만날 수 있을까? 나중에 부모님 편찮으시면? 지금은 다들 각자 생활할 여력이 되니까 너 하나만 건사하면 된다고 하지만, 나중도 생각해야지. 무엇보다 대장장이 그 길이 비전이 있니? 이제 사람들이 대장간 물건 쓰지도 않잖아. 네가 정말 수제의 매력을 살릴 수 있다고 생각해? 예술성을 가미하면 희망이 보일 것 같니?"

따따따따… 따발총 같다. 숫돌도 잘 안다. 비꼬는 게 아닌, 동생이 정말 걱정되어 하는 말이란 것을. 모를 리 없다, 이 길을 계속 갈 때의 리스크를. 하지만 숫돌은 여전히 떠나지 않고 그 자리를 지키고 있다. 왜일까.

　　이유는 한두 가지가 아니에요. 남들은 가지 않는 길을 가고 있다는 것에 대한 자랑스러움 같은 것도 조금은 있고요…. 하지만 솔직해지자면, 가장 큰 이유는 저 자신으로

116

사는 삶을 살고 싶기 때문이에요. 저는 대장간에서 제가 하고 싶은 작업을 할 때 가장 즐겁고, 몰입할 수 있어요. 이 팍팍한 세상에서 그나마 살아 있음을 느껴요. 이 일을 하면서 저 자신을 인정받는 것 같아요. 주변에서 응원도 많이 받고요. 재료를 무상으로 주시는 분도 있고 후원해주겠다는 분도 있고…. 다른 데서 일할 때는 이런 느낌을 못 받았어요.

먹고사는 거 중요하죠, 저도 알아요. 근데 뭐랄까요, 그 말엔 먹고사는 것 외에 다른 건 다 쓸데없는 일로 치부하는 듯한 뉘앙스가 느껴져요. 제가 너무 예민하게 생각하는 건지 모르겠지만…. 전 그 말에 동의 안 해요. 먹고사니즘에만 매달린 결과가 더 나은 건지, 사실 모르겠어요. 지금 대장간의 한계는 먹고사니즘에만 매달리다 보니 생긴 거라고 생각해요. 빨리빨리 정교하게, 제한적인 물건을 뽑아내서 파는 데만 열중하다 보니 이젠 다른 걸 상상하기가 어려워진 거죠. 그러다 보니 기계와 경쟁해야 하고, 싸구려 중국제에 밀리고, 선생님들은 어느새 다들 나이가 들어버리셨죠. 시기를 다 놓치고 이제 와서 돌파구를 찾기가 쉽지 않을 거예요.

숫돌의 선택은 이상적이고, 누군가에겐 이기적으로까지 보일 수 있다. 숫돌 같은 사람을 옆에 뒀을 때, 나도 그렇게 생각했었다. 비난하고, 화를 냈다. 자기 자신으로 살고자 하는 사람과 흔히 생길 수 있는 갈등이었다.

하지만 곰곰이 생각해보니 내 마음이 조금 달라지는 부분이 있었다. 숫돌은 그저 자기 자신이 되고자 할 뿐이 아닌가 말이다. 그와 관계 맺은 상대방은 이런 태도를 이기적이라고 생각할 수 있다. 하지만 관계를 위해 한발 물러서든지, 아니면 관계를 잃어버리더라도 계속 자기 입장을 고수할 것인지는 때가 되었을 때 숫돌이 판단할 일이다. 그렇게 생기는 손해도 스스로 감내하면 될 뿐이고. 그리고 솔직히 모든 사람은 이기적으로 살 수밖에 없지 않나? 따지고 보면 "너 때문에 고통받는다"고 말하는 사람이 그렇게 말하는 이유도 결국엔 그 자신을 생각하는, 이기적인 마음 때문이 아닌가.

어찌 보면 당연한 이 말을 굳이 하는 이유는 좋아하는 일을 고집하는 이들이 흔히 자기가 이기적이라고 생각하는 함정에 빠지는 것 같기 때문이다. '내가 이기적인 사람이라 주변 사람들에게 고통을 주면서까지… 이렇게밖에 못 사나' 하고 자책하게 된다는 것이다. 주변 사람의 비난뿐 아니라 세상의 시선도 한몫한다. '서른이 다 되어가는 남자가…' '그런 일로 가장 노릇은 어떻게 할래…' 같은 말들.

생각해보니 이기적이라는 건 절대적인 게 아니다. 나에겐 이기적으로 보여도 다른 각도에서 보면 그는 그의 삶을 잘 살고 있는 거다. 그러니 비난과 걱정은 잠시 내려놓고, 그저 공존하기 위해 좀더 이야길 나누어보면 어떨까. 모쪼록 세상에 맞서 좋아하는 걸 지켜내고자 고군분투하는 이들이여, 파이팅!

좋아하니까 몰빵하고 싶지 않아요

숫돌의 이야길 들은 사람들의 반응은 대부분 비슷하다. 젊어서 패기가 대단하다, 기특하다, 청년이니 가능한 거다…. 그 말엔 묘한 채찍이 담겨 있어서, 처음엔 뭔가 더 열심히 해야 할 것만 같았단다. 하지만 이어진 숫돌의 말을 듣고 난 또 한 번 생각에 잠겼다. 그렇게 그저 열심히만 하던 숫돌이 깨달은 건 의외로 "대장간에 목매고 싶진 않다"는 거였다고 한다.

주변에서는 어린 나이에 열정이 대단하다고 해요. 대장일 계속하려고 아르바이트도 해가면서 작업실도 만들었다고요. 이제 네 공간도 생겼으니 하고 싶은 작업 마음껏 할 수 있겠다고 하는데, 사실 그게 말처럼 쉽지는 않아요. 이를테면 이런 거예요.

좋아하는 일을 하려고 아르바이트까지 하면서 돈을 버는데, 다 처음 해보는 일이니까 끝나면 에너지가 별로 안 남아요. 그 상태에서 '이게 다 대장간을 하기 위해서'라고 내 입에서 나오는 말이 어느 순간 압박으로 느껴지더라고요. 주변에 이야기하니까 계속 새로운 일거리를 주시고, 그게 감사해서 기대에 부응하려고 또 애썼거든요. 그러다 보니 제 페이스를 잃어버리는 거예요.

어느 날 대장간에서 혼자 작업하는데, 난데없이 눈물이 터져 나오더라고요. 힘들었나 봐요. 다 때려치우고 그냥 쉬고 싶다는 생각이 들었어요. 그때 아차, 싶었어요. 경고음이 울리는 것 같았죠. 대장간에서 무언가를 만드는 그 순간을 순수하게 좋아했던 예전의 나를 잃어버렸구나 싶어서요. 너무 슬프더라고요. 예전엔 밤새도록 망치질을 해도 즐거웠는데 어쩌다 이렇게 되어버린 걸까…. 그때의 열정을 살려보려고 억지로 유튜브 영상을 찾아 보면서 '그래, 나 원래 이런 거 하고 싶었지' 하고 되뇌었어요. 하지만 그게 억지라는 건 저 자신이 가장 잘 알죠. 화덕의 불도 한 번 사그라들면 다시 지피기 어렵듯이, 마음도 마찬가지예요.

그래서 생각했어요. 대장간에 목매고 싶진 않다고. 너무 한 가지 목표만을 향해 달리다 보니, 오히려 멀어진 느낌이에요. 그래서 지금은 대장간에 몰빵하고 싶지 않아요, 잃고 싶지 않거든요.

숫돌의 이야기가 일면 모순적으로 들리는 부분이 있다. 좋아하는 일을 지속하기 위해 아르바이트까지 해가면서 버티더니, 또 좋아하는 일에 몰빵하고 싶진 않다니. 하지만 좋아하는 마음을 지킨다는 대전제를 이해한다면, 좋아하니까 오히려 질려버리고 싶지 않다는 그 생각을 이해할 수 있을 듯도 하다.

밖에서 보는 숫돌은 오늘도 대장간 작업에 열심이다. '몰빵' 하고 싶지 않단 건 어쩌면 대외적인 것이 아닌, 자기 안에서의 페이스 조절을 말하는 걸지도 모르겠다. 이 길을 계속 간다는 건, 자기 자신을 더 철저히 들여다봐야 하는 작업이다. 까딱하면 떨어질 수 있는 내 안의 외줄을 잘 타면서 나만의 속도, 나만의 방향을 놓치지 말아야 한다. 좋아하는 걸 계속 좋아하는 데에도 끈기가 필요하다면, 그 끈기의 바탕엔 이렇듯 섬세한 '들여다봄'이 있는 게 아닐까.

불안을 강요하는 사회에 저항하는 것

숫돌은 여전히 헤매는 중이다. 차근히 그리고 부지런히. 숫돌 앞에 놓인 어둠은 현실이라는 이름이기도 하고, 그 자신의 마음이기도 하다. 무엇보다 그가 이 길을 걸으며 새롭게 바라보게 된 것이 있다고 한다. 바로 불안이다.

사람들은 2022년에, 지방에서, 20대 청년이, 그것도 대장간을 운영한다고 하면 뭔가 굉장히 강직한 이미지를 떠올려요. 누가 뭐래도 뜻이 아주 확고하고, 자기만의 비전이

좋아하는 일에
몰빵하고 싶지 않아요.
잃고 싶지 않거든요.

있는? 그런데 전 사람들이 생각하는 것만큼 대단한 사람이 아니에요. 사라져가는 대장간의 명맥을 잇겠다는 거창한 목표도 없고요. 다만 좋아하는 걸 계속 좋아할 수 있기를 바라요.

그러기 위해서 요즘 제 안의 불안을 바라보고 있어요. 작년에 짐을 실으려고 고물 중고차를 한 대 샀거든요. 목돈이 나가니까 너무 불안한 거예요. 그래서 여기 부여의 지인들에게 "대장간 잠시 미뤄두고 돈 벌어야겠습니다" 그랬어요. 그랬더니 그분들이 저한테 한마음 한뜻으로 이야기하는 거예요. 거의 화를 내다시피 하면서요. 부양할 사람이 있는 것도 아니고, 빚이 있는 것도 아니고, 당장 굶는 것도 아닌데 왜 이렇게 삶의 여유가 없냐, 왜 그렇게 불안해하냐, 그러는 거예요.

그 말을 듣는데 '어? 정말!' 싶었어요. 사실 뭉칫돈이 나가긴 했지만 어떻게든 해결은 잘되었고, 두려움을 걷어내고 보니 매달 나가는 돈이 그렇게 겁먹을 수준도 아니더라고요. 그때 깨달았죠. 내가 막연하게 불안해하고 있단 걸요. 월세 못 내면 어쩌지… 이런 걱정도 '미리' 들고요. 이런 불안에 대해 좀 강해지고 싶단 생각이 들었어요.

제 몸으로 직접 파악해보고 싶은 명제가 하나 있어요. '통장에 8만 원만 있어도 내일을 살아갈 수 있다.' 제가 믿고 따르는 한 어른의 지론인데요. 처음 들었을 땐 굉장히 현실성 없는 이야기라고 생각했어요. 그분은 60대거든요. 월세 낼 것도 없고, 조그맣게 버섯농장 운영하면서 살면 되니까 저렇게 이야기할 수 있는 거 아니냐고 생각했어요. 하지만 누구나 결국 '나가야 하는 돈'을 짊어지고 살잖아요. 그런 게 아예 없는 사람은 없죠. 다만 마음가짐의 차이라는 생각이 들었어요. 곰곰이 생각해보면 그렇게까지 어려워질 일이 있나? 설령 그렇게 된다 하더라도 주변 사람을 믿고, 필요하다면 자존심, 부끄러움 같은 거 없이 당당히 비벼서 제 한 몸 건사할 수 있는 배짱을 좀 길러보자, 같은 거랄까요. 길은 어디에나 있지 않나요?

누구보다 잘 살고 있었다

그날 밤, 숫돌과의 대화를 천천히 곱씹었다. 좋아하는 무엇을 대하는 숫돌의 마음을. 그리고 그 마음을 대했던 나의 마음을 생각했다. 숫돌보다 조금 더 안정지향주의자인 내 눈으로 볼 때, 매번 어려운 쪽으로 결정을 내리는 숫돌이 사실 불편했다. 그래서 일부러 가시를 품고 꼬치꼬치 캐물었다. 그의 행보가 미련해 보였고, 이야길 나누며 내심 숫돌이 자기모순을 발견하길 바랐다….

하지만 인터뷰를 마치고, 오히려 생각이 바뀐 쪽은 나였다.

숫돌은 자기 마음을 어루만지고 들여다보면서 누구보다 잘 살고 있었다. 1년, 2년… 시간이 흘러 다시 만나러 왔을 때 숫돌이 어떤 길을 걷고 있을지는 잘 모르겠다. 춤추는 망치 화덕의 불은 그때까지도 활활 타오르고 있을까, 아니면 대장간 작업을 취미로 하는 30대 직장인을 만나게 될까. 그것도 아니면 숫돌은 결국 유명 대장간에 들어가서 호미를 만들고 있을까. 그도 아니면…. 모르겠다. 그도 모르고 나도 모르고 누구도 모른다. 그러나 작지만 확실한 믿음은 생겼다. 어떤 길을 가든, 숫돌은 누구보다도 자신의 좋아하는 마음을 소중히 기르고 있을 거라고.

숫돌은, 내 친동생이다.

같이 읽으면 좋을 책

릴리쿰, 『손의 모험』, 코난북스, 2016.

05
길을 만드는 사람

별명	견과(페이스북: nutcracker0519)
나이	만 30세
직업	'남성과 함께하는 페미니즘' 활동가이자 성평등 교육활동가
지역	서울
좌우명	이 또한 지나가리라.
좋아하는 것	겸손하면서 주변에 다정한 삶의 태도. 요즘은 온전히 나에게 집중할 수 있는 클라이밍이 좋아요.
싫어하는 것	위계적이고 형식적인 자리 딱 질색! 사람들의 속내를 알 수 없어 힘들어요.
앞으로의 계획	이제는 혼자 강의를 잘하는 것보다 함께하고 싶어서 활동가 모임을 만들고 교육 활동에 나서기 위한 다양한 시도를 하고 있어요.
키워드	페미니즘

기다리는 동안 아인슈페너를 한 잔 시켜놓고 이어폰을 귀에 꽂았다. 이 집 시그니처 메뉴다. 벨벳처럼 부드러운 크림의 질감에 기분이 나른해지지만, 동시에 마음 불편한 뉴스에 한숨이 나온다.

　이것저것 신경 안 쓰고 살고 싶은데 세상엔 왜 이렇게 신경을 잡아끄는 일이 많은지. '이놈의 세상, 바꾸어야 할 게 수두룩 빽빽이다!'

　여기에 또 다른 질문이 이어진다. 그런데 나아질 순 있을까? 변화의 희망은 과연 있을까?

　그러다 갑자기 질문의 방향이 잘못되었다는 생각이 든다. 부정적인 쪽으로 고개를 돌릴 틈이 없다. 우린 젊고 살날이 창창하다. 이 세상에서 계속 살아나가야 한다. 기왕 살 거, 조금이라도 더 나은 세상에서 사는 게 낫지 않나. 지금 내가 어떤 행동을 하느냐에 따라 미래가 달라질 수 있다고 믿는 건, 순진하거나 계산이 안 되어서가 아니다. 그건 내 삶에 대한 애정과 지지를 포기하지 않겠다는 선언과 같다.

변화를 만들고자 본격적으로 애쓰는 이들을 우린 활동가라고 부른다. 사람마다 변화시키고자 하는 분야는 다르다. 어떤 사람에게는 쓰레기 문제가 심각해 보이고, 어떤 사람은 장애인 복지 문제를 파고든다. 보통 자신이나 가까운 이가 처한 상황에서 변화의 필요성을 절실히 느껴 그 문제에 천착하게 된다. 화장실까지 참으면서 일해야 하는 업무환경을 바꿔보기 위해서라든가, 발달장애를 갖고 태어난 동생과 동생을 돌봐야 하는 자신이 행복해지고 싶어서라든가….

당연한 말이지만, 문제가 있다고 느껴도 모두가 활동가의 길로 들어설 수 있는 건 아니다. 오히려 그러지 못하는(않는) 사람이 훨씬 많다. '나 한 사람이 뭘 할 수 있겠어'라고 생각한다는 뜻이다. 세상에 쉽게 바꿀 수 있는 사회문제는 없다. 그럴 거면 문제도 아니었겠지. 끊임없이 두드리고 부딪쳐도 변화는 미미해 보인다. 그래서 흔히 활동가는 소명 의식이 있어야 한다고들 한다. 노동 시간은 길고, 돈을 많이 버는 것도 아니고, 눈에 띄는 변화를 확인할 수 있는 것도 아닌 그런 일을 하려면 어떤 '부르심'을 들어야 한다는 것이다. 신에게서든 자신의 신넘이든.

그런 면에서 이번 장의 주인공 견과는 몹시 흥미로운 인물이 아닐 수 없다. 먼저 소명 의식 1도 없이 시작해, 아니 오히려 그 고됨을 너무나 잘 알기 때문에 활동가를 할 생각은 눈곱만치도 없던 그가 더할 나위 없이 훌륭한 활동가가 된 사연이 그렇다. 하나 더 꼽자면, 남성 청년인 그가 주목하는 사회문제가 다름 아닌 페미니즘이라는 사실이다.

흔히 페미니즘의 당사자는 여성이라고 생각하기 쉽다. 실제로 페미니즘을 소리 높여 외치는 이들을 봐도 대부분 여성이다. 가부장적 문화가 사회 전반에 뿌리 깊게 녹아 있는 우리 사회에서 남성이 페미니즘 감수성을 지니기는 쉽지 않다. 오히려 '여성우월주의' '여성상위시대' 등으로 잘못 이해하지 않으면 다행이다. 나도 비슷한 기억이 있다. 20대 후반인 남동생이 어디서 얼핏 '메갈리아' '미러링' 같은 단어를 주워듣고 페미니즘은 극렬한 여성우월주의 운동이 아니냐고 묻는 걸 기겁하며 바로잡은 적이 있다.

요즘 우리 사회에서 젊은 여성과 남성이 서로 점점 멀어지는 느낌이다. 일부 언론과 정치권은 갈라진 상처를 봉합하고 치유하려는 노력은커녕 갈라치기에 더욱 열심이다. 보수 정치 성향을 띤 '이대남20대 남성'은 여성에게 피해의식을 갖고 안티 페미니즘을 표방하는 집단으로 자주 그려진다. 그러나 20대 초반부터 30대 후반까지를 'MZ'라는 단어에 꾸겨 넣는 게 어불성설인 것처럼, 모든 20대 남성이 언론이 그리는 '이대남'일 거라는 생각만큼 바보 같은 것도 없다.

이제 막 30대에 접어든, 얼마 전까지 물리적으로 바로 그 20대 남성이었던 견과에게서 나오는 이야기는 전혀 다르다. 견과는 페미니즘을 알게 되면서 남성인 자신 또한 너무나 자유로워졌다며, 여성만큼이나 남성에게도 페미니즘이 필요하다고 큰소리로 외치고 있다. 견과의 이야기를 꼭 들어보고 싶어 서울 마포의 한 카페에서 만났다.

좋은 일 하면서 내 것 챙기기

활동가라고 하면 세속적인 것에 물들지 않고 청렴하고 검소하게, 무엇보다 돈에 초연할 것 같았다. 나이가 들수록 돈 앞에서 궁색해지는 것이 두려워질 때가 있다. 돈이 없어서 하고 싶지 않은 선택을 하고, 내가 내는 생활비가 우리 집 가계에서 차지하는 비중이 점점 높아지는 게 두렵다. 난 한창 벌 나이지만 부모님은 수입이 없어지는 나이니까. 그러다 누군가 덜컥 아프기라도 하면? 아… 상상조차 하기 싫다. 그렇게 한 번 시작된 걱정은 꼬리에 꼬리를 물고 멈출 줄 모른다. 어떨 때는 사는 게 너무 불안해서 외줄 위에 위태롭게 올라 떨어지지 않으려고 애쓰는 곡예사가 된 것 같은 느낌이 들기도 한다.

활동가라는 직업을 택한 사람은 나와 뭔가 많이 다를 거라고 생각했다. 소심한 생활적 고민은 털어버리고 강철처럼 굳은 의지로 용기 있게 뛰어들었을 거라고. 혹여 내가 모르는 인생의 어떤 비밀을 깨달았을지도 모른다며 존경스러운 시선을 보내기도 했다. 그런데 활동가로서 견과가 풀어놓은 이야기는 내 예상과는 전혀 딴판이었다. 내가 뭔가 단단히 착각하고 있었던 걸까?

군대 다녀와서 졸업할 때가 되니, 슬슬 취업 압박이 몰려왔죠. 우연히 서울청년정책네트워크^{이하 서청넷}라는 곳에서 사람을 뽑는다는 공고를 봤어요. 오… 시급 만 원 정도의 서울시 생활임금을 준다는 거예요! 지금도 최저시급이 만 원 안 되지만 그땐 훨씬 더 낮았거든요. 혹했죠(웃음). 2년이 채 안 되는 계약직이긴 했지만, 이전에 했던 사기업 인턴보다 조건이 더 좋더라고요. 서청넷이 뭐 하는 곳인지도 모르고 바로 원서를 넣었어요(웃음). 가보니 청년수당, 청년주택, 희망두배 청년통장, 청년센터 등 청년을 위한 정책을 만드는 곳이더라고요.

제가 할 일은 행사를 열어서 청년들을 모으는 거였어요. 요즘 청년들이 어떤 고민을 하는지 들으려면, 일단 모여야할 것 아니에요? 그런데 "고민 좀 말해봐~" 하면 아무도 안오거든요. 재미가 없잖아요! 그래서 힙한 공간을 찾아서 재미있는 행사를 열었어요. 윷놀이도 하고, 보드게임도 하고… 놀다가 슬쩍 질문을 끼워 넣는 거예요. "요새 집이 너무 좁지 않아요?" "밤에 골목길 갈 때 무섭지 않아요?" 하고요. 행사 기획하고 사람들 만나기를 좋아하니까 즐겁게 할 수 있을 거라 생각했어요. 돈도 많이 주고, 적성에도 맞고, 사회문제에도 관심 없는 편은 아니니 일해봐도 괜찮겠다 싶어 들어갔죠.

견과와 난 눈빛을 교환하며 큭큭 웃었다. 서울청년정책네트워크라는 가장 활동가스러운 단체에서 일하게 된 계기가 시급이 높아서였다니. 하지만 돈은 중요하다.

사회문제에 관심은 있지만 활동가는 안 하겠다고 생각했었어요. 저희 부모님이 노동운동을 오래 하셨거든요. 알음알음 이야기 들어보면 그쪽 세계는 대부분 엄청 힘들고, 임금이 오르기는커녕 제대로 못 받을 때도 있다고… 으아, 그런 일은 못 하겠더라고요. 전 경제적으로 안정되고 싶어요. 서청넷도 돈 많이 준다 해서 간 거고(웃음)…. 가보니까 그쪽 세계엔 세상을 바꾸겠다는 의지가 가득한, 그야말로 뼛속까지 활동가 DNA를 가진 분이 많았는데, 이런 생각하는 전 이단아였죠.

웃으며 말하긴 했지만 사실 그도 나도 '다큐로 받고 싶은' 말

소박하더라도 한 명 한 명의 행복이
보장될 때 그들이 모여 이룬 세상이
느리게나마 나아질 수 있는 게 아닐까.

이다. 왜 좋은 일일수록 돈 이야기부터 하면 안 되나? 스마트폰을 만들든 사회제도나 정책을 바꾸든 전부 뭔가 없던 걸 만들어내는 생산 활동인데. 똑같이 개개인이 시간과 노력을 들여 해내는 것이고, 그 대가로 자신과 사랑하는 이들을 먹일 돈을 번다. 자기 먹거리를 직접 농사짓는 농부가 아닌 다음에야 이게 현 시대 노동자의 운명이 아닌가. 그 어떤 훌륭한 가치를 추구하는 시민사회 활동이라 하더라도 가장 먼저는 '노동'이라는 사실을 명확하게 해야 한다고 생각한다. 그리고 확실히 줄 것은 주고, 받을 것은 받아야 한다. 이게 지켜질 때 비로소 이런 사람 저런 사람 다양하게 그 영역에 모여들어 더욱 건강한 생태계가 만들어지고 활력이 생겨나지 않을까. 억지로 버티는 사람만 남는 게 아닌! 기본이 안 되어 있기 때문에, 좋은 마음으로 왔던 사람도, 아무것도 모른 채 인연이 되어 발을 들였던 사람도 떠나버리는 걸 너무 많이 봤다.

돈만큼이나 시간도 그렇다.

사기업에서 일하던 청년이 과로 때문에 스스로 목숨을 끊은 사건이 일어났었어요. 같은 청년으로서 너무 큰 이슈잖아요. 그래서 서청넷에서 일할 때 시위 현장에 가서 같이 피켓을 들었어요. '일주일에 60시간 일 시키는 살인기업 처벌하라'고요. 근데 어라, 그렇게 피켓 들고 시위하는 저는 70시간을 일하고 있더라고요. 나도 힘들어 죽겠는데,

지금 피케팅하는 이 시간 또한 일하는 건데… 임금을 근무 시간으로 나눠보면 최저임금도 되지 않더라고요. 번아웃 이 왔어요. 더 못 하겠더라고요.

열악함을 감수하고 버티며 활동하는 사람들도 있다. 아니 생각보다 많다. 우리가 더 나은 사회에서 살 수 있는 건 일정 부분 이들 덕분이라고 생각한다. 우린 그들에게 빚지고 있다. 하지만 그런 선택을 강요할 수 있는 건 아니다. "나는 그랬으니 너도 해"라고 누구도 말할 수 없다. 아무리 좋은 일이라도 구조 속에서 선택을 강요당하고 다른 생각을 말하지 못하게 되는 순간 '좋음'은 빛을 잃는다. 그리고 자기가 가진 생각과 가치가 옳다고 믿는 사람일수록 자신도 모르게 이런 폭력을 저지르기 쉽다. 더 나은 사회를 만들려는 이유가 무엇이냐고 묻고 싶다. 나를 비롯해 사회 구성원들이 더 행복하게 살길 바라는 것 아닌가? 당장 일하는 사람이 행복하지 않은데 어떻게 행복한 세상을 만들 수 있을까? 그보다는 소박하더라도 한 명 한 명의 행복이 보장될 때 그들이 모여 이룬 세상이 느리게나마 나아질 수 있는 게 아닐까.

친구 따라 강남으로

혹독한 신고식을 치르고 시민사회를 떠났던 견과가 다시 성평등 교육활동가로 돌아온 건 몇 년 뒤의 일이었다. 어떤 생각의 변화가 있었던 걸까. 그 변화를 따라가려면 일단 그가 이야기하는 성평등이 무엇인지부터 정확히 해둘 필요가 있다. 견과는 성평등이야말로 바로 요즘 우리 사회의 핫이슈, '페미니즘'이 지향하는 것이라고 설명한다. 흠… 페미니즘이 양성兩性을 평등하게 하기 위한 거라고? 그렇다면 페미니즘이 여성중심주의, 여성전성시대, 남자의 권리를 빼앗아 여성에게 주자는 과격한 운동이 아니냐고 묻는 내 남동생은 페미니즘의 진정한 의미에서 한참 멀어져 있는 셈이다. 궁금했다. 20대 남성 견과는 어쩌다 페미니즘에 관심 갖게 된 걸까.

처음엔 정말 사소한 이유였어요. 대학교 때 주변 여성 친구들과 잘 지내고 싶었거든요. 아무래도 문과니까 여성 친구들이 많았고, 당시 연애하던 여자 친구도 열정적인 페미니스트였어요. 전형적인 한국 남자로서 맨날 이야기 나누며 싸웠죠. 아니, 싸웠다기보단 혼난 것에 가까워요(웃음)…. 여자 친구가 말하더라고요. "왜 이런 생각을 못하냐, 그건 그렇지가 않다, 왜 알아볼 생각을 하지 않느냐…." 저도 답답했어요. 좋아하는 친구들과 친하게 지내고 싶은데 자꾸 내가 미처 생각지 못한 부분에 태클이 들어오니까요. 그래서 알음알음, 그 친구들이 '좋아요'를 누르는 SNS 글을 읽고, 그 친구들이 가는 강의에 따라가보고… 그러면서 페미니즘에 관심 가지게 되었어요. 당시 강남역 여성 살인 사건 등이 일어나면서 페미니즘 리부트 운동이 한창이기도 했고요.

재미있는 건 여기서부터예요. 시작은 그랬지만, 페미니즘을 공부하며 무엇보다 제 마음이 참 좋더라고요. 제가 갇혀 있던 **맨박스**를 알면서부터요. 전형적인 한국 남자로 성장한 전 굉장히 강한 맨박스에 갇혀 있었는데, 그중 하나가 성공에 대한 강박과 결과지향적 사고방식이었어요. 예를 들어볼까요. 집에서 학교를 간다고 생각해봐요. 제겐 학교까지 빨리 가는 게 중요하지 거기까지 가기 위한 과정은 중요하지 않았어요. 저만 그런 게 아니에요. 대체로 남자들이 그래요. 근데 제 곁의 여성 친구들은 달랐어요. 말하자면 가는 도중에 꽃도 구경하고, 추로스도 사 먹으면서 가는 거죠. 과정을 즐기고, 하나하나에 행복을 느끼려 하고요. 남자들끼리라면 이렇게 과정을 즐기는 행위를 굉장히 유치하거나 별 볼 일 없다고 생각하기 쉬울 거예요. 꽃 좀 구경하고 가자고 하면 "그게 무슨 도움이 돼?" 하고 되려 핀잔을 듣는 식이죠. 남성들 사이에서 그런 분위기가 일반적으로 형성된다는 게 바로 우리 사회에서 결과지향적 사고방식으로 강요받는 '남성성'이라는 뜻이에요.

내 식대로 다시 정리하자면, 페미니즘은 남녀를 불문하고 우

맨박스

맨박스는 가부장제하에서 남성에게 씌워지는 억압을 말한다. 남자는 어때야 하고 여자는 어때야 한다는 고정관념은 대체 누가 만든 걸까? 자신을 옭아맨 남성성의 덫을 깨달은 후, 견과는 조금 더 자유로워졌다고 한다. 일단 알고 나면 벗어나려는 노력도 할 수 있단 뜻이니까. 물론 결과지향적 사고방식이 남성의 전유물이라고 할 순 없다. 가령 난 여자지만 견과가 말한 성향을 갖고 있다. 꽤나 일 중심적인 사람이고 성격도 급한 편이라, 해내야 할 일이나 목표가 정해지면 어떻게든 내가 가진 모든 자원을 최대한 효율적으로 배치해서 빨리 해내고 싶어 한다. 그래서 손이 빠르다, 일 잘한다는 소리를 듣기도 하지만 그 와중에 꽃도 구경하고 추로스도 사 먹는 여유는 별로 없다. 정말 안 그러려고 하지만 가끔은 되려 그런 사람을 답답해하기도 한다고 고백해야겠다. 하지만 그런 사고방식이 일반적으로 남성 사이에서 강요되는 경우가 좀더 많기 때문에 견과는 그것을 맨박스라고 느꼈고, 더 중요한 건 그가 페미니즘을 공부하며 자기 안의 맨박스를 깨달았다는 것이다.

리 안에 내재된 혹은 사회에서 주어지는 가부장적 성별 억압을 직시하고 해방되려는 움직임으로 이해할 수 있겠다. 그러니 페미니즘으로 인해 해방될 수 있는 대상, 그러니까 평등한 성문화의 수혜자 또한 여성만이 아닌 남녀 모두다. 견과는 자신을 가둔 맨박스를 들여다보고 거기에서 자유로워진 경험을 아주 행복한 기억으로 꼽았다.

남성 페미니스트가 비빌 언덕을 만들기 위해

그렇게 견과는 '남성과 함께하는 페미니즘^{이하 남함페}'이라는 모임을 만들었다. 페이스북에서 '남성을 위한 페미니즘'이라는 독서 모임을 보고 참여했던 게 시작이었다. 그 모임에서 이런저런 책을 읽으며 페미니즘을 알아가고, 글도 쓰고, 세미나를 열어 함께 공부하기도 했다고 한다.

'친구 따라 강남 간다'는 말이 페미니즘에도 딱 맞아요. 남성들이 페미니즘을 언제 처음 접하는지 연구한 적이 있는데요, 대학 등 교육기관에서 처음으로 접한 경우는 10퍼센트도 채 안 돼요. 인터넷 커뮤니티나 언론에서 듣는 걸 제외하고는 대부분 주변에 입문을 도와주는 사람, 즉 조력자가 있었어요. 일반적으로 여사친이나 애인인 경우가 많죠. 저 또한 애인과 지지고 볶다가 페미니즘에 입문한 케이스고요(웃음). 그러니 주변에 그런 사람이 많아져야 한다고 생각해요. 페미니즘을 잘못 이해한다고 손가락질하는 게 아니라, 같이 이야기 나누고 이끌어줄 수 있는 선배 같은 사람들이요.

정말 멋진 생각이다. 하지만 안타깝게도, 모임 이름처럼 페미니즘에 진정 관심을 갖고 제대로 알아보려는 남성이 많지는 않았다고(별로 놀라운 일은 아니다). 소수에 속해본 사람이 소수자의 마음을 더 잘 헤아리는 법. 남성 페미니스트로 첫발을 뗀 견과는 이제 막 페미니즘에 관심 갖기 시작한 다른 남성들 그리고 남성 페미니스트로 거듭난 이들이 느낄 수 있는 외로움을 누구보다 잘 이해하고 있다. 물론 그건 누구의 잘못도 아니다.

남자이기 때문에 당연히 한계는 있을 수밖에 없어요. 가령 늦은 밤 골목길을 걸으면 제 앞에 걷는 여성은 뒤따라오는 제가 남성이라는 사실 그 자체로 두려움을 느낄 수 있겠죠. 어쩔 수 없는 부분이에요. 저조차도 여성 활동가들과 같이 활동할 때 위화감이 느껴질 때가 있어요. 여성 단체에서 주최하는 행사에 가면 '쟨 뭐지? 왜 여기 있지?' 같은 시선을 받을 때가 있죠. 저도 혹시나 '내가 여기 있어서 저이들이 하고 싶은 말을 제대로 못 하는 건 아닐까?'

하고 걱정한 적도 있고요. 시간이 지나고 제가 어떤 사람인지 알게 되면 그 위화감이 해소되기도 하지만, 기본적으로 남성 페미니스트와 여성 페미니스트의 고민 지점은 다를 수밖에 없어요. 가령 여성들에게는 성폭력, 안전, 재생산권(임신, 출산 등) 등이 일차적인 고민이에요. 반면 제 주된 고민인 '맨박스에서 벗어나기' '남성들의 섹슈얼리티' 같은 것들은 어딘가 좀 뜬금없는 거죠. 언젠가부터 고민의 결이 다르다는 걸 느꼈어요. 저 말고도 이런 남성들이 적지 않아요. 더 큰 문제는 마땅히 어딘가에 속하기가 어렵단 거예요. 같은 남성들 앞에선 '저 자식 뭐야!' 소리를 듣고, 여성들과는 완벽히 서로 공감하기는 어렵다고 느끼고…. 그래서 페미니즘을 더 알아가고 싶어도 어디 말하기도 어렵죠.

이것이 견과가 지금까지 남함페를 느슨하게나마 지속하는 가장 큰 이유이기도 하다. 남성 페미니스트에게 '비빌 언덕'을 만들어주기 위해서! 페미니즘에 있어 여성이 당사자라는 느낌이 더 많이 드는 건 사실이다. 실제로 '페미니즘=여성해방운동'이라고 칭하며 분투하는 사람 중에는 여성이 훨씬 많다. 견과는 남성 페미니스트들의 소외감을 누구보다 잘 이해하기 때문에 그들이 이야기할 자리나마 만들어주고 싶다고 했다.

하지만 어떻게? 남함페는 무엇을 할 수 있을까? 막상 '어떻

게'를 고민하면 한없이 무거워지기 쉬운데, 오히려 견과는 여기서 한숨 돌리는 모습이었다. 서청넷에서 물 만난 물고기처럼 신나게 활동했던 옛날의 견과가 다시 톡 튀어나왔다. 거창하게 생각하지 말고, 그냥 같이 놀자고!

진지한 생각에서 좀 퇴근하고 싶어요(웃음)! 페미니즘, 성평등… 다 좋은 말이지만 계속 진지하기만 하면 피곤하잖아요. 가벼운 모임을 많이 만들고 싶어요. 책 좀 그만 읽고 수다 떨기! 산책하고 운동하고 게임하기! 저도 그렇지만, 다들 외롭고 심심하지 않나요? 같이 만나서 커피와 술 한잔해요. 동네 친구도 사귀고… 그러면서 또 다른 활동의 가능성이 생겨난다고 생각해요. 한참 수다 떨다가 "요새 이런 거 문제 아니야?" "이런 건 어떻게 생각해?" 하면서요. 그러면서 덩달아 고민도 깊어질 수 있는 거죠. 그런 모임을 계속 열고 싶어요.

교육활동가로 산다는 것

활동가 안 하고 싶었다더니 세상 진지하고 적극적으로, 그러나 특유의 유머를 잃지 않고 재미있게 활동하고 있는 견과. 또 하나 재미있는 건 그가 활동가로서 걷는 방향이었다. 그는 어느

한 시민단체에 속한 게 아니라, 프리랜서 교육활동가를 선택했다. 그야말로 스스로 주체가 되어 자신이 믿는 가치에 속했다고 하면 적절한 설명이 될까. 교육활동가로서의 길을 택한 건 더욱 '지속가능한 활동을 하고 싶다'는 고민의 결과물이었다.

활동가로 살다가 번아웃이 와서 쉬고 있을 때, 친구가 성평등 교육강사 양성과정을 듣는다고 해서 신청해봤어요. 아무것도 하지 않겠다고 선언했지만, 이 불안한 시대에 그러기는 쉽지 않잖아요(웃음). 마침 페미니즘을 제대로 공부해보고 싶은 마음도 있었어요. 혼자 책 읽으면서 하는 공부에 한계를 느끼던 참이었거든요. 서울시 성평등 활동 지원센터와 한국 양성 평등 교육진흥원에서 주최하는 강사 양성과정에 운 좋게 동시에 뽑혀서 1년 동안 교육 두 개를 동시에 들었어요. 힘들긴 했지만 공부하는 내용이 너무 너무 좋았어요. 주변에 막 나누고 싶더라고요.

그 후 운 좋게 강의 기회를 얻었고, 지금까지 전문 강사로 활동하고 있어요. 이 영역에 젊은 남성 강사가 흔치 않아서 장점이 있죠. 기존 활동가로 살 때보다 스스로 시간을 조율할 수 있다는 점이 마음에 들어요. 전 쉼이 중요한 사람이거든요. 쉬고 싶을 때 쉴 수 있단 건 제겐 '내 인생을 내가 컨트롤하고 있다'는 느낌이기도 해요. 어디 소속되어 일하면 그러기 어렵잖아요. 갑자기 무슨 사건이 터지면 따라갈 수밖에 없으니까요. 열심히 하면 돈을 조금이라도 더 벌 수 있다는 점도 좋아요.

물론 보통의 프리랜서가 가진 문제점도 다 갖고 있어요. 아무리 원해서 하는 일이라지만 일하는 시간도 길고, 강의도 알음알음 소개받는 식이라 갑자기 언제 어디서 요청이 들어올지 모르거든요. 그러니 벌이는 불안정하죠. 기업이든 학교든 계획 세우느라 바쁜 1월은 비수기예요. 강의가 아예 안 잡혀서 수입이 없기도 해요. 그래도 전 부모님께 용돈 드려야 하는 상황도 아니고, 제 한 몸만 잘 건사하면 되니 감사하죠. 그래서 계속해나갈 수 있지 않을까 싶어요. 괜찮은 채용 공고 보면 여전히 고민이 되기도 하는데요(웃음). 아직 안정보다는 이 일을 하면서 느끼는 재미가 더 큰 것 같아요.

어디서 많이 들어본 말이었다. 활동가들 사이에서 통하는 우스갯소리다. 활동가로 살려면 첫째, 부양할 부모나 자식이 없어야 하고, 둘째, 주거 문제가 어느 정도 해결되어야 하고, 셋째, 몸이 아프지 말아야 한다고. 정말 '웃픈' 이야기다. 저 중에 개인이 자유롭게 선택할 수 있는 게 얼마나 있나. 굳이 꼽으라면 자식을 낳냐 마냐 정도밖에 없다. 참 아이러니하다. 누군가 평범한 행복을 포기함으로써 세상이 나아진다니. 우리, 이대로 괜찮은 걸까.

분명 더 나아지고 있어요

활동가로 사는 거, 아무리 머리 굴려봐도 정말 쉽지 않다. 그럼에도 견과가 계속 활발히 활동할 수 있는 동력은 무엇일까. 교육활동가인 견과의 주 무대는 학교 교실이다. 그곳에서 견과는 무엇을 만날까.

눈앞에서 변화를 빨리 볼 수 있다는 게 좋아요. 강의 시작 땐 페미니즘에 굉장한 반감을 가졌던 남성 청소년이 강의평가서에 "페미니즘을 오해하고 있었다는 걸 깨달았습니다"라고 적어내거나, 여성가족부 폐지해야 한다던 학생이 강의 말미엔 생각을 바꾸었다든지…. 살아가면서 이렇게 즉각적인 변화를 보기 쉽지 않잖아요. 전 활동가로 일할 때 피켓 들고 시위하는 피켓팅이 제일 힘들었어요. 뭐랄까, 벽에 대고 이야기하는 것 같아서요. 교육은 달라요. 물론 교육 대상이 아직 청소년, 청년이라서 가능한 것 같기도 하고, 여전히 바뀌지 않는 이들도 많긴 하지만요.

또 교육하면서 사회가 변하고 있단 걸 느껴요. 강의 때 학생들에게 알려주려고 계속 사례 조사를 하는데요. 2019년까지만 해도 불법 촬영물 시청하는 걸 처벌 못 했어요. 그런데 2020년에 'N번방 방지법'이 통과되면서 이젠 불법 촬영물을 구입, 소지, 저장, 시청만 해도 처벌할 수 있게 되었어요. 스토킹도 그래요. 제가 만약 이 분야에서 일하지 않았다면 뉴스만으로 스토킹 피해 사례를 접했겠죠. '스토킹 처벌법 만들어졌는데 처벌도 못 하네… 아, 역시 망할 놈의 세상' 하고 좌절했을 거예요. 뉴스는 지금의 문제를 이야기하니까요. 하지만 생각해보면, 뉴스에서 그런 내용이 다뤄졌기 때문에 조금씩 법이 바뀌고 있어요. 가해자를 피해자와 붙여놓지 않고 곧바로 분리하는 등 필요한 규정이 생겼고요. 조금 느리지만 세상은 분명 바뀌고 있어요!

놀라운 낙관이다. 난 세상의 가슴 아프고 화나는 이야기를 가장 먼저, 많이 접하는 게 현장에서 활동하는 활동가라고 생각했었다. 그런 사건에 계속 노출되면 긍정적이던 사람도 비관적으로 변하지 않을까 했는데, 오히려 견과는 반대로 말하고 있었다. 세상은 조금씩 변하고 있다고!

긍정적으로 세상을 보는 사람이 누군가를 교육할 수 있다고 생각해요. 전 교육활동가가 '바뀌고 있다'는 메시지를 던져주는 사람이라고 생각하거든요. 그래야 사람들도 포기하지 않고 계속해서 바꾸려고 노력하잖아요. 2020년 11월, 텔레그램 N번방 성폭력 사건의 주범 조주빈에게 징역 40년이 선고됐어요. 이전 같았으면 고작 몇 년, 그것도 대부분 집행유예로 풀려났을 거예요.

주변 분위기도 많이 바뀌었어요. 요즘 20대 남성들이 '이대남'이라 칭해지며 안티 페미니즘의 수호신처럼 여겨진다죠? 언론에서도 많이 다루고요. 물론 어느 정도는 맞을 거예요. 하지만 이슈를 하나하나 뜯어보면 지금 세대의 생각은 이전 세대보다 더 나아졌어요. 쉬운 예를 들어볼까요. 요즘 청년들은 '상대가 동의하지 않는 성관계는 하지 말아야 한다'고 생각해요. 예전엔 어땠나요? 지금보다 훨씬 관대했잖아요. 그렇기에 알려지지 않고 묻힌 성폭력 사건, 그로 인해 평생 고통받으며 사는 피해자가 얼마나 많았을지 생각해보세요. 아예 기본값 자체가 달라진 거예요. 하나하나를 들여다보면 분명 나아지고 있다고, 전 확실히 말할 수 있어요.

세상은 느리지만 조금씩 변하고 있어요. 작은 변화라도 자축하는 게 아주 중요하다고 생각해요. 누군가 그 작은 변화를 계속 주목하고 이야기해야, 다른 이들도 계속 앞으로 나아갈 수 있는 동력이 생길 테니까요.

자신만의 길을 내며 걷는 사람

견과는 참 멋있는 사람이다. 인터뷰하기 전이나 후나 이 생

조금 느리지만
세상은 분명 바뀌고 있어요!

각엔 변함없다. 하지만 그 이유는 인터뷰 후에 조금 달라졌다. 남성과 여성 사이에서, 활동가와 비활동가 사이에서 자신만의 길을 내며 걸어가는 견과의 이야기를 들을 수 있었던 이 시간에 감사하게 되었다.

우리 사회에 견고하게 굳어진 남성성, 그 거대한 바위의 일부로 살다가 페미니즘을 만나 젤리처럼 말랑하고 유연해지면서 이제는 바위에 작은 균열을 내는 존재가 된 견과. 그의 소박한 바람이 당연하게 여겨지는 날, 남녀 불문하고 우리 사회 모든 이들은 조금 더 자유로워지지 않을까. 견과 같은 이들이 지속 가능하게 활동할 수 있는 우리 사회를 꿈꾸고 싶어진다.

아울러 누구나 일상 속 활동가가 될 수 있다고 생각한다. 변화를 위한 활동은 소박하더라도 하찮지 않다. 인생에서 일부의 시간은 나의 미래를 위해, 내가 가치 있다고 여기는 일에 써보는 것은 어떨까. 인생의 포트폴리오가 다채로워질 때 삶은 살 만해진다고 믿는다.

같이 읽으면 좋을 책

김선해·이한, 『페미니즘, 남성을 조립하다』, 학이시습, 2022.
안희제·이솔·신필규·이한·박정훈, 『우리는 이어져 있다』, 와온, 2022.
전인수, 『페미니스트가 된 남자들』, 멜랑콜리아, 2021.

06
지치지 않고 바다거북을 생각하는 일

별명	오한빛(@ohbokpark)
나이	만 28세
직업	일상환경운동가, 요가 안내자, 동네 요리사, 곰곰이 기록하는 사람
지역	서울
좌우명	자유롭게 살자.
좋아하는 것	사람, 여행, 음식 등 낯선 것에도 호기심을 가지고 경험해보기, 좋아하는 사람들과 함께 차리고 먹는 밥상
싫어하는 것	주눅 드는 것, 자본주의
앞으로의 계획	제가 사는 동네의 시민단체 기후행동 위원회 '지구의 친구들' 활동을 하고 있어요. 제 책 『덜어내고 덜 버리고』를 통해 들어온 오프라인 행사들은 줄곧 거절했는데, 함께할 용기가 생겨서 몇 가지 준비하고 있어요!
키워드	환경

한빛을 만나러 가는 길, 어떤 이야길 나누게 될까 마음이 두근두근한다. 이번 인터뷰는 마치 살고 싶어서 본능적으로 뻗은 손처럼 유독 사심 가득하다.

'출산율 0.78 쇼크, OECD 꼴찌.'

최근 우후죽순 쏟아지는 '저출생' 뉴스에 단골로 등장하는 문장이다. 우리나라의 인구 감소 속도가 세계에서 가장 빠르단 거다. 합계출산율이 낮아도 너무 낮아 6·25전쟁 때의 절반에 불과하다고. 지역 소멸, 국민연금 고갈 등 여러 문제가 줄줄이 소시지처럼 기다리고 있으며, 심지어 한국이라는 나라 자체가 곧 없어질지도 모른다고.

30대 가임여성으로서 그런 기사를 보면 생각이 많아진다. 내가 왜 그 '아이 안 낳는 사람' 가운데 하나일 수밖에 없는지를 돌이켜본다. 키우는 데 돈이 많이 들어서? 아니다. 사람 공부는 돈 없이도 할 수 있다고 믿는다. 육아에 내 미래를 희생한다고 생각지도 않는다. 육아와 가사의 공평한 분담은 남녀 간에 꼭 이루어져야 한다고 생각하지만, 한 인간을 길러내는 건 (비록 사회에서 쳐주지는 않더라도) 유한한 내 인생을 통틀어 가장 보람찬 성장의 길이 될 수 있을 거라고도 생각한다. 지금의 불평등한 세상? 그건 좀 이유가 되겠다. 애초부터 이 시소는 한 번도 수평인 적이 없었고, 점점 더 기울어 이젠 탄 사람이 미끄러져 땅에 처박힐 정도가 아니냔 말이다. 그래도, 그래도 괜찮다고 생각했다. 기울어진 쪽에 자리한 수많은 이들과 어깨를 걸고 살아갈 방법은 어디에나 있고, 무엇보다 인생은 살 만한 거라고 생각했으니까. 이제는 자신 있게, "아이야, 한번 살아봐, 인생 참 재미있단다"라고 말해줄 수 있을 것 같으니까.

그런데 아무리 생각해도 답이 안 나오는 게 있다. 환경문제다. 아무래도 낌새가 이상하다. 지구 곳곳에서 일어난 대규모 산불, 예고 없던 홍수, 가뭄…. 어디서든 일어날 수 있는 일이라고 치부하기엔 너무 잦지 않았나 싶은 해가 바로 작년이다. 여름은 길어지고 겨울은 짧아졌다. 우리나라도 지난 100여 년 사이 여름이 20일 길어지고 겨울이 22일 짧아졌다는 보고가 나왔다. 추위가 늦게 오니 11월에 설악산 단풍이 드는 등 생태계 리듬도 깨졌다. 올 봄엔 곳곳에서 때 이르게 꽃이 폈다.

그뿐인가. 매일 어마어마한 양의 쓰레기가 쏟아지고 있다. 인간은 쓰레기를 생산하지 않고선 살 수 없는 존재가 되었다. 내가 보기엔 1800년대 중반 플라스틱이라는 물질을 개발한 사건은 인류사에서 다섯 손가락 안에 꼽을 수 있는 재앙이다. 100년이 지나도 썩지 않는다는 플라스틱 쓰레기 때문에 바다 가 '플라스틱 수프' 상태가 되어버렸다는 말을 들어봤는지….

마스크를 벗은 지금은 점점 희미해지는 기억이지만, 불과 얼마 전까지 우리는 팬데믹 시대를 살았다. 부모들은 돌도 안 지난 아이에게 일회용 마스크를 씌우고, 학교에 보내기 위해 우는 아이 콧구멍에 억지로 검사 면봉을 쑤셔 넣어야 했다. 앞으로도 코로나19 바이러스의 완전한 종식은 불가능하며, 더불어 살아가는 것밖에 답이 없다고 한다. 많은 과학자가 코로나19는 전초전에 불과하다고 말한다. 지금의 생활 방식대로라면 이런 전염병은 앞으로 더욱 많이, 자주 발생할 거라고. 마스크로 입이 막힌 어린아이의 얼굴은 상징이다. 과거 세대의 누적된 잘못으로 인해 미래 세대가 더 이상 자유롭게 살아가지 못할 거라는 상징. 그럼에도 더 많이 생산하고 더 많이 소비하는 걸 성장이라고 여기는 산업사회의 논리는 여전히 유효하다.

암담하지만 가만히 있을 수는 없다고 생각했다. 할 수 있는 만큼 덜 쓰고, 안 써봤다. 주변 사람들과 의기투합해 이것저것 일도 벌였다. 그러다 힘에 부치면 답답하고 화가 났다. 변하지 않는 세상을 보며 생각했다. '해봤자 무슨 소용이야, 어차피….'

한 번 자리 잡은 어둠은 영 가시지 않았고, 나는 거기에 익사해 자주 무기력해졌다.

그러다 어느 날, 무심코 집어 든 책에서 이런 문구를 봤다.

"나 하나 바뀐다고 달라지는 건 그냥 나다."

『덜어내고 덜 버리고』라는 한빛의 책이었다. 그 문장을 대하는 순간 마음이 자르르 울렸다. 고요한 수면에 물수제비가 하나 풍당 떨어진 것 같았다. 맞다. 아무것도 변하지 않는 것 같지만 적어도 하나는 확실하게 변한다. 다름 아닌 나 말이다.

한빛의 문장에는 밖으로 향했던 시선을 순식간에 거둬들여 안으로, 나 자신으로 향하게 하는 힘이 있었다. 이야길 나누고 싶었다. 나 하나가 변한다는 건 어떤 의미인지, 어떤 의미여야 하는지. 그리고 앞으로 우린 어떻게 살아가면 좋을지 한빛과 같이 고민해보고 싶었다. 그리하여 서울 연희동에 위치한 제로웨이스트 숍, 보틀라운지Bottle Lounge에서 스태프로 일하는 한빛을 만났다.

당신의 이야기를 발견하는 여유

바꿔 쓰고 다시 쓰는 고민을 하기보다 차라리 새로 사는 게 쉽고, 써오던 걸 안 쓰기 위해 곱절은 더 많이 신경 써야 하는 세상이다. 에어컨 버튼을 누르지 않고 이 여름을 날 수 있을까. 가끔 그런 생각이 든다. 이 세상 전체가 갈수록 소비를 부추기려고 세팅되는 것 같다고. 그 방법이 얼마나 정교하고 치밀해지는지 조금 무섭기도 하다.

이런 세상에서 덜 쓰고 안 쓰기 위해 고민하고 신경 쓰는 게 몸에 밴 사람은 존재만으로 참 귀하다. 그들에겐 질문하는 힘이 있다. 꼭 필요할까? 안 쓰면 안 될까? 꼭 필요하다면 새것을 쓰지 않을 방법은 없을까.

한빛은 그런 질문을 매일 아침 마시는 한 잔의 물처럼 당연하게 장착한 사람이다. 그래서 뭘 덜 쓰고 안 쓰냐고? 거창하진 않다. 샴푸 대신 비누로만 머리 감기, 린스와 섬유유연제 안 쓰기, 장 볼 때 비닐봉지 안 받기, 도시락 싸기, 필요한 건 중고로 사거나 직접 만들어 쓰기…. 굉장히 소소하지만, 생각해보면 원래 일상이란 게 그렇다. 하지만 소소하다고 해서 사소하진 않다. 입자가 작으면 되려 밀도가 높듯, 일상은 자신의 힘만으론 깨기 어려운 견고한 성벽과 같다. 일상의 틈새를 촘촘하게 관찰해 질문하고 바꾸는 데는 적잖은 에너지가 필요하다. 그러고 보면 한빛은, 참 힘 있는 사람이다.

1년 전이었나, 처음 만났을 때 직접 만들었다며 선물해준 비누와 탈취제 냄새가 좋아서 한참을 맡았던 기억이 난다. 은은한 생강과 레몬, 라벤더 향이 저절로 눈 감고 큰 숨을 들이쉬게 했다. 더 눈길이 간 건 한빛이 입은 옷이었다. 어머니가 입으셨다는 20년도 더 된 옷을 리폼해서 입은 모습이 하나도 어색하지 않고 예뻤다. 아니, 하루 24시간 사는 건 우리 다 마찬가진데, 도대체 무슨 대단한 노하우가 있길래 이런 걸 다 해내냐고 괜히 툴툴거렸다. 실은 부러움이었다. 한빛은 웃었다.

'당장 해치우려 하지 않는다!'가 제 노하우예요. 저 그렇게 부지런한 사람 아니에요(큭큭). 뭔가 쓸 수 있을 것 같고 버리기는 좀 그런 것들이 눈에 보이면 그냥 어딘가에 놔둬요. 생각이나 시간, 에너지가 날 때까지요. 제가 좀 느긋한 편이에요. 같이 사는 친언니는 밥 먹고 설거지도 바로바로 해야 하는 사람인데 전 '한 끼 정도는 됐다 해도 되지 뭐…' 이런 주의거든요. 느긋하게 됐다가 좋은 아이디어가 떠올라서 리폼해서 다시 쓰는 데 성공하면, 그 사물의 새로운 용도를 발굴한 거잖아요. 그게 참 재미있어요.

엊그제도 구제로 산 긴팔 상의를 반팔로 잘라서 입어 봤어요. 입을 때마다 너무 재미있는 거예요. 저한테 이야기가 있는 옷이잖아요. 주변 사람과 이런 걸로 의논하는 것도 재미있어요. 친언니가 패션 쪽 일을 하거든요. 옷 하나를 두고 언니와 '어떻게 하면 좀더 잘 입을 수 있을까'를 자주 의논해요. 아이디어가 떠오르면 수선집에 가져가서 부탁드려요. 나와 합이 맞는 수선집을 찾는 것도 재미있죠!

비누나 스킨 같은 화장품도 그래요. 공부해보니 생각보다 성분이 단순한 거예요. 그래서 만들어보자 했는데 처음엔 만들면서도 반신반의했어요. '이걸로 잘 씻길까?' '정말 안전할까?' 근데 생각보다 잘 씻기는 거예요. 뭘 넣었는지 다 아니까 안심도 되고, 심지어 개운하기도 하고! 이렇게 일차적으로 즐거움을 맛봤는데, 아로마를 깔짝깔짝 공부하면서 좀더 재미가 붙더라고요. 여름엔 지성 피부를 위해 이 성분을 조금 넣어볼까, 겨울엔 보습에 좋은 오일 양을 좀 늘려볼까… 이것저것 실험하고 결과를 얻는 게 참 재미있어요.

말하면서도 신이 나 보였다. 듣는 사람을 전염시키는 기분 좋은 흥분이었다. 그 설렘이 잔뜩 심각했던 내 마음을 들여다보게 했다. 내게 환경적인 실천이란 거의 늘 걱정이나 책임, 의무 같은 단어들과 연결되어 있었기 때문이다. 해야 한다는 생각에 사로잡혀 정작 그 안에서 재미를 발견할 생각은 못 했다. 비닐봉지 없이 장 보는 것도 일종의 게임처럼 여기게 되었다는 한빛의 말에, 하소연할 것들을 잔뜩 이고 지고 인터뷰하러 온 내 어깨 긴장이 슬슬 풀어지는 것 같았다.

보틀라운지는 비건 음료를 파는 카페인 동시에 제로웨이스트 상품을 구매할 수 있는 숍이다. 종종 동네를 무대로 제로웨이스트 캠페인을 열기도 한다.

리폼에 성공하면 그 사물의
새로운 용도를 발굴한 거잖아요.
그게 참 재미있어요.

일회용품을 줄이자는 취지의 '유어 보틀 위크Your Bottle Week'라는 캠페인을 기획한 적이 있어요. 근처 에그타르트 가게에 캠페인 동참을 부탁드리러 갔죠. 포장지를 전혀 쓰지 않고 판매하는 건 저희도 불가능하다고 생각해서, 무無 포장으로 구매하려는 손님에게 일부 포장재, 가령 타르트를 개별 포장할 때 쓰는 유산지라도 빼고 판매하실 수는 없냐고 여쭤봤어요. 그런데 그것조차 안 된다는 거예요. 이유를 여쭸더니 별 이유도 없어요. 원래 그렇게 해왔으니까 그렇다고… 너무 당연해서 빼는 걸 생각도 할 수 없다는 거예요.

돌아서면서 온갖 생각이 들었어요. 아니, 이게 그렇게 어려운 일인가. 행사 취지도 잘 설명했는데 어떻게 이렇게까지 공감을 못 할 수 있지, 왜 말조차 들어보려 하지 않지… 무력감을 느꼈어요, 기분도 나빴고요. 혹시 무포장으로 구매하려는 사람들이 여기 왔다가 똑같은 경험을 할까봐 걱정도 됐어요. 그래서 이 가게는 그냥 빼고 진행해야 하나 싶었죠.

역시! 사람이 어디 쉽게 바뀌나(이 대목에서 속으로 흥, 하고 코웃음도 쳤다고 고백하지 않을 수 없다). "그래서 그 가게 빼고 행사 열었어요?" 하는 질문이 절로 튀어나왔다. 나 같으면 당연히 뺐을 것 같았으니까. 바뀌지 않을 거라는 생각이 들면 쓸데없이 애쓰고 싶지 않은 마음이 든다. 평행선처럼 다시는 서로 만날 일 없이, 영원히 각자의 세상에서 살아가자고 생각해버리는 것이다. 하지만 한빛은 고개를 저었다.

뒤돌아 나오면서 오히려 '두어 번은 더 와야지' 하는 생각이 들더라고요. 저희가 소개하면 다른 무포장 손님들도 오겠죠. 와서 다들 종이 포장지 없이 에그타르트 살 수 있냐고 물을 거예요. 그런 손님이 자주 있다고 느끼면 이분들도 좀 바뀌지 않을까 싶은 거죠.

바뀔 거라고 믿어요. 계속 그 믿음을 가지려고 노력하죠. 그 사람 일상에서 많은 부분이 바뀔 거라고 기대하는 건 아니고요, 적어도 한 번의 인식 전환은 가능하지 않나 싶어요. 그런 게 모여서 그 사람의 '이야기'가 된다고 생각해요. 모든 사람은 환경문제와 관련해서 자신만의 이야길 갖고 있어요. 제 경우엔 항해학을 전공했고, 바다와 가까운 곳에서 사회생활을 시작하면서 바다에 남다른 애정을 갖게 되었어요. 그러다 우연히 코에 빨대 꽂힌 바다거북 영상을 봤고요. 혹시 보셨어요? 코에 빨대가 꽂힌 채 구조된 바다거북 한 마리가 영상에 나와요. 집게로 빨대를 뽑아주려고 해도 너무 깊게 박혀서 안 뽑혀요. 힘주어 빼려니 결국 피가 흐르죠. 바다거북이 소리 없이 비명을 질러요. 정말 말 그대로 소리 없이 비명을 질러요. 마음이 너무 아팠

어요. 인간 아닌 동물의 직접적인 고통을 본 첫 경험이었죠. 그러다 채식 관련 다큐멘터리를 보게 되고, 생활에 필요한 물건들을 하나씩 제 손으로 만들어 쓰게 되고, 그 내용을 책으로 썼고, 그래서 지금은 보틀라운지에서 일하게 되었어요.

이건 환경문제에 관심 갖고 생태 감수성을 발달시켜 온 제 이야기예요. 그런데 에그타르트 가게 사장님은 이런 흐름에서 많이 벗어난, 완전히 다른 이야길 갖고 계시겠죠.

여태 이런 주제를 접할 수 있는 계기도 많지 않았을 수 있고요. 그렇다면 그분에게는 이번 경험이 시작일 수도 있겠다. 환경문제와 만나는 여러 접점 가운데 하나일 수 있겠다… 이렇게 생각했어요.

맙소사, 회초리 한 대 딱! 맞은 기분이었다. 생각해보니 나부터도 처음부터 환경문제의 심각성을 느낀 건 아니었다. 그저 보통 사람보다 조금 더 관심 가졌을 뿐. 하지만 작은 관심이 씨앗이 되어 자주 눈길이 갔고, 그러다 보니 기사와 책 등을 읽으며 더 많은 걸 알게 되었고, 환경 의식이 조금씩 깨어난 거였다. 그렇게 되기까지 몇몇 분기점이 있었다. 나도 그랬는데, 다른 사람은 지레 그러지 못할 거라고 판단하는 건 얼마나 오만한 생각인가! 부끄러웠다.

하지만 질문을 바꿔 다시 나 자신에게 물어봤다. 왜 그랬을까? 나는 왜 다른 사람에겐 그 접점이 생기리라고 기대하지 않았을까? 여기까지 생각이 미치니 조금 슬퍼졌다. 나에겐 여유가 없었다. 급했다. 상황이 너무 심각하니까 빨리 해결해야 한다는 조급한 마음만 들었고, 그렇지 않은 사람들까지 다독여서 함께 갈 여유는 없었던 거다.

한빛과 이야길 나누다가, 다른 사람의 마음을 바꿀 수 있는 건 어쩌면 여유를 갖고 그 마음을 들여다볼 수 있는 이에게 주어지는 선물일지도 모르겠다는 생각이 들었다. 아무리 급해도 말 한마디로 생각을 바꿀 순 없다. 급할수록 차분히 가자고 생각했다. 시간 안에 바뀌지 않아서 생기는 결과에 대해선 미리 걱정하지 않기로. 걱정한다고 나아질 것도 아니고, 내가 사는 건 그때까지의 '과정'이니 말이다.

괴롭지만 인정하기

일상에서 환경을 위한 실천은 큰 의미가 있다. 그러나 여기 좀더 근본적으로 들여다봐야 하는 문제가 있다.

과연 개인의 소소한 노력으로 기후위기를 극복할 수 있을까? 전 지구적인 움직임과 구조의 변화 없이 지구의 시계를 되돌릴 수 있을까? 우리가 아무리 전기를 아끼고, 채식을 하고, 쓰레기를 줄인다고 해도 이윤창출을 최우선으로 하는 기업의 자본주의를 이길 수는 없을 것 같다. 어쩌면 오늘날 기후위기의 책임을 모든 개인에게 1/N로 돌리는 자본의 논리에 속고 있는 것은 아닐지.

솔직히, 개인적인 실천이 소용없다는 사실을 인정하기 두렵다. 그나마 가졌던 쥐꼬리만 한 희망마저 사라질 것 같기 때문이다. 이 심각한 문제를 해결할 길은 아예 보이지 않고, 그걸로 끝일 것만 같다. 우리 존재 자체를 위협할 정도로 환경이 망가져가는데 내 손으로 할 수 있는 게 없다는 생각이 들면, 어떻게 살 수 있을까? 남는 건 자포자기뿐일지 모른다. 그렇기에 알고 싶지 않은 진실, 알더라도 눈감고 싶은 진실이 아닐까.

다른 사람에게도 말하기 어렵다. 당장 우리 엄마가 떠올랐다. 엄마는 절약이 몸에 밴 사람이다. 이번 여름, 찜통에 갇힌 것 같은 폭염이 찾아왔지만 웬만해선 에어컨도 안 틀었다. 가급적 전기를 절약해야 한다며 말이다. 비 오듯 땀을 흘리면서도 대자리 위에서 선풍기와 부채, 얼린 아이스팩으로 버티는 양반이 우리 엄마다. 밖에 나갈 땐 꼭 전기코드를 뽑고, 자식들에게도 전기를 절약하라고 평생 말씀하신 분이다. 거기다 대고 "엄마, 혼자 그렇게 해도 별 소용없어. 산업용 전깃값이 너무 싸서 기업들이 전기를 펑펑 쓰거든. 에너지 대란은 언제고 올 수밖에 없대!"라고 어떻게 말할 수 있을까?

쓰레기 재활용 문제만 해도 그렇다. 우리나라 사람들, 분리수거 참 열심히 한다. 안 쓸 수는 없고, 깨끗이 씻어서 (이젠 라벨까지 떼어서!) 철저히 분리수거하면 재활용된다고 생각한다. 나도 그중 한 명이었다. 재활용되지 못하면 분리수거를 제대로 못한 탓이라고 여겼다. 그런데 알고 보니 그게 아니었다. 구조 자체에 문제가 있었다. 지금과 같은 구조에서 플라스틱 재활용률은 30퍼센트도 채 되지 않는다고 한다. 10개 버려서 3개 재활용됐으면 많이 된 거란 이야기다. 그럼 100개, 1,000개, 10만 개, 1,000만 개는? 생각하면 끔찍하다. 재활용 안 되는 나머지 것들은 그냥 태워서 묻거나, 다른 나라에 떠넘기는 경우도 있다.

재활용이라는 환상

'돈이 돼야 재활용된다.' 이것이 재활용이 환경을 위한 당위일 수 없는 이유다. 재활용은 철저히 시장 논리를 따른다. 그리고 돈이 안 되는 이유는 시스템 곳곳에서 찾을 수 있다.

먼저 재활용 사업의 주체가 국가가 아닌 민간이다. 재활용은 수거, 선별하는 업체가 재활용품을 수거해 쓸 만한 것들을 추려 재활용 업체에 보내면 그곳에서 완전히 해체해 원료로 재생하는 과정을 따른다. 그런데 통계를 보면 재활용업체 가운데 거의 80퍼센트가 사장 혼자 일하거나 종업원이 1~5명에 불과한 영세업체다^{2016 한국} 환경공단 '폐기물 활용 실적 및 업체 현황'. 폐비닐이나 폐플라스틱을 가공해 만드는 재생원료의 가격이 떨어지면 굳이 적자를 감수하며 운영할 필요가 없는 것이다. 2018년 폐비닐 대란이 터진 이유도 똥값이 되어버린 폐비닐을 처리하겠다고 아무도 나서지 않았기 때문이었다. 그렇다면 선별장은? 선별장은 공공에서 운영하는 경우가 많지만, 여기에도 여전히 시장의 논리가 적용된다. 쏟아지는 쓰레기를 처리하기 위해선 사람을 더 고용해야 하는데, 인건비 대비 쓰레기 폐기 비용이 더 낮으면 폐기를 선택한다.

재활용이 어려운 또 다른 이유는 어떻게 모으느냐를 보면 알 수 있다. 재활용에서 가장 중요한 원칙은 '같은 종류끼리' '깨끗하게' 모아야 한다는 것이다. 그래야 순도 높은 고품질의 재생원료가 탄생할 수 있다. 그런데 현실은? 대단지 아파트에선 모으는 건 따로 모을지 몰라도 수거차량 안에서 뒤섞이는 경우가 많고, 주택가에서는 애초부터 구분해서 모으지도 않는다.

특히 플라스틱은 어디든 종류 구분 없이 하나로 모은다. 대한민국 환경부는 플라스틱을 PP, PET, PS, PVC, OTHER 총 일곱 가지로 구분한다(재활용마크에 써 있다). 하나의 제품인데 뚜껑은 PP, 몸체는 PE 등으로 다른 경우가 흔하다. 그런데 수거할 때는? '플라스틱'이라고 뭉텅이로 모은다. 그걸 다시 쉴 새 없이 돌아가는 컨베이어 벨트에서 종류별 플라스틱으로 일일이 구분하는 건, 아무리 눈과 손이 빠른 경험자라 해도 불가능에 가깝다. 그래서 큰 것만 대략 골라내고, 작은 건(빨대, 치킨 무 용기 등) 태운다. 아이스 아메리카노를 담는 카페 일회용컵만 해도 PET로 만들어진 것도 있고 PP로 만들어진 것도 있다. 이걸 일일이 골라내느니 그냥 태우는 쪽을 택한다(물론 컬러로 로고를 새기고, 비닐 뚜껑을 씌우는 등 재활용을 방해하는 다른 이유도 많다). 배달 용기 등 이물질에 오염된 것도 재활용 불가다. 맥주가 담겼던 갈색 페트병 등 색깔 있는 페트병도 재활용되기 어렵다. 다시 투명으로 염색하는 비용이 더 들기 때문에….

이렇게나 장벽이 많으니 오히려 재활용되는 게 더 이상하다 싶다. 국가가 정말 재활용에 대한 의지가 있다면 생산자(기업)가 재활용 불가능한 제품을 생산하는 걸 제재하고, 이미 생산된 것에 대해서는 버려져 모이는 그 순간부터 더욱 철저하게 설계했어야 하지 않나. 아니, 의지를 보이려면 일단 명칭부터 바꿔야 한다. 재활용쓰레기라는 명칭은 모순이다. 쓰레기라고 이름 붙이는 순간 빨리 없애버려야 할 것, 눈앞에서 치워버려야 할 것이라는 이미지를 준다. 다시 활용될 수 있는 엄연한 자원임에도, 쓰레기라는 단어는 다시 쓰일 것이라는 상상을 뿌리부터 제거한다.

애초에 재활용 안 될 거면서 마크는 왜 붙어 있니?
- PVC와 플라스틱OTHER

애초에 재활용 안 되는데도 될 것처럼 재활용 마크를 단 것들이 있다. PVC는 첨가제나 다른 물질이 많이 들어간 플라스틱이라 재활용 불가다. 주변을 둘러보면 PVC 마크 달린 것이 정말 많다. 플라스틱OTHER 마크가 찍힌 즉석밥 용기, 화장품 용기 등도 재활용 안 되는 경우가 많다. 내용물을 보존하기 위해 여러 플라스틱과 첨가물을 섞어서 만들었기 때문이다. 즉석 밥 용기는 전자렌지 열에 견뎌야 하고, 화장품도 오랫동안 변질되면 안 되니까. 말인즉슨, 즉석밥 용기를 눈처럼 깨끗이 씻어 분리배출 날짜에 내놓아도 어차피 태워질 가능성이 높다는 이야기다.

사람들이 자꾸만 문제를 제기하자 즉석밥 1위 생산업체가 대형 마트를 중심으로 수거함을 설치해 햇반 용기를 모으겠단다. 용기만 따로 모으면 재활용이 가능하단 거다. 재활용될 방법이 아예 없을 때보단 낫겠지만 이걸론 부족하다. 왜? 첫째, 결국엔 또 소비자의 자발적인 참여를 바탕으로 하고 있기 때문이다. 쓰레기는 쓰레기대로 계속 생산하는데, 재활용 안 되면 또 소비자 탓이 된다. 둘째, 이런 식의 아이템별 대응이 미봉책에 불과하기 때문이다. 근본적인 문제, 그러니까 분리수거 시스템은 여전히 그대로니까!

본문 감수: '알맹서점' '알맹상점리스테이션' 이주은 공동대표

우리는 무엇을 해야 하는가

자연스럽게 이런 고민이 남는다.

'그렇다면 우리는 무엇을 해야 하는가.'

내게는 어떤 마음으로 살아가야 하는가와 같은 물음이기도 하다. 이런 생각을 털어놓았을 때 한빛의 얼굴에도 어두운 그늘이 드리웠다.

> 정말 솔직해지자면, 제 안에도 무기력함이 있어요. 일상의 실천을 통해 기쁨과 만족감을 얻지만, 그건 그냥 '나의 세계'라는 거, 알아요. 내가 어떻게 하든 세상이 망가져가고 있단 사실은 뭐랄까, 너무나 정직하죠.
>
> 하지만 이렇게도 생각해요. 저는 그냥 그런 실천들이 즐거워요. 같은 말의 반복이지만, 이건 저의 세계니까요. 집안 살림을 하더라도 더 건강하게, 나에게도 좋고 환경에도 좋은 물건으로 바꿔가는 것. 그건 부정할 수 없이 더 나아지는 방향이잖아요. 어쨌든 우린 일상을 살아가야 하는 개인이에요. 요리하고 설거지하고 빨래하고 씻고 청소하고. 매일 만나는 일상에서 올바른 방향으로의 실천은 제게 근원적인 즐거움을 줘요. 그래서 지속할 수 있어요. 그러다 보니 같이 환경 이야기하는 모임도 만들고, 책도 쓰고, 또이렇게 인터뷰도 하고, 머리를 한 대 탁 치게 하는 좋은 책

도 소개받고요(웃음). 궁극적으로는 제 삶을 더 나은 방향으로 이끌어가는 것 같아요.

우리가 살아가야 하는 건 바로 지금, 오늘이다. 아무리 다급하다 해도 기후위기니, 지구니, 인류니 하는 헤아릴 수 없이 거대한 단어와 불안에 오늘을 저당 잡히고 싶진 않다. 큰 소용이 없다 해도 계속해서 실천하려고 애쓰는 이유는 다름 아닌 나 자신에게 충실하기 위해서가 아닐까. 지금 내 마음과 나의 세계를 더 건강하게 가꾸기 위해서 말이다.

다만 우리 둘 다 경계해야 한다는 데 동의했다. 전기를 절약하고 분리수거를 꼼꼼히 하면서 세상을 위해 뭐라도 하고 있다는 자기 위안에 젖어선 안 된다고. 고통스럽지만 인정해야 한단 걸 깨달았다. 사실은, 정말 이렇게 말하고 싶지 않지만, 아무것도 하지 않고 있었다는 걸…. 변할 수 있다는 희망은 첫째로 진실을 알고, 둘째로 그 진실을 회피하지 않을 때 비로소 시작된다고 마음을 다잡아본다.

인정했다면, 우린 그럼 무엇을 해야 할까. 한 명의 개인 그리고 시민으로서… 어렵다, 너무 어렵다. 하지만 생각해보면 당연하다 싶다. 불편함을 받아들여야 하고, 구조와 시스템을 바꿔야 하고, 나아가서 지금까지의 성장에 대한 인식과 삶의 양식까지 바꿔야 할 문제가 쉬울 리가 없잖은가. 그러니 시작하기 전에 심호흡 한번 크게 할 필요가 있다!

개개인의 행동이 모여서 어려운 일을 해낸 사례는 많다. 불필요한 쓰레기가 될 것을 애초에 생산하지 말라고 요구했고, 기업은 정말로 생산을 멈췄다. 요구르트와 팩우유에 붙였던 빨대를 없앴고, 롤케익에선 플라스틱 칼을 뺐다. 개인의 실천은 분명 의미가 있다. 다만 혼자가 아닌 함께일 때 진정 의미를 가질 수 있다.

개인의 실천은 전체 안에서의 부분일 때 의미가 있다고 생각한다. 무슨 말이냐면, 좋은 마음으로 나 혼자만 덜 쓰고 안 쓰는 게 아니라 그 행위가 큰 그림 안에서 어떤 의미를 갖는지 설명할 수 있어야 한다는 거다. 전체 판을 읽고 그 안에서 스스로 나의 좌표를 찍을 수 있어야 한다. 그 연장선상에서의 실천과 그렇지 않은 맹목적인 실천은 결과적으로 아주 큰 차이를 낳는다고 생각한다. 파편화되어 신기루처럼 사라지느냐 아니면 뭉쳐서 세상에 퍼져나가는 목소리가 되느냐의 차이 말이다.

이것은 결국 바꿔야 할 대상을 더 뾰족하게 다듬는 문제이기도 하다. 정말로 바뀌어야 할 건 구조와 시스템이고, 정말로 행동해야 하는 건 개인만이 아니라 기업이고 정부다. 위기라고 느낀다면 그래서 뭐라도 해야겠다고 생각한다면, 그렇게 들이는 시간과 노력이 제대로 쓰이고 있는지 자문해야 한다. 기왕 할 거, 되는 방향으로 해야 하지 않겠나.

매일 만나는 일상에서
올바른 방향으로의 실천은
제게 근원적인 즐거움을 줘요.
그래서 지속할 수 있어요.

연대가 만들 변화

 "생명체는 결정론에 따라 움직이지 않습니다. 작은 차이가 큰 변화를 일으킬 수 있다는 카오스 효과를 보아도 알 수 있습니다. '우리가 줄인다고 무슨 차이가 생기겠어?'라는 질문은 기계적인 생각입니다. 기계는 시간을 고려하지 않지만, 시간성 속에서는 변하지 않을 것 같은 것들이 작은 차이로 크게 달라질 수 있습니다. 사람만 봐도 전기를 덜 쓰는 사람은 플라스틱도 덜 쓰고 자동차도 덜 타려고 합니다. 자동차 회사도 자동차를 자주 바꾸는 소비자들이 있으니 그만큼 생산하는 것이고, 핸드폰도 마찬가지입니다. 가정에서 쓰고 버리는 문화가 바뀌면 산업에도 영향을 주게 됩니다. 생명은 연결되어 있습니다. 서로 연결되어 계속 영향을 미치고, 시간이 지났을 때는 이것이 어떤 변화를 만들지 모릅니다." 「기후위기 현실적 대안은 땅을 살리는 것」, 『오마이뉴스』 2020. 10. 05.

 한빛은 인터뷰 말미에 자신이 필사해둔 문장을 읽어주었다. 믿음을 단단하게 만드는 문구를 만날 때마다 베껴 두고 필요할 때 꺼내 읽는다고 한다. 그래서였을까, 대화를 나누며 나는 한빛에게 몇 번이고 감탄했다. 마주하고 싶지 않은 진실, 인정하고 싶지 않은 사실, 알수록 무기력해지는 현실을 맞닥뜨린 건 우리 둘 다 마찬가지였지만, 내가 어두운 면을 볼 때 한빛은 늘 밝은 면을 보길 선택했다. 이야길 나눌수록, 밝은 쪽을 보며 나아가는 건 '선택'이라는 생각이 들었다. 때론 쉬어가기도 하고, 지친 마음을 돌보기도 하면서 말이다.

함께 동시대를 살아가는 동지로서, 말은 하지 않았지만 서로 눈빛으로 큰 응원을 보내며 헤어졌다. 집에 도착하니 한빛이 보낸 메시지가 하나 와 있었다. 남자친구네 집 냉장고에 붙은 메모라며.

"연대는 개인이 만들 수 없는 변화를 가능하게 한다."

같이 읽으면 좋을 책

오한빛, 『덜어내고 덜 버리고』, 채륜, 2022.
홍세화·이송희일, 『새로운 세상의 문 앞에서』, 삼인, 2022.

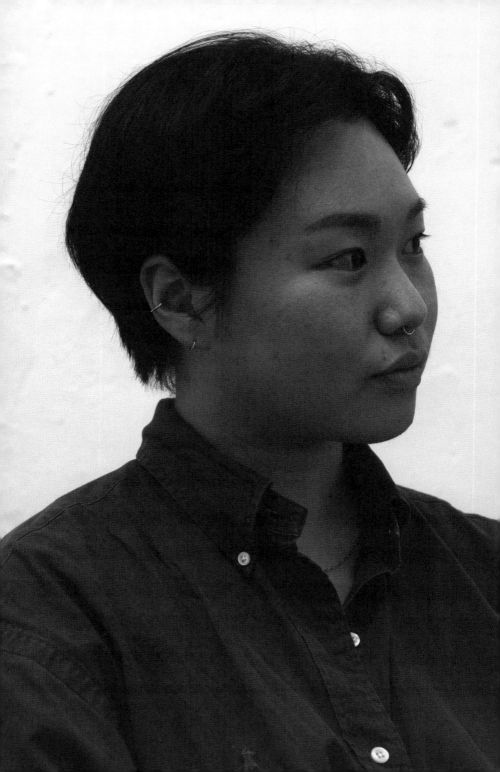

07

사이즈가 중요해?

별명	초(@great_sora_cho)
나이	만 26세
직업	낮에는 영화제 코디네이터, 저녁에는 녹색정치활동가
지역	서울
좌우명	비스 타 비에(Vis ta vie, 네 인생을 살아라)
좋아하는 것	"그럴 수도 있지"라고 말하기
	유유자적 무해하게 떠다니는 해파리. 해파리에 쏘였다면 그건 해파리가 쏜 게 아니라 당신이 해파리에게 가서 닿은 것….
싫어하는 것	혐오와 차별 싫어요!
	버스 광고 소리. 시끄러워 싫어서 안 듣고 싶은데 귀에 쏙쏙 들어와서 힘들어요.
앞으로의 계획	다양한 여성의 이야기가 세상에 널리 퍼질 수 있도록, 어떠한 몸도 수치심을 느끼지 않을 수 있도록 말하고 움직일 거예요!
키워드	자유롭고 건강한 몸

즐겨 입는 청바지에 가볍게 셔츠 한 장 걸치고 길을 나섰다. 집을 나오기 직전 흘끗 거울을 봤다. 그래, 뭐, 이 정도면.

나는 키도 몸무게도 평균이다. 안 어울리는 옷은 있어도 옷이 안 맞는 경험을 해본 적은 없고, 오히려 다들 나더러 날씬하고 날렵해 보인다고 한다. 내 몸에 만족하고 큰 불만은 없었다. 하지만 막상 몸이라는 단어를 입안에서 굴리며 하고 싶은 말을 생각해보니, 놀랍게도 좋은 이야기보단 안 좋은 이야기가 더 많다. 30년 넘게 함께한 몸에 대해 쌓아온 감정을 정리하자면 애정보단 부정, 사랑보단 혐오다. 예를 들어 이런 질문을 받는다고 치자.

"몸에서 마음에 드는 부분이 어디예요?"

순간 멈칫. 어디를 이야기해야 하지? 머리부터 발끝까지 순식간에 스캔이 들어가는데 콕 집어 말이 나오진 않는다. 왜인지도 잘 모르겠다…. 반면, 그럼 마음에 안 드는 부분은 어디냐고 물으면 대답이 뇌를 거치지 않고서도 바로 나온다. 순식간에 열 개도 넘게 댈 수 있을 정도다. 물어뜯은 손톱, 힘없고 가느다란 머리칼, 노란 피부, 립스틱을 바르지 않으면 어디 아프냐는 이야길 듣는 입술, 오리엉덩이, 휜 다리가 마음에 안 들어요…!

　우스운 일이다. 이런 내 모습에 타인은 생각보다 크게 신경 쓰지 않을 수도 있다. 하지만 남들이 주목하든 말든 그건 별로 중요하지 않고, 핵심은 '내가' 신경을 쓴다는 거다. 나는 깨어 있는 모든 순간 내 모습에 신경을 쓴다. 혼자 있건 누굴 만나건, 언제나 내 신경 한 가닥은 거기에 머물러 있다. 왜일까. 각종 광고가 내게 심어준 미美의 기준 때문일까. 혹은 이젠 익숙해진 우리 엄마의 지적 때문일까. "얼굴이 왜 그렇게 누리끼리하냐" "아줌마처럼 머리가 그게 뭐냐" "머리 좀 기르고 얼굴에 생기 있게 다녀라, 안 그러면 연애 못 한다" 같은….

　혐오뿐 아니라 나는 내 몸을 무시하기도 했던 것 같다. 30여 년간 학업, 취업 등 각종 '업'을 수행해야 했던 내 몸은 소처럼 열심히 굴려야 하는 대상이었다. 공부하고, 컴퓨터를 두들기느라 대부분 의자에 앉아 있었던 내 몸. 몸의 가장 중요한 역할은 머리가 잘 돌아가게 서포트하는 거였다. 몸은 평소엔 없는 존재였고, 아파야만 내게 말을 걸 수 있었다. 식욕·수면욕·성욕 등

몸의 욕구는 차단하거나 무시해야만 하는 부정적인 어떤 것이었다. 이런… 이야기할수록 내 몸에 미안해진다.

하지만 아이러니하게도, 동시에 난 내 몸을 아끼기도 했다. 건강하게 먹고 싶었던 이유다.

"네가 먹는 게 곧 너다."

내 입으로 들어온 음식이 곧 나를 이루고 후손에게도 전해진다고 굳게 믿는 엄마는 늘 귀에 딱지가 앉도록 강조했다. 하나를 먹더라도 가능하다면 깨끗하고 신선한 음식을 먹으라고. 어렸을 때부터 들어온 부모의 가르침은 한 인간의 내면에 강력하게 새겨져 지금도 내 장바구니 목록 하나하나에까지 섬세한 영향을 미친다. 채식을 지향하게 된 것도 비슷한 맥락이다. 우리 사회에 채식 바람이 분 지는 꽤 되었다. 채식을 시작하게 된 경위는 사람마다 다르겠지만, 내 경우엔 이기적인 이유가 컸다. 소, 돼지, 닭 들이 어떻게 길러지는지 알아버린 이상, 고통 속에 길러지고 공포 속에서 죽어간 그 고기들을 내 몸에 넣고 싶지 않았던 거였다.

있는 그대로의 몸에 공감하고 지지하지는 않으면서, 다른 한편으론 몸을 걱정하고 좋은 상태로 유지하려 하는…. 몸에 대해 내가 가진 생각들은 이렇게 복잡하고, 다면적이다. 하지만 이렇게 몸을 주제로 글을 쓰며 몸을 생각하고 가만히 응시하는 것만으로도 나라는 사람이 좀더 넓어지는 걸 느낀다. 나 하나의 몸을 갖고도 이런데, 다른 사람의 몸에는 또 얼마나 많은 이야기가 깃들어 있을까? 다른 사람은 자신의 몸으로 어떤 경험을 했을까? 그 이야기는 날 어디로 데려갈까? 이런 생각을 갖고 초를 만났다.

코에 멋진 피어싱을 하고 시원하게 자른 커트머리의 초는 작은 키에 꽤 둥글둥글한 체구로, 언제나 품이 굉장히 넓은 바지를 입는다. 늘 싱글벙글 웃으며 활기찬 모습이 참 보기 좋다. 곁엔 언제나 사람이 끊이질 않고, 다들 초와 함께 있는 걸 즐거워한다. 초의 건강한 에너지 때문이 아닐까 싶다. 초라는 사람에게서 뿜어져 나오는 활기는 주변까지도 건강하게 물들인다. 이런 내 생각을 말하자 초가 웃으면서 말한다.

저 헬스장에서 인바디하면 비만이라고 나올 거예요. 과체중 아니라 비만이요!

비만, 아무도 몰라야 하는 그것

비만? 그럴 리가? 내가 생각하는 비만인의 이미지와 초는 너무 거리가 멀다. 비만인이라고 하면, 살이 찐 자기 몸을 감당하기 어려워하는 그런 사람 아닌가. 배 나오고, 느리고, 조금만 움직여도 숨을 헐떡이는…. 그런데 초는 전혀, 정말 전혀 그렇지 않다! 나중에 이야기하겠지만, 오히려 엄청나게 날렵하고, 너무나 몸을 잘 쓰는 사람이 바로 초다. 나보다도 더! 그런 초가 어렸을 때 겪었던 놀라운 경험을 하나 이야기해줬다.

초등학교 4학년인가 5학년 때, '튼튼이캠프'라는 것에 차출되어 간 기억이 있어요. 전교에서 저만요! 다른 애들은 다 여느 날처럼 등교했는데, 저만 생판 모르는 아이들과 고속버스를 타고 처음 보는 곳에 갔죠. 알고 보니 학교마다 비만 아이를 한두 명 뽑아서 보내는 수련회더라고요. 전국에서는 아니고, 서울시 몇십 개 학교에서요. 2박 3일이었던 것 같고, 확실하진 않지만 여자아이만 있었던 것 같기도 해요. 제가 여자아이들하고만 같은 방을 써서 그렇게 기억하고 있는 건지도 모르겠지만….

지금 와서 생각해보면 그곳의 프로그램이 굉장히 의미심장했어요. 아침·점심·저녁 세 끼를 먹었는데, 배식받는 곳에 지금 먹을 음식의 칼로리가 얼마인지 크게 써 있던 기억이 나요. 언제나 칼로리를 신경 쓰라는 메시지죠. '너흰 비만이니까'라면서요. 아침 먹고 나선 태보를 가르쳐줬어요. 당시 방송인 조혜련 씨의 태보 다이어트가 유행했거든요. 신나는 리듬에 맞춰 다 같이 하는 킥복싱 같은 거요. 저녁 프로그램은 몇 개의 방에서 진행됐어요. 저희한테 돌아가면서 방에 들어가게 했는데요. 방 안에 옷을 되게 웃기게 입은 선생님이 있었어요. 그분이 '탄수화물은 4칼로리, 단백질도 4칼로리, 지방은 9칼로리' '이러이러한 음식은 고열량이다, 너희 나이 때 적합한 열량은 몇 칼로리인데 이건 밥 몇 공기' 이런 식으로 가르쳐줬어요.

비만 어린이 캠프라니, 정말 맙소사다. 심지어 교묘하게 의도를 숨긴 '튼튼이'라는 명칭이라니. 엄마가 자기 몰래 신청한 건지 아님 학교에서 자신을 차출한 건지, 초는 지금도 모르겠다고 한다. 확실한 건 이 불명예스러운 캠프를 자발적으로 신청했을 린 없단 사실이다.

더욱 놀라운 점은 초가 튼튼이캠프를 다녀왔단 사실을 다른 선생님과 아이들이 알지 못했단 거였다. 전교에서 초밖에 가지 않은 그 캠프는 끝까지 철저히, 비밀에 부쳐졌다. 한창 감수성 예민할 사춘기 아이를 배려하기 위해서였을지도 모르지만, 난 어쩐지 오싹해졌다. 우리 사회가 비만인을 어떻게 생각하는지 느껴지는 것 같아서 말이다. 비만이란 부끄러운 것, 아무도 모르게 '처리'되어야 하는 것이라고, 사회는 어린 초의 귀에 은근히 속삭였던 게 아닐까? 그런 분위기에서 초는 여태껏 어떤 경험을 하며 어떤 마음으로 살아왔을까?

어렸을 때부터 덩치가 좀 크긴 했지만 제가 원해서 뚱뚱해진 건 아니에요. 그보단 환경이 그럴 수밖에 없었어요. 저희 엄마가 이른바 '헬리콥터맘'이었는데요, 네 살 터

185

울 오빠를 학원에 데려다주고 데리고 오느라 항상 아주 바빴어요. 엄마와 오빠가 거의 자정이 되어 들어올 때까지 전 항상 집에 혼자 남겨졌어요. 아빠는 기러기아빠여서 오랜 기간 집에 안 계셨고요. 엄마는 늘 제가 먹을 밥이랑 반찬을 한꺼번에 많이 만들어서 냉장고에 넣어뒀는데, 메뉴가 주로 오래 두고 먹을 수 있는 짠지였어요. 고들빼기 같은 거요. 아이들이 좋아하는 메뉴는 아니죠. 그리고 제가 어렸을 때부터 후각이 되게 예민해서 밥솥에 오래 둔 묵은 밥 같은 건 아예 못 먹었거든요. 그러니 어땠겠어요. 라면 끓여 먹고, 탄산음료 마시고, 저금통 털어서 떡볶이 사 먹고… 그러면서 살이 확 찐 거예요.

흔히 비만은 개인의 문제가 아닌 사회문제라고들 한다. 초의 이야길 들어봐도 그렇다. 거의 방치되다시피 한 어린 초가 느꼈을 외로움과 허전함을 가늠하니 내가 다 미안해졌다. 눈앞에 있다면 그 통통한 어린아이를 꼭 안아주고 싶었다. 식욕을 채우며 마음의 허기까지 같이 달래자 몸이 점점 커졌고, 또 그 몸으로 살아오며 마음이 얼마나 허기졌는지 들으니 더욱 그런 생각이 들었다. 그건 초의 또 다른 말 때문이기도 했다. 자길 정말 힘들게 한 건 비만으로 분류된 자신의 몸이 아니라 그 몸에 부여된 사회적 이미지였다고.

초 곁엔 언제나 사람이
끊이질 않고, 다들 초와 함께 있는 걸
즐거워한다. 초가 지닌 건강한
에너지 때문이다.

살이 막 접혀서 사이사이에 땀이 찰 정도면 일상생활이 어려워지긴 할 것 같아요. 그런데 전 그렇지도 않고, 그냥 맞는 바지를 찾기가 좀 어려울 뿐이에요. 심지어 건강에도 전혀 이상이 없어요. 고지혈증이나 당뇨도 없고요, 피검사를 하면 콜레스테롤 수치가 굉장히 낮아요. 뼈와 관절을 포함한 모든 곳이 튼튼하고, 폐활량도 굉장히 좋아요.

그런데 정말 힘든 건 정신적으로 위축되는 거였어요. '나는 빨리 숨이 찰 거야, 나는 빨리 뛰지 못할 거야, 나는 저길 통과하지 못할 거야, 난 저걸 넘지 못할 거야… 난 비만이니까. 난 무거우니까.' 이렇게 생각했던 거죠. 그런데 저 되게 유연하거든요. 지금 와서 보면 다 할 수 있는 것들이었어요. 그런데 안 한 거예요. 많은 여성이 '난 여자니까 못할 거야'라는 생각에 갇혀 산다면, 전 거기에 뚱뚱하니까 못할 거란 생각까지 더해졌던 거예요. 그래서 몸으로 하는 액티비티엔 거의 도전하지 않으며 살아왔어요. 스포츠 같은 거요. 지금도 제가 어떤 스포츠를 잘하는지 잘 몰라요. 그래서 승부욕이 없는 사람인 줄 알았어요. 근데 그게 아니더라고요. 이 몸에 내려진 평가 때문에 그냥 다 포기하며 살았단 걸 어느 순간 깨달았어요.

모두가 너무나 당연히 못할 거라고 생각하는 분위기에서 허들을 넘어야 한다면, 심지어 해내더라도 '신기한 일이 아닐 수 없다'는 시선을 감당해야 한다면 그만큼 정신적으로 피곤한 일이 또 있을까. 매사 그런 일이 반복된다면, 그 사람의 마음이 어떻게 쪼그라들지 않을 수 있을까.

혼자선 풀기 어려운 내면의 족쇄

동물은 자기에게 다가올 위험을 예민하게 감지한다. 인간도 마찬가지다. 다만 그 위험이 몸에 대한 것이 아니라 마음을 병들게 하는 것이라면 미처 알아채지 못하고 무방비로 노출되다가 어느 순간 무너져버린다. 그렇기에 마음에 가해질 위험을 예민하게 감각하고 미리 피하는 건 약한 게 아니다. 오히려 자존감을 유지하기 위해 꼭 필요한 생존 기술이다. 초가 말했다. 그런 의미에서 목욕탕과 수영장, 해변은 모두 옷을 벗는 공간이지만 자신에겐 굉장히 다르게 다가온다고.

어릴 때는 수영장에도 다녔는데 아홉 살 이후로 몸이 커지면서 안 가게 됐어요. 다른 사람 앞에 허벅지를 보이는 게 싫더라고요. 해변은 더 안 가요. 뽐내고 싶은 곳처럼 느껴지거든요. 박탈감을 느낄 것 같다고 생각되는 곳은 본능적으로 피하는 거 같아요. 근데 또 목욕탕은 가요(웃음). 안 간 지 오래되긴 했지만 대학교 때는 스트레스 풀러 혼자도 갔어요. 목욕탕은 일말의 성적인 요소도 없는 공간이 잖아요. 다들 벗고 다니고, 특히 여탕은 서로 일부러 안 쳐다보려는 분위기도 있고요.

최근엔 수영장 다니는 여성 작가들의 에세이 같은 게 많이 나오더라고요. 할머님들하고 친구가 되는 이야기도 정겹고, 요즘 수영장은 서로의 몸에 평가를 내리기보다는 정말 수영을 좋아하는 사람들이 오는 분위기라는 이야길 읽으면 가보고 싶긴 해요. 하지만 어쩐지 주목받을 것 같고, 주목하지 않는다고 해도 제가 그 생각에서 벗어나기가 쉽진 않네요.

민감하게 감각하고 분류하는 것, 어떻게 보면 그게 한국 사회에서 살아야 했던 초만의 생존 노하우였을 것이다. 공간의 범위는 우리 사회 전체로 확장되어, 최근 초의 시선은 자꾸 한국을 벗어나고 있단다. 독일에 가서 한 몇 년 살아보려고 계획을 짰었단 거다.

주변에서 독일에 왜 가냐고 물으면 그냥 두루뭉술하게 넘겼어요. 한국에선 볼 장 다 본 것 같다고, 좀 쉬고 싶다고, 생에 한 번은 선진국에서 살아보고 싶다고(웃음)…. 그런데 사실, 진짜 이유는 따로 있었어요. 다양한 인종과 다양한 몸들 사이에서 내 몸 사이즈를 신경 쓰지 않고, 무슨 옷을 입든, 어떤 행동을 하든 나로 살아보고 싶다는 거요. 그 경험을 꼭 해야겠다고 느꼈어요.

물론 그곳에도 날씬해지고 싶은 욕망, 그걸 부추기는 사회 분위기 같은 건 있겠죠. 그래도 여기보단 훨씬 덜할 테니까요. 그런 곳에서 살아보고 싶었어요. 해외에 가면 적어도 몸 때문에 위축되거나, 연애나 성적인 관계를 맺을 때 몸 때문에 스스로 한 번 거르지 않고 자유롭게 살 수 있겠다 싶었어요. 그 느낌을 일생에 딱 1년이라도 경험하고 싶어요.

깜짝 놀라는 내 표정을 보고 초가 덤덤히 웃었다. 예상한 반응이라는 웃음이었다. 자기가 이렇게 이야기하면 사람들이 대부분 당황하면서 '네가 그런 생각을 하면서 사는 줄 몰랐다'는 반응을 보인다는 거다. 삶의 터전을 옮기고 싶다는 쉽지 않은 결정을 내릴 정도로 초를 힘들게 한 건, 역시 스스로 채운 마음의 족쇄였다. 눈에 뻔히 보이지만 혼자서는 죽어도 빠져나오기가 어려운 족쇄!

누가 나한테 몸 갖고 집요하게 놀린 적은 없어요. 중요한 건 저 자신이 그렇게 생각한다는 거예요. '당연히 저 사람은 내 몸을 뚱뚱하다고 생각할 거야'라고요. 혼자 고민하게 되고요. 엄마의 영향이 컸던 것 같아요. 엄마가 제 몸을 그렇게 평가했거든요. 실제로 스무 살 땐 엄마가 직접 처방받아 온 식욕억제제를 몇 달 먹으면서 몸이 망가지기도 했어요. 평생 그런 평가를 듣고 자랐는데, 제 안에 저를 스스로 옥죄고 있는 올가미가 얼마나 단단하겠어요. 그걸 벗어던져야 하는데, 그러려면 아예 나 같은 몸이 아주 많은 거리를 몇백 번을 활보해봐야겠구나 싶었어요. 그렇게 한번 '깨버리는' 경험을 해야 나중에도 신경을 덜 쓰며 살아갈 수 있겠다 싶었던 거예요.

소설 『데미안』에 이런 문구가 나온다.

"새는 힘겹게 투쟁하여 알에서 나온다. 알은 세계다. 태어나려는 자는 한 세계를 깨뜨려야 한다."

초의 이야길 듣고, 스스로의 몸에 대한 생각도 '알 껍질' 같단 생각이 들었다. 초는 이 껍질을 깨야 한단 걸 절실히 느낀 거였다. 그래야 자신이 살아나갈 수 있다는 걸.

초처럼 삶의 터전을 아예 옮겨야 할 정도는 아니겠지만, 누구에게나 그런 경험은 필요하다고 생각한다. 돌이켜보니 나한테도 소소하지만 그런 경험이 있다. 콜롬비아 여행에서 타투를 했던 경험이다. 타투는 몸을 바라보는 나의 시선이 외부로부터 자유롭지 않음을 다시 한번 인식하는 계기였다. '이걸 새기면 취업하는 데 불이익을 받는 건 아닐까' '어른들이 날 싫어하면 어쩌지'처럼, 혹시라도 받을 부정적인 시선을 먼저 떠올리는 나 자신을 가만히 바라보며 어깨 아래 오른팔에 타투를 새겼다. 타투이스트의 바늘 끝이 살을 파고들며 돌이킬 수 없는 흔적이 새겨질 때, 굉장히 아팠지만 뭐랄까, 해방감이 느껴졌다.

나에게 타투는 일종의 선언이었다. 편견과 억압, 기획된 욕망에서 자유로운 시선으로 내 몸을 바라보고 아껴줄 것이며, 평생 함께할 내 몸에 대한 결정권은 다른 누구도 아닌 내게 있다는 선언! 이젠 매년 여름마다 다시 '선언하는 마음'으로 민소매를 입는다.

올해 초의 계획은 평생 미워하고 감추고 싶던 몸과 화해하기다. 그간 초가 스스로의 몸을 미워하지 않고, 오히려 긍정하게 된 터닝포인트가 있었다고 한다. 다름 아닌 아프리칸댄스다!

아프리칸댄스라니, 생소하다. 아프리카 원주민들이 불을 둘러싸고 우가우가 추는 춤이냐고 묻는 사람들도 있다. 초가 추는 아프리카 춤은 완전히 다르다. 아프리카 전통춤보단 아프로팝에 가깝다. 아프로팝은 아프리카의 리듬과 팝 멜로디를 특징으로 하는 현대음악인데 아프로댄스라고도 불린다.

이 춤, 느낌이 아주 독특하다. 아프로댄스를 본 적 없다면 당장 유튜브에서 '아프로팝' 혹은 '아프로댄스'라고 검색해보길 권한다. 1초라도 빨리 그 흥과 에너지를 느끼길! 아프리카의 리듬은 곧바로 심장에 날아와 꽂힌다. 아프로팝을 듣고 어깨를 들썩들썩하지 않을 사람이 있을까? 아프로팝은 누구나 춤추지 않고선 못 배기는 상태로 만들어버린다.

처음부터 남성적이고 시원시원한 초의 외모보다 더 내 눈길을 사로잡은 건, SNS에 올린 춤 영상이었다. 초는 작은 키, 통통한 체구에서 엄청난 에너지를 뿜어내며 아프로댄스를 춘다. 보통 실력이 아니다. 진짜 춤 잘 춘다! 같이 추는 사람들 중에서도 가히 독보적이다. 하지만 어렸을 때부터 지금까지, 초와 춤의 관계는 생각보다 더 복잡미묘했다고 한다.

어렸을 때부터 몸을 꽤 잘 쓰는 편이었어요. 복지관이나 문화원 같은 데서 방송 댄스, 요가 수업을 재미있게 들었죠. 근데 한 4학년 때였나, 제가 장기자랑 나가서 춤을 추니까 애들이 웃는 거예요. 난 진지한데! 처음으로 춤추며 기분이 나빴어요. 그래서였는지 몰라도 중학교 때부턴 댄스 동아리를 쳐다보지도 않았어요. 또 제가 여중·여고 나왔거든요. 여중·여고에서 댄스 동아리라고 하면 보통 팔다리 길고, 춤출 때 이른바 '태가 나는' 애들이 들어가는 곳처럼 여겨지잖아요. 전 그런 사람이 아니니까, 자연스럽게 춤을 멀리하게 됐던 것 같아요.

그러면서도 마음속으론 계속 춤을 추고 싶었어요. 당시 유행했던 서바이벌 오디션 프로그램을 보면서 '아, 진짜 춤을 제대로 배워보고 싶다'는 생각도 많이 들었죠. 그런데 심사위원으로 나온 박진영JYP 씨가 "춤추려면 몸이 가벼워야 된다"고 그러는 거예요. 보통 사람이라면 흘려들었겠지만, 방송을 보던 비만 청소년은 어떤 생각을 하겠어요. '그래, 난 춤추면 안 되지. 살을 빼야 춤을 출 수 있겠지. 똑같은 동작도 내 짧은 팔과 뚱뚱한 다리로 하면 저 사람과는 다를 테지….' 이렇게 JYP의 말을 계속 내재화했죠.

그런데 청소년 대안학습공간 '하자센터'에서 아프로댄스를 알게 되면서 생각이 완전히 달라졌어요. 아프리카 여성들의 몸을 떠올려보세요. 큰 덩치, 굴곡진 몸… 그런 사람들이 마음껏 살을 출렁이며 얼마나 신나게 춤을 추는지 아세요? 그에 비하면 제 몸은 별로 크지도 않더라고요! 아프리카에선 삶이 곧 춤, 춤이 곧 삶이에요. 유튜브에서 '나이지리아 웨딩Nigeria Wedding'이라고 찾아보면 이런 아프리카 문화를 잘 알 수 있어요. 다양한 사이즈의 몸이 모여서 씰룩이는데 다들 너무 아름답고, 시원시원해 보이고… 영상 속으로 뛰어들어서 저도 같이 춤추고 싶은 마음이었어요. 볼 때마다 기분이 너무 좋아졌죠. 그렇게 아프리칸댄스를 만나며 제 삶의 방향도 확 바뀌었어요.

최근 댄서 경연 프로그램에 열광하면서 우리는 깨달았다. 춤추는 삶, 춤추는 사람이 멋지단 걸! 춤 장르도 다양하게 많이 알려졌다. 현대무용뿐 아니라 비보잉, 팝핀, 왁킹, 락킹…. 하지만 아프로댄스를 아는 사람은 여전히 적다. 아프로댄스는 춤에 마지막까지 남은 환상을 깨고 외치게 한다. '춤추는 삶', 더 나아가 '춤추는 살'이 멋지다고! 심지어 초는 아프로댄스를 추며 자신의 단점이 장점으로 변했다고 말한다. 숨기고 싶었던 몸이 멋져 보이는 마법이 일어났다고 말이다.

아프로댄스는 굉장히 다이내믹하고 액티브한 춤이에요. 이걸 추려면 하체가 진짜, 진짜 중요해요. 맞는 바지를 찾기 어려운 제 굵은 허벅지가 이때는 보물이에요. 모든 에너지가 다 허벅지에서 나오죠. 저도 모르게 제 체형에 맞는 장르를 운 좋게 선택한 것 같아요. "얼굴로 춤춘다"고 말할 정도로 익살스러운 표정도 주변 사람 웃기는 거 좋아하는 제 '개그캐'와 아주 잘 맞았고요.

아프로댄스를 추면서 그간 숨겨왔던 몸에 대해 이야기해보고 싶다, 해봐야겠다는 생각이 점점 쌓인 것 같아요. 예전이나 지금이나 난 똑같이 춤을 추는데, 사람들의 반응이 달라짐을 느끼면서요. 예전엔 절 보고 웃었는데, 지금은 멋있다고 하잖아요! 난 아직도 내 몸이 혐오스러운데, 사람들에게는 내 몸이 더 이상 뚱뚱하다고 여겨지지 않는 것 같아요. JYP의 코멘트는 아프로댄스에는 전혀 적용이 안 돼요. 그러니 저도 깨달은 거죠. '아, JYP의 코멘트는 들을 필요가 없는 거였구나'라고요!

JYP의 권위를 전복시킨 아프로댄스! 정말 엄청난 깨달음 아 닌가?

비건인데 왜 살이 안 빠지냐고요?

몸에 대해 이야기하면서 먹거리 이야길 하지 않을 수 없다. 한 끼 배고픔을 달래기 위함이든, 좀더 건강한 음식을 찾는 것 이든 먹거리에 대한 관심은 본능적이다.

초는 꽤 엄격한 비건이다. 고기는 물론, 해산물과 달걀도 먹 지 않는다. 동물에게 고통을 주고 싶지 않아서 비건을 선택했 다고 한다. 나도 채식을 지향하긴 하지만 엄격하진 않다. 나 같 은 사람을 '비건 지향'이라고 하는데, 좀더 자주 채식 위주로 먹 으려고 노력한다는 뜻이다. 난 해산물과 달걀은 먹지만, 앞에서 말한 대로 빨간 육고기는 최대한 안 먹으려고 노력한다.

본격적으로 인터뷰를 시작하기 전, 우린 초의 추천으로 망원 동의 한 채식식당에서 근사한 저녁을 함께했다. 새송이버섯 깔 라마리*, 핫칠리 바비큐**, 스모키만다린 오픈 샌드위치*** 등을 함께 먹었다. 비건 음식은 맛이 없다는 편견을 한 방에 격파하 는 맛이었다.

재미있는 건 비건 음식이 맛이 없을 거란 편견만큼 비건도 만만찮은 편견에 시달린다는 사실이다. 편견은 정확히 반으로 갈린다. 비건은 엄청 건강하거나 건강하지 않을 거라는. 여기서 건강이라는 단어는 날씬하단 말과 거의 붙어 다닌다. 초가 들었던 이야긴 이런 거였다.

"비건이라면서, 몸이 왜 그래?"

야채만 먹는데 왜 살이 안 빠지냐는 물음이다. 그럼 초는 이렇게 돌려준다.

"비건인데 허리 34 사이즈도 안 맞는 사람, 여기 있습니다. 왜 살이 안 빠지냐고요? 제가 오늘 뭐 먹었는지 말해드릴까요?"

초가 말하고 싶은 건 불평등이다.

비건 운동선수, 헬스 트레이너, 요가 강사가 많아지고 있어요. 개중엔 인플루언서도 많죠. SNS에 비건식했다고 인증도 하고요. 근데 보면서 조금 불편해요. '비건=쭉쭉빵빵=건강'하다고 이미지화하는 것 같아서요.

사실 현실의 비건에게는 삼시 세끼가 생존을 위한 고군분투예요. 구내식당에서 밥을 먹는다고 가정해볼게요. 먹을 수 있는 게 별로 없어서 맨밥을 고추장에 비벼 먹거나

---

* 보통은 오징어를 쓰는 이탈리아식 튀김.

** 불향 가득한 콩단백 바비큐를 얹은 오픈 샌드위치.

*** 달콤하게 절인 당근채를 기가 막힌 소스와 함께 한가득 얹은 바게트.

아님 짠지 같은 거랑만 먹을 때도 있어요. 간혹 데친 브로콜리랑 겨자 소스라도 나오면 완전 땡큐죠. 그만큼 먹을 게 없거든요. 최소한 단백질이라도 좀 먹어줘야 포만감도 있고 장에서 천천히 소화시킬 거리라도 있을 텐데, 비건은 정말 먹을 수 있는 게 없어요.

그럼 어떻게 될까요? 12시에 밥 먹어도 오후 3시 되면 배고파요. 뭐라도 꺼내 먹어야 하는데, 견과류 같은 게 있으면 다행이지만 이때도 선택권이 별로 없어요. 빵조차도 마요네즈, 달걀, 버터 등이 들어가는 게 많으니까요. 먹을 수 있는 게 없어서 악순환이 반복돼요. 영양 결핍에 탄수화물 과다. 살이 빠질 수가 있을까요?

8년 차 채식인으로 살면서 일상에서 채식할 수 있는 식당이 늘어나야 함을 느꼈어요. 채식 선택권 운동이 절실해요. 특히 청소년들은 기후위기의 심각성을 몸으로 느끼면서 채식에 점점 더 관심 갖는데 학교에서는 채식하기가 쉽지 않거든요. 급식은 주는 대로 받아야 하잖아요. 편식한다고 찍히면 곤란해지죠. 학교에서 채식 옵션이 더 늘어나야 해요.

나와는 또 다른 이유로, 초에겐 채식과 몸에 대한 고민이 별개가 아니다. 초의 말대로, 2022년 6월부터 서울 일부 학교에서 채식 급식이 시행되고 있지만 찬반 논란이 여전하다. 수도권 이

현실의 비건에게는 삼시 세끼가
생존을 위한 고군분투예요.
우린 언제쯤 채식 선택권을
보장받을 수 있을까요?

외 지역에선 논의조차 시작되지 않은 경우도 많다. 갈 길은 요원하다. 시골에 사는 학생도 어렵지 않게 채식 급식을 선택할 수 있게 되는 날은 과연 언제일까? 그날을 위해 초는 '채식선택권 헌법소원 활동가'로 변신했다.

상상력의 한계는 선택권의 문제와 직결된다. 초는 비건이라면 몹시 공감할 '썰'을 하나 풀어놓았다.

> 대학생 때 아르바이트하던 식당에서 회식 자리가 있었는데, 사장님이 "우리 소라를 위해 샐러드를 준비했다!" 그러시는 거예요. 제가 고기 안 먹는다는 걸 알고 계셨거든요. 사장님이 준비하신 건 유자 소스를 뿌린 샐러드였어요. 배려는 감사했지만 문제는 그날의 주종이 소주였다는 거죠···. 누가 소주에 유자 소스 샐러드를 먹나요(웃음). 와인이면 또 모르겠지만···. 그래서 몰래 혼잣말했죠. "사장님, 감사해요. 근데 맥주에 감자튀김도 있는데···."

하하, '웃프다'는 딱 이런 상황을 두고 하는 말이다. 우리 주변에 채소로만 만든 요리가 얼마나 많은데 왜 비건 음식이라는 이름만 붙으면 머리가 딱! 굳어서 샐러드밖에 생각을 못하는지. 비건인 이슬아 작가도 비거니즘 잡지『물결』창간호에서 시골 출신인 어머니가 얼마나 맛있고 다양한 비건 요리를 해내는지 이야기한다. 현미밥, 된장국, 김치찌개, 감잣국, 파기름에 볶은 각종 채소와 납작 당면….

단언하건대, 비건 음식은 구성이 단조롭지도 맛이 없지도 않다. 심지어 요즘은 다양한 해외 레시피를 들여와 선보이는 가게도 점점 많아지고 있다. 요즘 초의 SNS는 '비건맛집' '채식맛집' 포스팅으로 아주 화려하다. 보기에도 먹음직스러운 다양한 비건 메뉴들을 직접 먹어보고 소개한다. 「오마이뉴스」에 간단하면서도 맛있는 비건 레시피를 소개하는 기사도 쓴다. 비건 음식이 얼마나 다채롭고 맛이 풍부할 수 있는지, 초를 따라 조금만 경험해보면 완전히 생각이 달라진다!

그런데 비건 음식에 붙은 또 다른 선입견이 있다. 바로 비건 음식은 다 '건강하고 속이 편할 거'라는 생각이다. 이 또한 편견이라고 꼬집은 초가 '정크Junk 비건'이라는 단어를 알려줬다. 정크 비건의 '정크'는 정크푸드의 그 정크다. 햄버거처럼 열량은 높고 영양가는 떨어지는 인스턴트 음식. 비건 음식 중에도 정크푸드가 있다는 뜻인데, 다른 정크푸드와 마찬가지로 바삐 돌아가는 현대사회의 부산물이다.

요즘 사람들, 정말 바쁘다. 여전히 야근은 밥 먹듯 하고, 야근하지 않더라도 학교 다니고 회사 다니면서 자기 입에 들어갈 요리를 직접 만들어 먹는 건 거의 불가능에 가깝다. 바깥에서 먹을 수 있는 게 별로 없는 채식주의자에게 시간의 부재는 치명적이다. 어쩔 수 없이 가격도 싸고 손쉽게 구할 수 있는 비건 음식을 집게 되는데, 그게 전부 냉동 야채만두, 야채라면, 그리고 감자튀김처럼 기름기 좔좔 흐르는 인스턴트 음식이다. 계속 먹으면 속이 고장 나고 살이 찌지 않을 수 없다. 채식 운동하는 이들 중에 비건 음식에 대한 선입견을 깨려고 일부러 정크 비건 음식을 먹고 SNS에 전시하듯 올리는 사람도 있는데, 여기에 너무 몰입하다 보면 몸을 망치기도 한다고. 결국엔, 또 '몸'이다.

아이러니하게도, 건강할 거라는 선입견과 동시에 건강하지 않을 거라는 선입견에도 시달리는 게 비건이다. 야채만 먹으면 힘이 안 날 거다, 빈혈이 올 거다, 어디가 아파도 아플 거다…. 초가 처음 비건을 선언했을 때 대학병원 임상영양사였던 룸메이트에게 들은 말이란다. 내가 우리 엄마한테 맨날 듣는 말이기도 하다. 듣다 보면 정말 그런가 싶은 생각이 슬며시 든다. 그런데 여기에 초는 매우 단호하게 선을 긋는다.

스님들이 비건이잖아요? 살생을 안 하니까. 그런데 스님한테 "고기 안 먹으면 큰일 나요" 같은 말 하나요? 잘 안 하죠. 비건은 건강하지 않을 거란 논리를 뒤집어보세요. 고기 먹는 사람들은 다 건강한가요? 아니죠. 비건이 건강하지 않다면 그건 비건이라서가 아니라 먹을 게 없어서라고 저는 확신해요. 이건 사회 시스템과 제도와 관련 있어요. 시간이 있다면 내 몸에 어떤 영양소가 필요한지, 채식 위주의 식단으로 그걸 충족시킬 수 있는지 따져가며 요리해 먹을 수 있겠죠. 자기 몸에 대해 공부도 더 할 거예요. 그런데 우리 사회는 이 모든 걸 할 수 없게 만드는 사회예요. 그러니까 비건은 몸이 망가지기 더 쉬운 거죠.

그중에서도 초는 페미니스트답게 어떤 부분을 콕 집어냈는데, 같이 생각해볼 필요가 있다.

여성이 비건을 선언하면 공통적으로 듣는 말이 있는데, "야채만 먹으면 생리하는 데 문제가 있을 거"라는 거예요. 임신, 출산에 영향이 있을 거라는 뜻이죠. 묘하게도 이게 걱정보단 협박으로 들리는 부분이 있어요(웃음). 전 생리중단시술 경험자들의 이야기가 떠오르더라고요. 『말하는 몸 2』라는 책에 '제이디스'나 '임플라논' 시술을 받아서 스스로 생리를 중단시킨 여성 두 명의 인터뷰가 있는데요. 생리하는 게 너무 고통스럽기도 하고 직장에서 일하는 데도 불편해서 그렇게 결정했대요. 그런데 몸에 생리 중단을 위한 장치를 넣겠다는 결정을 자연의 섭리에 맞지 않는 양 취급하는 우리 사회의 시선을 경험했단 거예요. 여성의 몸은 출산을 위해 존재한다는 생각이 너무 당연하게 깔려 있는 거죠. 그만큼 우리나라에서 여성의 몸은 아직 그 자신의 것이 아니고요.

'여성의 경우 먹을 것을 취사선택할 자유, 먹거리에 대한 신념까지도 몸에 대한 자기결정권과 연결되는구나' 싶은 생각이 드니 흥미롭더라고요. 생리를 안 하면 몸의 전체적인 순환에 좋지 않을 수도 있겠죠. 하지만 그럼에도 생리를 할 건지 말 건지는 지극히 개인의 선택이어야 한다고 생각해요. 내 몸이잖아요. 누군가는 그 부작용을 감수하면서라도 생리를 하지 않겠다고 선택한 거고, 그 선택에 대해 비난받아서는 안 된다고 생각해요. 채식주의 또한 이런 측면에서 닮아 있다고 생각하고요.

나만의 아프로댄스를 찾아서

인터뷰는 여기서 끝났다. 하지만 초의 이야기는 끝나지 않았다. 그녀는 이제 막 껍질을 깨기 시작했으니까.

초는 몸에 대한 이야기를 말로, 글로 풀어내는 작업을 시작했다. 독일에 가지 않는 대신, 다른 방법으로 미워하던 몸에 다가가려고 노력 중이다. 초가 살짝 귀띔했다. 내년 초엔 따뜻한 여름 나라에 가서 열네 살 이후 처음으로 수영복을 입고 바다 수영을 즐길 거라고.

몇 년 후 초는 어떤 모습일까. 어디까지 자유로워져 있을까. 초를 응원하는 이유는 그녀의 이야기가 단지 초 혼자만의 이야기가 아니라고 느꼈기 때문이다. 그 이야기 속에 나와 우리가 있었다. 초의 이야길 들으며 지금의 내 몸이 되기까지 어떤 사회적 맥락을 거쳤는지 생각했고, 내 몸에 대한 혐오가 어떻게 만들어져 왔는지를 생각했고, 몸을 둘러싸고 내가 미처 깨닫지 못했던 선입견을 생각하게 됐다.

초의 화두는 '살'이지만(실로 많은 여성의 화두!), 그 자리는 물어뜯은 손톱, 힘없고 가느다란 머리칼, 노란 피부, 립스틱을 바르지 않으면 어디 아프냐는 이야길 듣는 입술, 오리엉덩이, 흰 다리로 치환될 수 있다. 핵심은 내면의 족쇄다. 결국 내 손으로 자물쇠를 잠근 그 족쇄를 정확하게 인식하고, 바라볼 것. 이 것이 몸으로도 마음으로도 건강해지는 첫걸음이라는 걸 알았다. 이제 한결 두근거리는 마음으로 주변을 둘러본다. 나의 아프로댄스는 무엇일까?

같이 읽으면 좋을 책

록산 게이, 『헝거』, 사이행성, 2018.
박선영·유지영, 『말하는 몸 1·2』, 문학동네, 2021.

08
일상의 풍경을 바꾸는 힘

별명	미어캣(@meercat08)
나이	만 31세
직업	예술가·활동가
지역	서울
좌우명	중심이 있다면 흔들려도 괜찮아!
좋아하는 것	늘 성찰하고 성장하기, 고양이(제 반려동물이기도 하고, 너무 사랑스러워요!)
싫어하는 것	편견·차별·혐오, 피망·고추·파프리카에서 나는 특유의 맛
앞으로의 계획	지금은 잠시 휴식 시간을 가지고 있습니다. 운동도 열심히 하고, 춤도 배우며 저를 더 채워가는 중입니다.
키워드	삶의 주도권

"정치 뉴스 안 보려고 해요."

며칠 전 술자리에서 만난 지인의 말이다. 씁쓸한 표정이었다. 결국 누가 되든 다 그게 그거다 싶어 이젠 정치에 관심 안 갖겠단 마음이 저 간단한 문장 안에서 고스란히 읽혔다. 사실 나도 별 다를 바 없었다. 한때 부지런히 뉴스 보고 팟캐스트도 챙겨 듣다가, 그래서 뭐가 바뀌나 싶은 생각이 들어 손 놓기를 반복했다.

참 신기하다. 세상 모든 게 정치와 연결된 것 같은데 또 뜯어보면 아무것도 연결되어 있지 않은 것만 같다. 투표는 꼬박꼬박 하지만(그래야 한다고 배웠으니까), 투표해서 내 일상이 더 나아진 적은 거의 없다. 정치인은 TV에서만 볼 수 있는 연예인이고, 정치 뉴스는 그들만의 리그고, 정책이라는 단어는 너무나 크고 멀게 느껴졌다.

그랬던 내가 바로 코앞에서 정치라는 걸 경험한 게 2020년 가을이었다. 정치인은 우리 동네에 있었고, 뉴스는 바로 나와 이웃들의 이야기였고, 정책은 우리 집에서 불과 2분 거리의 풍경을 바꿔놓았다. 우리 집 뒷산, 성미산 이야길 좀 해보려 한다.

성미산은 한 바퀴 도는 데 한 시간이 채 안 걸릴 정도로 아주 작은 산이다. 산이라기엔 민망하고, 동산에 가깝다. 하지만 작다고 얕보면 큰코다친다. 봄엔 색색의 초록빛을 띤 풀과 나무가 햇살을 막을 정도로 우거져서 아주 시원하다. 여름밤엔 은은한 꽃향기가 산 전체를 감싸고도 남아 옆 동네까지 퍼져나갈 정도다. 곤충도 많고, 곤충을 먹이 삼아 새들이 산다.

그렇다, 새들이 산다. 성미산엔 한 계절 쉬어가는 철새를 비롯해 아주 많은 새가 산다. 고작해야 참새나 멧비둘기 정도 아니냐고? 서울 도심이니 그 정도밖에 생각하지 못하는 게 무리도 아니다. 하지만 완벽히 틀렸다. 파랑새, 꾀꼬리, 직박구리, 되지빠귀, 박새, 어치, 쇠솔새… 이름만 들어본 새 들이 다 성미산에 산다. 솔부엉이, 큰소쩍새, 소쩍새, 황조롱이 등 천연기념물도 다섯 종이나 살고, 새호리기도 관찰됐다. 무려 멸종위기종 2급이다. 너구리를 포함해 서울시가 보호해야 한다고 지정한 야생동물도 산다. 믿을 수 없겠지만 진짜다.

작은 쌍안경을 들고 성미산에 새를 관찰하러 간 적이 있는

데, 참으로 경이로운 경험이었다. 새들은 바로 내 눈앞에 생생하게 존재했고, 쌍안경은 새와 나의 거리를 좁혀주었다. 몸단장하러 쪼아대는 날갯죽지, 나는 법을 배우려 파닥이는 날개…. 어미 새가 넣어주는 음식을 받아먹으려고 새끼들이 벌린 입이 목젖까지 보일 정도였다. 서울 한복판에서 이런 광경을 볼 수 있다는 게 믿어지지 않았다.

그런데 2020년, 이런 산을 구청이 3년에 걸쳐 개발하기 시작했다. 이름하여 성산근린공원 정비사업(나중에 알고 보니 이게 벌써 세 번째 난개발이었다. 2000년, 2010년에 이미 두 번의 난개발이 이루어졌다). 이름에서 알 수 있듯, 구청에게 거긴 산이 아닌 공원이다. 공원답게 더 많은 사람이 편하게 이용해야 한다며 산 전체에 지그재그로 빙 둘러 데크 길deck road을 깔고, 한가운데에는 커다란 커뮤니티 센터를 짓겠다는 계획이었다. 밤에도 훤해야 한다며 산속에 가로등 수십 개를 더 세우는 것부터 사업은 시작됐다. 전선 공사를 하느라 키 큰 나무와 낮은 관목들을 베어냈고, 산은 흉하게 파헤쳐졌다. 걱정을 한가득 안고 주민들이 모여들기 시작했다. 강아지와 산책하던 나도 어쩌다가 합류했다. 이 인간 중심적인 사고에 내 강아지가 가장 사랑하는 산책로가(산이) 망가지는 걸 보고 싶지 않았기 때문이었다. 난 이웃들과 함께 이 개발 사업의 배경을 추적하기 시작했다.

파고들수록 놀라움 그 자체였다. 100억이라는 공사 예산이 어디서 났나 봤더니, 단순히 시의원 한 명이 산을 개발하겠다고 서울시에서 따온 돈이었다. 그 예산을 위탁받아 구청이 공사를 진행하는 거였다. 그런데 마을 뒷산을 완전히 파헤치는 이 엄청난 개발 계획에 대해 수요조사도 제대로 하지 않았다. 200명을 대상으로 했다는 수요조사는 전문 리서치회사가 아닌 공사업체가 날림으로 한 거였고, 내용도 "산에 누구나 걷기 편한 길을 만들려 하는데, 만들어지면 이용하시겠습니까?" 같은 질문이 태반이었다. 그 길을 만들면 무엇을 잃는게 되는지에 대한 설명은 전혀 없었다. 휠체어나 유모차로도 오를 수 있을 정도로 경사가 완만하려면 데크 길을 얼마나 지그재그로 길게 내야 하는지, 그러기 위해 나무를 도대체 얼마나 많이 베어야 하는지, 나무를 베면 또 어떤 일이 생기는지… 그런 이야긴 하나도 없었다. 공사를 전제로 한, 그야말로 형식적인 조사였다.

홍보조차 제대로 하지 않은 주민공청회는 구청 직원과 주민 몇 명이 둘러앉아 이야기 나눈 것으로 끝나버렸다(제대로 알렸더라도 대낮에 열린 공청회에 생업을 포기하고 갈 사람이 얼마나 될까). 구청은 이해하기 어려운 행동을 계속하면서 필요한 절차는 다 밟았다고 주장했다. 비상식적인 일들의 연속이었다. 공사하지 말아달라고 민원을 넣으면 "이러이러해서 공사를 해야 한다"는 내용의 답변만 돌아왔다. 자고로 대화란 주고받음이 있어야 하는데, 답은 하지 않고 하고 싶은 말만 하는 식이었다. 어디를 어떻게 공사할 건지, 언제 누가 공사하는지 내용을 알려달라고 정보공개청구라는 걸 해봤지만 구청에선 답을 주지 않고 미적거렸다.

하는 수 없이 지역 구의원, 국회의원 들을 찾아갔다. 결과는 너무나 실망스러웠다. 매번 선거 때마다 '일 잘하는 ○○○ 뽑아주십시오' 하고 플래카드를 내거는 이들이, 들을 생각도 하지 않거니와 들어도 중재를 위해 나서지 않았다. 그러다가 또 선거 전날이 되니까 느닷없이 전화해서 관심 갖는 척을 했다. 블랙코미디를 보는 것 같았다.

2년이 넘도록 이런 일들을 바로 옆에서 지켜보면서 너무 화가 나고 혼란스러웠다. 구의원, 시의원은 도대체 뭐 하는 사람인가? 자기 업적이라며 예산을 따와서 주민들이 원하지도 않은 개발 사업을 벌이고, 그 과정이 믿어지지 않을 정도로 비상식적으로 진행되는데도 나 몰라라 하다니? 편한 길 안 만들어줘도 되니 나무 베지 말고 오히려 나무를 더 심는 데 돈을 쓰자는 의견이 쏟아지는데, 주민들이 진짜 원하는 게 무엇인지 들으려 하지도 않는 이런 상황을 어떻게 이해해야 하는 걸까.

질문을 산더미처럼 안고 미어캣을 만났다. 시민단체 '기후위기비상행동' 'N번방에분노한사람들' 등에서 다양한 시민행동에 앞장섰던 미어캣이 최근 지방선거에서 우리 동네 구의원으로 출마했었다는 소식을 들었기 때문이다. 물어보고 싶었다. 이 사람은 정치가 뭐라고 생각하는 걸까? 왜 구의원이 되고 싶다고 나선 걸까?

자유인으로 살고 싶었던 미어캣

안 그래도 어떻게 저럴 수 있지, 궁금하던 차였다. 미어캣은 SNS에 스스로를 이렇게 소개한다.

"기후위기 활동가. 여기저기 활동가. 마포 녹색당 공동운영 위원장. 프리랜서 디자이너. 뮤우지션."

그 소개처럼, 미어캣을 보고 있자면 홍길동이 따로 없는 것 같은 느낌이다. 마포 당인리 화력발전소 가동을 중단하라는 기자회견을 하는가 하면, 홍익대학교 일대가 관광특구로 지정되는 데 반대 의견을 발표한다. N번방 사건에 분노해 1인 시위 등 여러 시민행동을 조직하기도 하고, 마포 공덕 경의선 기찻길 끄트머리에 있는 200평 남짓한 공터(경의선공유지)가 대기업의 사유지로 넘어가지 않고 시민들의 공간이 되어야 한다며 이것저것 또 뭘 기획했다. 그뿐이 아니다. 이번 주엔 30여 년 장사한 곳에서 쫓겨날 위기에 처한 '을지OB베어'에 가서 노래하고, 다음 주엔…. 미어캣의 활동은 다방면에 걸쳐 있다. 나와 안면을 튼 것도 미어캣이 성미산 개발 반대 활동에 조그만 촬영용 카메라를 갖고 나타나면서부터였다. 강추위가 찾아온 겨울날, 구청의 기습 공사를 막으려고 아침 7시부터 이웃들이 손수 만든 피켓을 들고 두 손 호호 불며 모인 그 자리에, 미어캣도 함께였다. 꼭두새벽부터 택시를 잡아 타고서.

미어캣은 그녀의 활동명이다. 왜 미어캣이냐고 했더니, "미어캣은 힘이 세진 않지만 자기가 사는 공동체를 돌아가며 지키는 동물이라서"라는 대답이 돌아왔다. 자기 공동체를 지키는 미어캣처럼, 다양한 사람들이 지지받으며 안전하게 살기 좋은 동네를 만들고 싶다는 거였다. 아니, 사람이 어떻게 저렇게 건전할 수 있나. 심지어 그게 직업이기까지 하다니! 뭔가 차원이 다른 사람인 건가 싶었다. 그랬더니 미어캣이 웃으면서 자기가 어떻게 활동을 시작했는지 이야기해줬다. 의외였다. 그게 바로 미어캣 자신의 '탈출구'였단 거다!

　　애니메이션을 전공하고 영상 제작 회사를 몇 군데 다녔어요. 그런데 회사 생활이 너무 힘들더라고요. 나로 존재할 수가 없는 곳이었어요. 거기서 전 그냥 영상 만드는 사람 가운데 하나였고, 언제든 대체될 수 있는 인력이었죠. 일을 잘하나 못하나, 얼마나 윗사람에게 복종을 잘하나로 평가받았고, 내가 무슨 생각을 하는지, 어떤 사람인지는 중요하지 않았어요. 내가 원하고 추구하는 건 오히려 숨겨야 했죠. 그 사람들이 원하는 말, 원하는 걸 해야 했어요. 삶의 주도권이 내게 없고, 월급 받는다는 이유로 그걸 다 감수하고 참아야 한다는 게 견디기 힘들었어요.
　　'내가 하는 일이 사회에 무슨 도움이 되나' 하는 생각도 들었어요. 홈쇼핑 외주 영상을 만드는 회사를 다닐 때였는데, 결국 이게 다 구매를 부추기기 위한 것밖에 되지 않는

단 생각이 들었거든요. 아무리 생각해도 회사에 남아 있을 이유가 없어서 그만뒀어요.

집에서 쉬다가 인디레이블 회사에 들어갔어요. 인디 밴드를 매니지먼트하는 회사였죠. 자연히 음악하는 친구들을 많이 알게 됐는데, 그중 한 명이 "테이크아웃드로잉이라는 곳이 있는데, 가볼래?" 하더라고요. 거긴 기존 미술품이 흔히 따르는 세 가지 경로(전시, 판매, 창고에 박히는)에서 벗어나 최초 창작의 단계인 드로잉(생각의 초안)에 중점을 두자는 아이디어로 만들어진 멋진 공간이었죠. '동네미술관'이라는 기치 아래 시민들이 현대미술을 가깝게 느낄 수 있는 프로젝트들이 열렸어요.

그런데 동네가 뜨고 월세가 오르면서 무방비로 쫓겨날 처지에 놓였단 거예요. 언제든 강제집행이 될 수 있는 상황이라, 돌아가면서 그 공간을 지켜내자고 의견이 모였어요. 어떻게 지킬까 고민하다가, 문화예술인들답게 낭독회나 연극, 퍼포먼스, 전시를 하고, 한쪽에선 마켓도 열었어요. 낮부터 밤까지 마치 릴레이 축제처럼 계속됐죠. 돌아가면서 밤도 새우고… 그렇게 사람들이랑 친해지면서 계속 활동할 수 있었어요. 연대의 경험이 적었던 저에게 예술이 진입 장벽을 낮춰준 셈이었죠.

거기다 활동하는 게 너무 재미있는 거예요. 그 사람들은 나를 있는 그대로 봐줬거든요. 여기선 누가 누구한테 일을 시키는 게 아닌, 누구나 연대하는 한 사람으로서 존재했어요. 대등한 존재로 존중받는다는 느낌이었죠. 이거 어떻게 생각하냐고 제 의견을 물어봐주고, 이런 거 어떠냐고 의견 내면 해보라고 지지해주고… 이전과 다른, 새로운 세계를 엿본 기분이었어요. 그때 경험이 지금도 계속 현장에서 활동할 수 있는 동력이기도 해요.

활동이란 걸 함으로써 자신이 구원받을 수 있었다는 사실이 흥미로웠다. 미어캣의 대답은 시민 활동은 대단히 이타적인 사람만이 할 수 있는 게 아닌가 하는 내 생각을 완전히 뒤집어놓았다. 내가 나의 주인이 되는, 자유인으로 살고 싶었던 미어캣은 다름 아닌 연대의 현장에서 그렇게 살 수 있었던 것이다.

권리와 책임을 동시에, 자유를 맛보다

서울 공덕역 1번 출구 옆 경의선 공유지는 지상에 있던 경의선이 지하로 내려가면서 공터로 남은 곳이다. 고층빌딩이 몇 개나 들어설 만큼 넓다. 이 공터를 어떻게 공익적으로 사용할 수 있을까 고민하던 마포구 시민단체들이 포럼을 열어 아이디어를 모집, 시민 장터, '늘장'을 운영했다. 예술 프로젝트도 열렸다. 하지만 2016년, 시민들은 대기업에게서 나가라는 통보를 받는다. 철도시설공단에서 계약을 따내 개발을 시작하겠다는 이유였다. 원래 사회적 공공성을 위해 세금으로 운영되던 땅인데, 기업이 개발권을 얻어 시민을 쫓아내는 게 말이 되느냐는 물음이 터져 나왔다. 이곳을 커먼즈 Commons로 하자는, 즉 어떻게 활용할지 시민들이 직접 계획하고 실행하는 공익적 자치 공간을 조성하자는 움직임이 시작됐다. 그렇게 '경의선공유지시민행동'이라는 단체가 생겨났다.

미어캣은 이 단체에서 4년간 활동하며 경의선 공유지가 시민들의 공간이 되기 위해서 어떻게 해야 할지 고민했다. '사람들이 필요로 하는 걸 여기서 직접 해보면 어떨까?' 이런 생각으로 공동 텃밭을 가꾸고, 미어캣 아이디어로 무더위에 물놀이장도 설치했다. 이름하야 경의시안 베이!* 동네 어린이와 부모 들이 와서 물총 갖고 신나게 놀며 더위를 잊는 모습을 보며 몹시 즐거웠다. 의무와 책임만 가득했던 회사 생활에 비해, 경의선공유지에선 원하는 걸 뭐든 말할 수 있고, 실제로 행할 수도 있었다.

"민주적이라는 건 개개인에게 권리와 동시에 책임이 생기는 거죠. 책임만 있는 게 아니라요. 전 그게 자유라고 생각해요."

---

* 경의선 부지에서 4년여간 벌어진 국내 최초 본격 '커먼즈 운동'에 대해 더 알고 싶다면 『커먼즈의 도전』이라는 책을 추천한다.

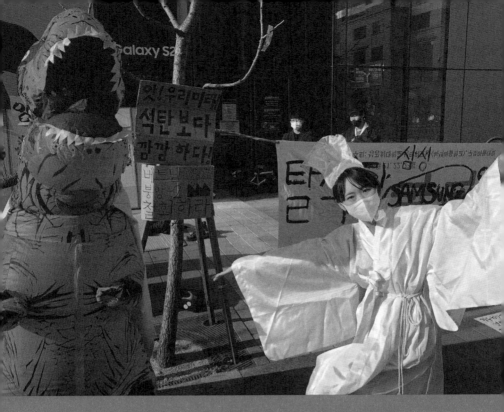

사회에서 존중받고 지지받은
경험을 해본 사람은 다른 사람에게도 그 경험을
나누어줄 수 있다고 생각해요.

문 앞에 두고 갈게

미어캣은 연대 현장에서 경험한 존중과 지지의 감각이 너무나 소중했다고 한다. '나만 그렇진 않겠지, 다른 사람도 마찬가지일 거야….' 여기까지 생각이 미친 미어캣의 시선이 주변을 향했다. 당시 눈에 들어온 게 코로나19 팬데믹으로 생활고를 겪는 문화예술인 친구들이었다.

> 코로나19가 터지고 음악하는 제 친구들 대부분이 일거리가 끊겼어요. 특히 공연하는 프리랜서 뮤지션들은 예외가 없었죠. 다른 일 찾아서 할 수 있으면 하는 거고, 아니면 가진 돈 까먹으면서 집에만 있어야 했어요. 밖에 나오면 돈 써야 하니까 얼굴도 보기 힘들고….
>
> 저는 이게 그 사람 개인뿐 아니라 모두에게 불행이라고 생각해요. 약간 과장하자면, 문화예술 생태계의 한 부분이 무너지는 거니까요. BTS 좋아하세요? BTS 노래처럼 많은 이에게 사랑받는 대중음악은 그냥 생겨난 게 아니에요. 다 인디 문화의 영향을 받아요. 아예 고스란히 옮겨갈 때도 있죠. 요즘 유행하는 '뉴트로'도 인디 쪽에서 진작부터 사랑받은 레트로 문화가 붐을 타서 메이저 문화가 된 거예요. 이걸 문화·예술 생태계라고 해요. 이 안에서 서로 영향을 받아요. 공기처럼 순환하는 거죠. 그러니 인디 문화인

한 명이 음악을 접으면 미래에 많은 사람에게 사랑받을 수 있는 대중음악이 탄생할 가능성도 없어지는 거예요.

홍대 라이브 클럽을 지켜야 하는 이유도 마찬가지예요. 라이브 클럽마다 장르와 색깔이 다르잖아요. 그곳은 국내 다양한 음악 장르를 탄생시키고 자라게 하는 요람이에요. 이게 다 우리의 문화적 자원인데, 요즘 어떤지 보세요. 그 문화가 거의 다 죽었죠. 안 그래도 어려운데 외국인 관광객 유치한다고 홍대 주변을 관광특구로 지정했더니 젠트리피케이션이 일어나서 월세가 오르고, 결국 못 버티고 다 무너지고 있어요. 그 결과로 새로운 음악이 태어나고 설 자리는 점점 사라지고 있어요. 문화적으로 빈곤해지는 거죠.

다시 문화예술인들 이야기로 돌아갈까요. 이런 관점에서 보면 예술인들에게 '너네는 좋아하는 거 하면서 즐기면서 살지 않냐, 돈 좀 못 벌어도 감수해라'라고 말할 수는 없는 거예요. 누구나 알아요, 예술가는 배고프다는 거. 예술로 돈 벌기 어렵죠. 그런데 돈이 안 되면 생산적이지 않은 건가요? 이 세상에 필요하지 않은 건가요? 반 고흐는 자기가 좋아서 그림을 그렸지만, 오늘날 전 세계 많은 사람이 그 그림을 아끼고 감상하잖아요. 예술엔 공공성이 있어요. 그리고 예술을 하기 위해선 많은 에너지가 필요해요. 제 주변 예술인들은 나라에서 주는 지원금만 받아먹으면서 살지 않아요. 생활비에 더해서 앨범 낼 돈 벌기 위해서 치열하게 살아요. 그렇게 돈 모아서 겨우 앨범 한 장 내요. 사람들이 음원 사이트에서 그 음원을 들어도 뮤지션한테 돌아가는 건 1원도 없는데도요. 그들의 피, 땀, 눈물이 들어간 음악을 우린 얼마나 저렴하게 즐기고 있나요. 이걸 생각하지 않고 "좋아하는 일 하는데 돈 못 버는 거 당연하잖아"라고 말하면 안 되죠. 구조가 문제잖아요. 문화예술인을 존중하지 않는, 지지하지 않는 이런 구조 속에서 그들은 살아가야 하는 거예요.

코로나19 팬데믹을 맞아 힘들어하는 그들을 향해 작은 지지와 응원의 메시지라도 보내고 싶었던 미어캣은 지역에서 활동하는 다른 친구들과 함께 '문 앞에 두고 갈게' 프로젝트를 기획했다. 마포에 살거나 활동하는 문화예술인 청년들에게 사연을 받고 식료품을 문 앞에 배달하는 계획이었다. 메뉴는 누구나 장벽을 느끼지 않고 먹을 수 있도록 비건 메뉴로 구성했다. 이번 꾸러미의 주제는 '미역떡볶이'. 미역과 떡볶이 소스, 야채라면, 그래놀라와 과일, 비건 과자 조금씩, 거기에 레시피와 손편지까지 끼워서 직접 배달했다. 이름 그대로 문 앞에 두고 오기도 했고, 직접 만나 안부를 묻기도 했단다. 예술인 생존 확인 프로젝트였달까…. 미어캣은 너무나 고마워하던 사람들의 모습을 오랫동안 잊을 수 없을 것 같다고 했다.

개개인이 이 사회에서 존중받고 지지받고 있다는 느낌, 그 느낌이 너무 중요하다는 생각이 들더라고요. 이걸 경험해본 사람은 다른 사람에게도 그 마음을 나눠줄 수 있다고 생각해요.

미어캣이 한 활동은 사실 국가가 제 역할을 다하지 못해 생긴 공백을 대신 메꾼 거라고 생각한다. 국가의 역할이 뭔가. 국민이 평화롭고 안전하고, 행복하게 살 수 있도록 노력하는 게 국가다. 이 당연한 말이 현실로 오면 당연하지 않아지는 경우가 너무나, 정말 너무나 많다. 코로나19로 우리 모두 유례없는 피해를 입었지만, 그중에서도 더 심각하게 피해를 본 이들이 분명 있다. 일단 사람이 모이는 걸 엄하게 금지했으므로 식당이나 술집도 타격이 컸고, 오프라인 공연 같은 건 완전히 죽었다. 국가는 이들의 깨진 일상을 수습해야 했지만, 흩어진 목소리가 모여 여론이 형성되고 제도가 움직이기까진 시간이 걸렸다(심지어 아직도 제도적으로 가닿지 못한 곳도 있다!). 미어캣이 국가보다 빨랐다. 미어캣은 정말 미어캣처럼 주변을 살피다 친구들이 완전히 우울이라는 늪에 빠져들기 전에 나뭇가지를 내밀어 허리까지라도 건져낸 게 아닐까.

개인의 불행은 그 원인이 꼭 개인에게만 있다고 볼 수 없다. 사회에서 분리되어 영향받지 않고 살 수 있는 개인은 아무도 없기 때문이다. 우린 모두 사회 안에 살고 있고, 연결되어 있다.

나만 조심한다고 차 사고가 안 나는 게 아니고, 아무리 꽁꽁 싸매도 코로나19에 걸리듯. 그렇기에 개인의 불행을 해결하기 위해서는 개인의 문제에만 집중할 게 아니라 내가 속한 사회를 건강하게 만드는 데 힘을 쏟아야 한다고 말하는 게 아닐까. 이를 위해 제도가 필요하고, 제도를 만드는 게 바로 국가의 역할이라고 미어캣은 말한다.

제도가 있어야 내가 당한 피해에 대한 언어를 가질 수 있어요. 그것부터가 시작이에요. 예전에 회사에서 일할 때 직장 내 괴롭힘을 당했는데, 그땐 그게 직장 내 괴롭힘인 줄도 몰랐어요. 지금은 관련 제도가 생겼으니, 누군가 괴롭힘을 당하면 '아, 내가 직장 내 괴롭힘을 당하고 있구나' 하고 인지할 수 있죠. 하소연할 수도 있고, 피해도 구제받을 수 있고요.

2011년 서른 살 초반의 영화 시나리오 작가가 월세방에서 굶어 죽었어요. 구조적인 문제예요. 신인 작가들은 아주 적은 계약금만 받고 시나리오 계약을 맺은 뒤, 영화 제작이 되어야만 잔금을 받을 수 있거든요. 실력이 있는데도 영화화가 안 되니까 생활고에 시달리다 죽은 거예요. 사망 전에 옆집 문에 "창피하지만 남는 밥과 김치가 있으면 좀 달라"고 쪽지를 붙여놨더래요. 이 사건이 있고 나서야 한국예술인복지재단이 생기고 예술인복지법이 만들어졌어요. 이게 시작인 거죠. 물론 여전히 완벽하지 않아요. 굉장히 허점이 많죠. 완성된 제도라는 건 없으니, 문제는 앞으로 어디서든 계속 생길 거예요. 제도를 만들고 계속 보완해감으로써 그 문제를 해결하는 게 국가의 역할이라고 생각해요.

그런데 그래야 하는 국가가 힘없는 세입자들이 쫓겨나는 데 일조하고(강제집행), 사람이 죽는데 그냥 손 놓고 있었고(세월호·이태원 참사), 해고가 부당하다고 외치는 사람을 때렸죠(용산 참사). 이런 상황인데도 시민의 한 사람으로서 아무것도 못 하고 있다는 무력감이 심했어요. 활동하면서 많이 나아졌지만요.

일상을 디자인하다

2020년 여름은 무력감이 끼어들 틈도 없이 어마어마한 분노가 사람들의 발걸음을 거리로 향하게 했던 때였다. N번방 사건이 터진 것이다. 전대미문의 디지털 성범죄에 많은 사람이 분노했다. 어떻게 이럴 수가 있지, 세상이 미쳤나보다…. 화가 나서 새벽까지 잠을 못 이루던 미어캣은 1인 시위할 사람을 찾는다는 말에 번개처럼 달려갔고 'N번방에분노한사람들'이라는 비영리단체에 합류, 각종 집회와 기자회견을 주도한다.

분명한 범죄인데, 이걸 법적으로 처벌할 근거가 애매한 거예요. 신종 범죄니까요. 법이 현실을 못 따라가는 거죠. 손정우가 미국으로 송환되지 않고 어이없이 풀려난 것도 제도에 맹점이 있어서였어요. 손정우가 풀려나고 이틀 뒤였나, N번방에 분노한 사람들이 기자회견을 열었는데 일반 시민이 150명이나 모였어요. 보통은 기자회견 때 그렇게 많이 오지 않거든요. 다들 너무 화가 나니까 온 거예요. 그 후로도 저희가 1인 시위나 행사, 집회 등을 기획했을 때 정말 많은 시민이 힘을 보태주셨어요. 그래서 바뀌었어요. 법도 생기고 처벌도 강화됐죠. 물론 아직 흡족하진 않지만, 그래도 목소리를 내서 이만큼 바뀐 거예요. 아니었으면 아예 안 바뀌어요.

목소리를 내면 바뀌어요. '옥바라지' '우장창창' '아현포차' 같은 강제집행 현장에 연대할 때, 힘들었어요. 전 거기가 전선이라고 생각해요. 전쟁 현장에 있는 것처럼 거기 있는 것 자체가 너무 힘들거든요. 용역이 집기를 다 부수고, 사람들을 끌어내고, 안 나오겠다 버티면 소화기를 뿌리고… 현장은 그야말로 아비규환이에요. 근데 그렇게 싸우고 나니까 상가임대차 보호법이 5년에서 10년으로 바뀌었어요. 예전엔 상가 세입자 권리를 5년까지만 지켜줬는데, 이젠 10년까진 마음 놓고 장사할 수 있는 거죠. 앞에 나선 사람들은 너무 힘들지만, 적어도 뒷사람은 분명한 혜택을 받을 수 있잖아요. 그렇게 계속 바뀌는 걸 보니까 활동하지 않을 이유가 없죠.

미어캣의 말대로였다. 기자회견, 릴레이 시위, 대규모 집회, 문화예술 공연과 전시를 거쳐 마침내 2021년 5월 20일, 20대 국회 종료를 하루 앞두고 'N번방 방지법전기통신사업법 개정안'이 국회 문턱을 넘었다.

난 늘 궁금했다. 그래야 하니까라는 당연한 대답 말고 내가 사회의 수많은 문제에 관심을 가져야 하는 이유가 뭘까. 강남역 살인 사건이나 N번방 사건처럼 큰 사건은 그렇다 쳐도, 30여 년 장사한 곳에서 건물주 때문에 쫓겨나게 생겼다는 '을지OB 베어' 사장님과 내가 연대해야 하는 이유는 뭘까. 난 을지OB베어에 가본 적도 없는데 말이다. 그런데 미어캣과 이야기하다 보니, 그건 기회이기 때문이 아닐까 하는 생각이 들었다.

부당한 일이 전국 각지에서 수없이 많이 일어나지만, 그중에서도 SNS나 언론을 통해 특별히 목소리가 모인 사건들이 있다. 미어캣이 연대했던 테이크아웃드로잉이나 아현포차 사건이 그랬고, 이 글을 쓰는 지금은 을지OB베어 사건이 그렇다. 수많은 사건 가운데 어떤 사건이 우리 귀에까지 들려올 수 있었던 건 많은 사람의 마음과 우연이 겹친 결과다. 그렇기에 그건 기회다. 목소리를 보탤 기회, 그 목소리가 더 크게 밖으로 들릴 기회, 그래서 조금이라도 사회를 바꾸는 데 힘을 보탤 기회!

고통받는 목소리에 힘을 보태야
한다고 생각해요. 그렇지 않으면 그 부조리함을
나와 내 친구, 가족이 떠안게 될 테니까요.

우리가 지금과 같은 삶을 살 수 있는 것도 앞서 목소리를 낸 사람, 심지어 목숨까지 바쳤던 사람들 덕분이잖아요. 전태일이라는 사람이 자기 몸에 불을 지르면서 노동권을 부르짖었기 때문에 지금 우리가 주 몇십 시간제니, 주휴수당이니 이야기할 수 있는 거죠. 성추행·성폭력·성희롱 같은 개념도 원래 있던 게 아니에요. 어떤 사건을 성폭력이라고 규정짓고 처벌해야 한다고 앞서 누군가 이야기했기 때문에 우리가 지금 "그건 성희롱"이라고 얘기할 수 있는 거잖아요. 지금 내 삶을 보호해주는 장치들은 앞서 목소리를 낸 사람들 덕분에 생겨난 거예요. 그래서 우리 자신, 내 친구와 가족, 나아가 미래 세대가 부당한 일을 당했을 때 보호받으려면 지금 고통받는 목소리에 같이 힘을 보태야 한다고 생각해요. 그러지 않으면 제도적으로 뒷받침되지 않은 부조리함을 내가, 내 친구가, 내 가족이 떠안게 될 테니까요.

활동가로서 목소리를 내던 미어캣은 2022년 6월 지방선거에서 마포 (라)선거구 구의원으로 출마했다. 활동으로 사회가 바뀌는 부분도 있지만 결국엔 정치가 바뀌어야 한단 걸 깨달았다고 한다. 내 주변에 미어캣 말고도 구의원에 출마한 이들이 꽤 있는데, 고백하자면 난 구의원이 뭐 하는 사람인지 몰랐다. 그냥 저이들은 정치에 관심이 많은가 보다, 그런데 구의원 선거기탁금이 제일 싸니까(200만 원) 나가나 보다 했다…(아, 부끄럽다).

하지만 미어캣 이야길 들으면서 구의원이라는 존재가 달리 보였다. 여태 나눈 대화의 연장선상에서, 구의원은 내가 가장 피부로 느낄 수 있는 일상의 제도적 변화를 만들어내는 사람, 그리하여 내 삶의 풍경을 바꾸는 힘을 행사하는 사람인 것이다.

> 구의원은 구민들을 대변해서 지방자치단체(구청)를 감독하는 역할을 해요. 구청 돈을 어디에 쓸지 검토하고 의견 내고, 제대로 쓰이는지 감시하고. 주민들에게 민원을 받아서 구청에 건의할 수도 있고요. 말 그대로 구청에서 구민을 위해 사업을 잘하고 있는지, 마음대로 진행하진 않는지 견제하는 거죠. 구의원이 예산을 세울 순 없지만 예산을 집행하기 전에 검토하고, 특정 사업에 너무 많이 편성했다 싶으면 왜 그런지 소명 자료를 요구할 수도 있어요.

이런 일을 하라고 구의원에게 세금으로 월급도 준다. 근데 알고 보니 지금의 시스템에서는 구의원이 본래의 감독 역할을 할 수가 없다. 선거 과정에서부터 그렇다. 왜냐고? 모든 구의원이 꼭 구민의 투표로 당선되는 게 아니기 때문이다.

미어캣 선거본부에서 활동한 '초'의 SNS에는 이런 내용이 있었다.

"6월 1일 투표도 하기 전에 전국에서 494명이 투표 없이 당선됐다. 2명까지 뽑는 2인 선거구에 민주당 1명, 국민의 힘 1명. 이렇게 사이좋게 2명만 출마하면 자동으로 당선이 확정되는 것이다. 다당제 민주주의 국가에서 달랑 2개의 정당이 모든 것을 차지하면 이렇게 된다. 역대 선거 중 가장 많은 무투표당선자가 나온 2022년이다. 거대 양당에 들어가 공천만 받으면 국민들의 투표 없이도 대의정치의 현장에 들어가는 상황. 양당정치가 이렇게나 끔찍하게 공고해졌다.

마포구는 7개 선거구 가운데 세 군데에서 무투표당선자가 확정됐다. 녹색당 이숲 후보가 출마한 라선거구(대흥, 염리)는 2인 선거구이고, 녹색당 후보가 출마한 덕에 후보자가 3명이라 투표를 해야 당선자가 나온다."

상황이 너무 명확하다. 그러니까 소수 정당 후보가 출마하지 않으면 거대 양당 소속 후보들은 주민 투표 없이도 구의원이 될 수 있다는 거다. 당내 고위급 인사들에게 잘 보여서 공천만 받으면! 그뿐인가, 구청장과 구의원이 서로 같은 정당이면 둘이 견제해서 좋을 게 없다. 자연히 구의원은 제대로 감독을 못하고 구청장 눈치만 보게 된다. 그렇게 구의원했던 사람이 또하고, 또 하고….

이러니 본연의 업무인 감시·감독은커녕 짬짜미와 부정부패가 만연할 수밖에 없다. 일하는 데 쓰라고 세금으로 주는 업무추진비를 용돈처럼 마음대로 쓰는 경우도 부지기수다. 미어캣이 활동한 마포구 공직자 부정부패 주민대책위원회에서 밝혀낸 사실들(같은 이름의 페이스북에서 볼 수 있다)이나, JTBC 뉴스, 『한겨레』 등의 기사를 보면 거의 '세상에 이런 일이?' 수준이다.

> 마포구에서 일하라고 준 돈인데 왜 고양시까지 가서 보신탕을 먹어야 했을까요? 만난 적도 없는 사람과 만났다고 서류 위조해서 밥 먹은 사례도 드러났고. 카드깡 의심 사례도 부지기수예요. 업무추진비 어디에 썼는지 공개하라고 정보공개청구를 해도 묵살하고, 오히려 정보공개청구를 한 시민단체에 후원금을 주겠다고 제안하거나 구청장이 나서서 소주나 한잔 하자며 회유를 시도했고요. 「업무추진비 조차 비공개한 구청, 놀랍지도 않은 이유」, 『오마이뉴스』, 2020. 10. 21.

2021년 3월엔 마포 내 재개발 예정지의 조합장 선거에 구의회 의장이 출마, 당선됐어요. 구의원들이 모인 데가 구의회고, 거기 대표가 바로 의장이죠. 이 사람은 자신의 구의원 신분을 재개발 사업에 활용하겠다고 주민들에게 대놓고 공언하고, 나중엔 발 빠르게 재개발 지역에 아파트 분양까지 받아 어마어마한 시세차익을 챙겼어요. 이게 말이 되나요? 대표적인 이해충돌 사례죠. 그런데 이걸 막을 **공직자이해충돌방지법**은 올해, 그러니까 2022년 5월 19일부터 겨우 시행됐어요.

미어캣 말을 듣고 조금 검색해보니… 아니, 기사가 무슨 고구마 줄기처럼 쏟아져 나온다. 「내 약값·아내 양갱에 '수백만 원'…업무추진비가 '쌈짓돈'」『한겨레』, 2018. 05. 29., 「[취재후] ① 업무추진비는 지방의원 쌈짓돈? 부인 식당서 쓰고 휴일 '펑펑'」KBS, 2021. 05. 25., 「의원 겸직 식당서 84차례 1,600만 원 회식… 시민 세금 '동료 몰아주기'」『한국일보』, 2022. 03. 24. 등…. 어이가 없다. 관심 갖지 않은 사이에 이런 일이 일어나다니, 내가 보는 우리 동네 풍경이 이런 사람들의 손에 디자인되고 있다니.

2021년 12월, 젊음의 거리로 유명한 홍익대학교 일대가 문화예술관광특구로 지정됐다. 내외국인 관광객을 받기 위해 규제를 푸는 게 골자다. 이 법안에 따르면 음식점 영업시간 제한이 완화되고, 길거리에 테이블 놓고 장사하는 것 등이 가능해지고, 높은 건물을 지을 수 있게 되고, 카지노나 호텔 등이 홍대 인근에 들어오게 된다. 이게 누구에게 좋을까? 관광특구를 추

공직자이해충돌방지법
공직자가 직무를 수행할 때 자신의 사적 이해관계로 공정하고 청렴한 직무수행을 저해하는 것을 방지하기 위한 내용을 담은 법안.

진한 이들은 홍대 거리가 옛날의 매력을 잃어버리고 다 죽었다는 말을 못 들어봤나 보다. 나도 홍대 근처 살지만 홍대는 안 간다. 치솟는 월세를 감당할 수 있는 유명 프랜차이즈 가게만 가득하니까. 어딜 가나 볼 수 있는 똑같은 가게들 말이다.

뮤지션이기도 한 미어캣이 보고만 있을 수 없어 몇몇 사람들과 함께 '2020 홍대 관광특구 대책회의 활동'을 하며 주변에 알렸지만, 결국은 지정돼 버렸다. 구청이 열었다는 주민설명회^{2020. 07. 27.}는 평범한 시민이라면 모두 생업에 종사하고 있을 대낮에, 찬성하는 사람 30~40명이 모인 자리로 끝났다(어디서 많이 본 광경 아닌가! 성미산 개발 사업에서도 비슷했다). 미어캣은 여기서 겨우 발언 기회를 얻어 연단에 올랐다가 몇몇 관계자들에게 "아가씨 ○○동 주민이야? 아니면 말하지 마!"라는 고성을 들어야 했단다. 주민 의견을 듣겠다는 구청의 설명회 자리에서 말이다.

2년여가 흐른 지금, 여전히 관광특구가 무엇인지도, 지정되었는지도 모르는 구민이 태반이다. 모르는 사이에 홍대 인근 월세는 계속 올랐다. 문화예술관광특구 지정이 필요할 수도 있다. 하지만 다양한 이해관계자들이 모여 더 심도 있게 논의했어야 하지 않았을까? 영업시간이나 길거리 테이블 규제가 풀렸다고 해서 장사가 더 잘되어 그 월세를 감당할 수 있는 세입자가 얼마나 될까? 을지OB베어 같은 일이 일어나지 않을 거라고 누가 장담할 수 있을까? 개발의 과실이 정보를 독점하고 자본을 가

우리에겐 일상을 행복하게 만들
권리가 있다. 내 일상을 내가 디자인하는 것,
민주주의는 여기서부터 시작된다.

진 몇몇 소수에게만 돌아가고, 서민 대부분은 알지도 못하는 사이에 삶의 풍경이 바뀌어버리는 현실. 그게 바로 우리가 정치에서 손 놓았을 때 살아가야 할 현실이다.

일상을 디자인할 권리

1993년 영국 옥스퍼드대 문화인류학자 로빈 던바 교수가 '던바의 수'라는 개념을 담은 논문을 발표했다. 한 유기체의 정보처리능력이 대뇌 신피질 크기에 달려 있는데, 이를 토대로 계산하면 한 사람이 관리할 수 있는 인맥의 최대치가 평균 150명이라는 내용이다. 이 개념이 어느 정도 신빙성 높은지는 모르겠지만, 한 사람이 맺을 수 있는 진정 의미 있는 관계에 물리적·정신적인 한계가 존재한다는 것은 분명해 보인다.

한 사람이 물리적으로 존재할 수 있는, 그래서 정말로 접촉하고 감각할 수 있는 일상의 풍경 또한 마찬가지다. 나의 일상은 지금 눈앞의, 어제나 오늘 만난, 혹은 내일 높은 확률로 만날지 모르는 바로 그 풍경으로 이루어진다. 그 일상을 더 아름답고 행복하게 디자인할 권리가 우리에게 있지 않나.

'내 일상을 내가 디자인하는 것.'

내가 미어캣을 인터뷰하면서 느낀 건 이것이 바로 민주주의고, 정치는 여기서부터 시작되어야 한다는 거였다. 월세 때문에 쫓겨날 위기에 처한 단골 가게 사장님을 지키고, 코로나19 팬데믹으로 일거리를 잃은 친구들을 돌보고, 집 앞의 공터가 나와 이웃의 필요에 맞게 사용될 수 있도록 목소리를 내어 요구하는 것, 집 뒷산이 이상한 행정으로 망가지지 않도록 지키는 것…. 정치는 바로 여기서부터 시작되어야 한다. 그래야 시민이 정치를 느낄 수 있다. 그간 내가 정치를 효용 없는 것, 뜬구름 잡는 것, 그들만의 리그로 느꼈던 이유는 정치를 보는 내 시선이 세부적인 데서 출발하는 것이 아니라 위에서 아래로 향하는 문제 해결법이라고 보았기 때문이었단 걸 깨달았다.

하지만 또 하나 분명히 깨달은 건 지금의 구조는 내 의견, 우리의 필요가 평등하게 반영될 수 없게 짜여 있단 사실이다(주민들의 투표 없이도 자동으로 구의원에 당선될 수 있단 걸 기억하자). "○○○을 국회로!"라는 술자리의 농담처럼, 진정 내 뜻을 대변할 수 있는 정치인을 무대에 세우는 게 농담에 가까울 정도로 어려운 구조다. 그렇기에 더더욱, 선거 때 꼬박꼬박 한 표 던졌다고 해서 "할 거 다 했는데 왜 세상이 이 모양이냐"고 말할 수 없는 거였다. 그건 너무 순진한, 심지어 나태한 태도다. 물론 애초에 대의민주주의와 선거 자체에 한계가 있다. 미국 작가 마크 트웨인이 날린 촌철살인 한마디가 있다.

"선거로 정말 사회가 바뀔 수 있다면 선거는 벌써 불법화됐을 것이다."

선거^{Election}라는 단어가 엘리트^{Elite}에서 왔듯, 애초에 소수 엘리트에게 우리 사회의 디자인을 맡기는 게 바로 선거다. 누군가에게 내 일을 맡길 때 내 마음처럼 안 될 가능성이 매우 높다는 건 일을 맡겨본 사람이면 다 안다. 심지어 계속 지켜보지 않으면 일이 제멋대로 흘러가기 일쑤다. 정치라고 다를 리 없다.

모두가 정치인이 될 수는 없으니 대의민주주의와 선거가 사라지지는 않을 것이다. 하지만 그 문제점과 한계를 정확히 알고 조금씩이라도 바꾸고, 보완할 필요성을 절실히 깨달았다. 그것은 내 가장 가까운 곳에서부터 시작되어야 한다. 가능하겠냐고? 이젠 그렇다고 대답할 수 있을 것 같다. 세상은 바꾸면 바뀐다. 내 친구 미어캣이 해봤댔다!

같이 읽으면 좋을 책

박배균 외, 『커먼즈의 도전』, 빨간소금, 2021.
장성익 지음, 방상호 그림, 『사라진 민주주의를 찾아라』, 풀빛, 2018.

09
요즘 것들을 위한 특별한 재무상담

별명	미스페니 (@misspenny_official)
나이	만 29세
직업	생활경제상담사
지역	인천
좌우명	자신에게 솔직하자.
좋아하는 것	부끄러움을 아는 태도, 몰랐던 내 마음을 깨닫는 명상
싫어하는 것	통제하지 못하는 상황
앞으로의 계획	돈과 마음에 대한 인스타툰을 열심히 그리고 싶어요.
키워드	경제력

서울과 인접한 도시지만 인천으로 향하는 길은 여행 느낌이 물씬 났다. 평소 잘 타지 않던 지하철 노선을 타는 것만으로도. 띠릭, 교통카드를 찍는 즈음에 새 문자가 날아왔다. 이번 달 후불교통이용대금이 오늘 인출 예정이란다. 생각해보니 월초, 각종 적금이나 기부금, 카드값 등이 나갈 시점이다. 문득 은행 앱을 켜서 통장 잔고를 확인했다. 아, 안심이다.

돈을 생각하면 늘 불안했다. 없으면 큰일 나는 것, 가능한 한 아끼고 모아야 하는 것이라고 여겼다. "뭐… 다 방법이 있지 않겠어?" 하며 태평한 타입과는 완전히 반대다. 당장 무슨 문제가 있는 것도 아닌데, 그냥 불안하다.

이 막연한 불안이 어디서 왔는지 생각해볼 겨를도 없이, 스물넷에 첫 회사 생활을 시작한 뒤로 쉬지 않고 일했다. 모아둔 돈을 까먹는 건 특수한 경우가 아니면 상상할 수도 없었고, 돈 쓸 때마다 효율성을 따져 이것저것 알아보고 비교했다. 그래서 일까, 감사하게도 통장이 '텅장'이 된 적은 없다. 오히려 필요한 액수보다 늘 조금이라도 더 벌었고, 차곡차곡 통장에 쌓이는 돈을 보며 마음의 안정을 얻는 편이었다.

언제까지나 견고하게 지켜가리라 생각했던 이 패턴이, 조금씩 흔들리기 시작한 건 하고 싶은 게 생기면서부터였다. 글을 쓰기 위해 적게 일하고 적게 벌어야 했고, 빠듯한 수입으로 일상을 살아내야 했다. 몇 달을 마이너스 생활까지 불사했다. 그러면서 내 안의 불안을 정면으로 대면해야 했다. 힘들었다. 그런데 생각지 못한 성과도 있었다. 처음으로 돈을, 돈에 대한 내 마음을 바라보고 싶어진 것이다.

나는 어떤 마음으로 돈을 벌고 쓰는가? 내게 정말 필요한 돈은 얼마일까? 내가 욕망하는 것들은 정말 나의 욕망인가? 꼭 필요한 돈 외에 더 번 돈은 내게 어떤 의미가 있을까? 앞으로 그 돈을 꼭 벌어야 할까? 더 안 번다면 대신 난 무엇을 얻을까? 적은 돈으로도 잘 살 수 있을까? 내 안엔 돈에 대한 불안이 왜 이렇게 많을까? 그 마음의 뿌리가 어딜까? 어떻게 하면 불안이 덜어질까? 어떻게 하면 돈을 불안이 아닌 행복의 수단으로 대할 수 있을까? 어떻게 하면, 어떻게 하면….

한 번도 스스로에게 물은 적 없는 질문들이었다. 무조건 취

243

직해서 벌 수 있을 만큼 열심히 버는 것밖에 몰랐던 내가 이런 질문을 하게 된 것 자체가 나에겐 혁명이었다. 당장 답을 내릴 순 없지만, 내 안에 질문이 생겨나니 처음으로 돈이라는 녀석이 낯설게 보이기 시작했다, 좋은 쪽으로! 나는 어떤 사람이고, 이 친구와 어떤 관계를 맺는 게 좋을까. 즐거운 고민이 시작됐다. 미국의 철학자 제이콥 니들먼은 이렇게 말했다.

"돈을 연구하는 것은 우리가 누구인지에서 아주 큰 부분을 연구하는 것이다."

이런저런 생각을 품고 미스페니를 만났다. '머니핏'이라는 돈 관리 트레이닝 프로그램을 운영하는 생활경제상담사인 그녀는 미스페니라는 이름으로 글도 많이 쓴다. 경제상담사 하면 보통 각종 투자 상품을 권유, 판매하거나 돈을 더 많이 모으는 법을 조언하는 사람이라고 생각한다. 그런데 미스페니의 이야기는 좀 색다르다. 첫 번째 책『나의 첫 번째 머니 다이어리』책 날개에 자신을 이렇게 소개하고 있다.

"짧은 직장생활을 통해 하기 싫은 일은 죽어도 못하며, 그러므로 돈을 많이 벌 수 없는 사람이라는 사실을 깨닫고 적은 돈으로 잘사는 방법을 모색하기 시작했다. 경제교육협동조합 '푸른살림'을 만나 돈의 본질과 돈 관리하는 법을 배웠다. 지금은 경제교육과 경제상담을 하면서 돈을 위해 자신의 모든 것을 무리하게 억압하기보다는 진정한 행복을 누리기 위해 돈을 관리하는 비법을 전하고 있다."

모든 손가락이 '많은 돈'을 가리키는데, 미스페니는 '적은 돈'을 출발점으로 삼는다는 게 흥미로웠다. 저 짧은 소개로 나는 미스페니가 자신을 파악해본 사람임을, 그렇게 알아챈 '나'에 방점을 찍고 흔들리지 않고 나아가면서도 현실에 발 디디고 합리적으로 균형을 맞추며 살아가려는 사람이란 걸 느꼈다. 이 사람이라면 '나'를 중심에 두고 돈을 생각하는 법을 알려줄 수 있지 않을까. 아울러 내일 죽어도 아쉽지 않게 지금을 살지만 동시에 노년에 비참해지고 싶지도 않은 내 마음의 균형을 같이 고민해줄 수 있지 않을까 싶었다.

이번 인터뷰는 돈과 새로운 관계 맺기에 도전하는 '나'들을 위한 것이다. 돈에 대한 관점을 새롭게 세우고 싶은 사람이라면, 돈을 통해 나를 들여다보는 경험을 해보고 싶다면 지금부터의 이야기가 흥미로울 것이다.

판단의 기준은 나

돈 이야기하러 만났는데, 대화의 물꼬를 튼 건 의외로 일이

돈을 통해 자신을 파악할 수 있을까?
그렇게 알아챈 '나'에 방점을 찍고
현실과 균형을 맞추며 살 수 있을까?

었다. 생각해보면 당연하다. 우린 둘 다 평범하게 인문계 대학을 졸업한 여성 청년들이다. 금수저 물고 태어나 굴릴 자본이 있는 게 아닌 이상, 일해서 돈을 벌어야 하는 사람들이다. 돈은 곧 일과 직결된다. 게다가 미스페니가 돈 공부를 하게 된 계기가 하기 싫은 일을 안 하기 위해서였기 때문에 우린 그 이야기부터 시작해보기로 했다.

경영학과 졸업 즈음에 회사 인턴 생활을 하게 됐어요. 인턴 생활은 저 자신에 대해 생각하게 한 아주 귀중한 기회였어요. 제가 꽤나 예민한 사람이더라고요. 회사 자체는 나쁜 곳이 아니었지만 왜, 회사 생활이란 게 있잖아요. 내가 납득할 수 없는 일도 해야 하고, 사람들이랑 의견이 부딪히고, 관계 문제가 발생하고. 저는 그걸 마주했을 때 너무 힘들어하는 사람이더라고요. 그래서 최대한 그런 리스크를 줄여서 일하고 싶단 생각이 들었어요.

노동 시간도 중요했어요. 제가 한자리에서 여덟아홉 시간 꼬박 일하는 걸 생각보다 더 힘들어하는 사람이더라고요. 뭐랄까, 분명 난 살아 있는데, 삶을 살고 있는데, 생생하지가 않은 거예요. 뭔가 무기력한 느낌? 근데 또 시간이 안 가는 건 아니에요. 하루하루는 되게 느리게 가는데, 정신 차리면 몇 개월, 몇 년이 후딱 가 있더라고요. 이런 생각이 들었죠. '어, 이대로 환갑 되는 거 금방이겠는데. 괜찮을까?'

꾸준히 직장인으로 살아왔기에 꽤 공감되는 말이었다. 난 관계에 힘들어하는 타입은 아니지만, 시간에 대한 이야기는 깊이 공감했다. 물론 회사마다 다를 것이다. 나와 지향점이 비슷한 회사를 찾으면 저렇게까지 생각하진 않을 수 있다. 그렇지만 회사라는 곳은 본질적으로 개인보다 조직이 우선인 곳이고, 그 안에서 생생하지 않은 나로 존재할 수밖에 없는 한계가 분명 있다.

　회사가 날 영원히 책임져주지 않는다는 것도 빨리 깨쳤던 것 같아요. 대학교 입학 때쯤 첫 번째 직장이었던 은행에서 은퇴하신 아버지를 보면서요. 안 맞기도 하고 영원하지도 않을 회사 생활이라 생각해서 빨리 프리랜서의 길을 택했어요. 그런데 20대에 프리랜서가 되면 경력이 적고, 당연히 돈을 적게 벌 수밖에 없잖아요. 그 돈으로 어떻게 내 삶을 꾸려나갈 수 있을지 배우고 싶어서 재무 교육을 들었는데, 그 길로 지금까지 머니 트레이너로 일하고 있어요. 제 자신의 니즈가 일로 확장된 케이스죠.
　재미있게도, 재무 교육을 받으면서 오히려 프리랜서를 더 잘할 수 있겠단 생각이 들더라고요. 교육받을 때 내 인생을 35년 뒤까지 다 적어보게 하거든요. 3년 뒤, 5년 뒤, 10년 뒤… 또래랑 어울릴 때는 한 살만 더 먹어도 큰일 날 것 같고, 20대 지나면 인생 끝날 것 같고, 뭔가 시간이 없는 것처럼 느껴지는데, 멀리서 내 삶을 바라보니 나한테 주어진 시간이 엄청 많은 거예요. 20대 몇 년 정도는 부양가족이 없으니 돈 좀 못 벌어도 하고 싶은 거 해봐도 되지 않을까, 망해도 다시 일어설 수 있지 않을까, 이런 생각이 들었어요. 그렇게 시작한 일로 거의 8년째 저 자신을 먹여 살리고 있으니, 운이 좋은 편이라 생각해요.

경중의 차이가 있겠지만, 누구나 조금씩 돈에 대한 고민을 안고 살아간다. 수입보다 지출이 커지는 순간 돈은 문제가 된다(내 경우처럼). 그런데 문제를 인식하고 혼자 해결할 수 있다면 다행이지만, 대부분 돈 문제는 해결 못 하고 안고 있는 경우가 많다. 왜일까?

생각해보면 자연스러운 결과다. 돈 문제가 있는 줄 알아차리고, 스스로 해결 방법을 찾고 행동하면 문제는 더 이상 문제가 아니었을 것이다. 문제가 문제로 남아 있단 건, 첫째, 그게 문제인지 모르거나, 둘째, 알더라도 스스로 해결할 수 없다는 뜻이다. 이유는 하나가 아닐 수 있다. 하지만 다년간의 상담 경험에 비춰봤을 때 미스페니는 다음을 가장 중요하게 짚는다. 돈 문제는 객관적으로 보기 어렵다는 것이다. 자신이 바로 그 문제 상황 한가운데 있고, 어떨 때는 그 상황을 만들어내는 당사자이기 때문에 객관적이기 어렵다. 그래서일까, 돈 문제에 있어 우리의 시선은 주로 안이 아닌 밖을 향하고, 결론 또한 민망할 정도로 단순하게 흘러갈 때가 많다.

'그냥 지금보다 돈이 좀더 많으면 되는 거 아닌가?'

나도 그렇게 생각하는 사람 가운데 하나였다. 그럼 뒤따라오는 질문은 '어떻게 하면 돈을 늘리지?'다. 모르는 게 아니다. 방법은 간단(?)하다. 더 벌거나, 가진 돈을 투자해서 불리거나, 급하면 빌리거나! 요즘 사람들이 시간을 아껴 투잡, 쓰리잡을 뛰고, 월급으로는 답이 없다며 부동산·주식·코인·경매 공부 권하는 유튜브를 힐끗힐끗 곁눈질하는 게 바로 이 때문일 것이다. 혹은 은행으로 눈을 돌리거나 마이너스 통장을 개설하고 있을지도 모른다. 요즘 빚 없이 사는 사람이 어디 있냐며 빚을 당연한 것으로 여기는 사회 풍조도 한몫한다.

그런데 두둥! 미스페니는 바로 이 지점에서 예리한 질문을 던진다. 미스페니의 브런치에 이런 글이 있다.

"하고 싶은 것을 하는 자유가 중요한 사람이라면, 지출을 줄이는 것보다 소득을 올리는 게 그 사람에게 맞다. 그런 사람에게 사고 싶은 걸 조금만 참으면 되지 않냐고 강요하는 것은 그를 불행하게 만든다. 하기 싫은 걸 안 할 수 있는 자유가 중요한 사람이라면, 소득을 올리는 것보다는 지출을 줄이는 편이 행복하다. 그에게 조금만 더 일하면 편하지 않냐고 강요한다면 그 역시 불행해질 것이다. 모든 문제에서 그런 것처럼 자기에게 맞는 선택을 내릴 때 행복할 수 있다.

오늘날에는 소비하는 즐거움이 너무 당연해져서 두 가지 선택이 있었다는 걸 잊곤 한다. 무언가 부족하단 느낌이 들면 무조건 소득을 높여야 한다고 생각한다. 하지만 내가 그랬던 것처럼, 그쪽이 답이 아닌 사람도 분명히 존재한다. 그런 이들에게 분명 다른 방향도 있다고, 그리고 그게 아예 불가능하거나 터무니없는 게 아니라고 말해주고 싶었다."

이토록 신선한 충격이라니! 소득 올리는 게 당연한 결론이 아니고, 그 또한 나를 기준으로 선택할 수 있는 옵션 가운데 하나일 뿐이라니! 어찌 보면 당연한 말 아닌가 싶겠지만, 콕 집어 내놓긴 쉽지 않은 생각이다. 아무래도 모두가 '이쪽'이라 말하는 세상이 아닌가 말이다. 그 가운데 '저쪽도 있어'라고 가리키는 건 용감하지 않으면 불가능한 일 아닐까? 무엇보다 20대부터 프리랜서의 길을 택한 미스페니 스스로가 그렇게 살고 있으니, 이것이야말로 언행일치言行一致가 아니고 무엇일까.

열심히 달리기 전에 잠시 멈춰 생각해볼 필요가 있다. 지금의 당신은 소득을 늘리고 싶은 사람인가.

물 붓기 전에 항아리를 들여다보자

돈과 나를 항아리에 비유할 수 있겠다. 나라는 항아리에 물돈을 부어 생활한다고 상상해보는 거다. 보통은 어떤 항아리인지,

부족하다는 느낌이 들면 무조건 소득을
높여야 한다고 생각한다. 하지만 그쪽이 답이
아닌 사람도 분명히 존재한다.

항아리 상태가 어떤지 등은 아랑곳하지 않고 "더, 더, 더! 물을 빨리, 많이 부어!"라고들 한다. 미스페니가 말하는 건, 먼저 항아리를 살펴보자는 거다. 어떻게 생겼는지(어떤 생각과 가치관으로 살아가는지), 모양을 좀 다듬을 필요가 있진 않은지(나의 욕망이 정당한, '나의' 욕망인지), 새는 부분이 있진 않은지(소비 습관이 어떤지), 얼마나 물을 담는 게 좋을지(돈이 얼마나 있어야 만족할 수 있을지), 한정된 물을 어디에 우선적으로 쓰고 싶은지 등….

하지만 어렵다. 위에서 이미 말했듯, '내가 바로 나여서' 객관적으로 보기가 쉽지 않기 때문이다. 무엇을 봐야 하는지, 어떻게 봐야 하는지도 잘 모르고, 도움받을 곳은 더더군다나 마땅치가 않다.

머니 트레이너 혹은 재무상담사 등으로 불리는 미스페니가 하는 일이 바로 이거다. 미스페니는 상담을 신청해온 사람(상담자)이 자신의 돈 문제를(=그 자신을) 객관적으로 바라볼 수 있도록 도와준다. 전문가로서 상담 툴을 활용해 능숙하게 정리한다. 그러다 보면 상담자는 '내 상황이 이랬구나' 하고 한 발짝 떨어져서 보고, 미스페니가 던지는 질문을 통해 자신이 가진 선택지를 파악하게 된다. 그중에서 자신이 가장 원하는 게 뭔지 들여다보고 선택할 수 있다. 상담받는 사람은 자기 자신에게 끊임없이 질문해야 한다. 자원(돈)은 한정되어 있으니까! 이거랑 저거 중에 뭐가 더 중요하니? 무엇이 더 간절하니? 그 과정에서 취향과 가치관이 명확해지고, 점점 '나'를 알아차리게 된다. 어라, 결국 또 '나'다. 그렇다. 미스페니가 지향하는 건 무턱대고 자산을 더 늘리는 것이 아닌, '나'를 먼저 바라보는 데 초점을 둔 재무 상담이다.

> 돈 문제에 대해서 본인도 답을 모르진 않아요. 정리와 선택이 어려울 뿐이죠. 저는 종종 재무 상담이 집 청소 같단 생각을 해요. 집이라는 공간이 우리에게 줄 수 있는 이점들이 분명히 있잖아요. 집에서 휴식을 취하고 행복감을 느끼려면 정리가 되어 있어야 하는데, 난장판이면 굉장히 불편하죠. 돈 문제도 마찬가지예요. 정리되어 있지 않으면 카오스일 뿐이죠. 기준이 없는 상태에서는 이 말을 들으면 이 말이 맞는 것 같고, 저 말을 들으면 저 말이 또 맞는 것 같을 거예요. 결정은 더욱 어려워지죠. 그러니 찬찬히 정리하고, 내가 어떤 걸 선택하는 게 나은지 생각해보는 과정이 꼭 필요해요. 그걸 옆에서 돕는 게 제 역할이죠.

'나'를 알기 위해 미스페니가 추천하는 여러 방법이 있다. 그중 하나는 누구나 한 번쯤 해봤을 것이다. 다름 아닌 가계부 쓰기. 가계부 쓰다가 작심삼일로 때려치운 적, 누구나 있을 것이다. 나라고 예외는 아니다….

미스페니의 말에 따르면, 가계부 쓰기를 중도 포기하게 되는 이유엔 이런 것들이 있다.

첫째, 잘못 쓰고 있어서, 둘째, 완벽하게 써야 한다고 생각해서. 잘못 쓴다는 건, 지출을 날짜와 내용, 금액으로만 쭉 적어나가는 가계부를 말한다. 어라, 가계부는 으레 그렇게 쓰는 것 아닌가? 노노! 가계부에서 무엇보다 중요한 건 지출의 목적에 맞게 제자리를 찾아주는 것이란다. 고정비, 꾸밈비, 활동비, 기여비, 예비비 등으로 내가 왜 그 돈을 쓰는지에 따라 지출의 성격을 구분할 필요가 있단 거다. 이렇게 나누면 전체 지출 가운데 꾸밈비가 생각보다 높으니 좀 줄여봐야겠다던가, 이번 달 고정비는 왜 이렇게 많이 나갔는지 등 문제의 원인에 한 걸음 가까이 접근하게 된다는 것이다.

또 가계부는 완벽하게 써야 하는 게 아니란다. 몇천 원, 몇만 원 빼먹었다고 대세가 달라지진 않는다. 가계부 쓰기의 일차적인 목적은 나를 아는 거다. 가계부에 적힌 지출 데이터는 나도 몰랐던 나의 마음, 가치관, 오랜 습관을 한눈에 보여주니까(기업에서 그렇게 개개인의 소비 데이터를 탐내는 것도, 그게 바로 그 사람, 즉 고객의 마음을 보여주기 때문이다!). 가계부 쓰기의 이차적이고 궁극적인 목적은 그것을 통해 문제를 해결하는 것인데, 하나도 놓치지 않고 모조리 기록해야 한다는 강박에 빠져 큰 것을 잃어버린다면 명백한 본말전도本末顚倒라 할 수 있다. 가계부 쓰는 이유를 정확히 인식하지 못하기 때문에 일어나는 일이다.

이 밖에도 미스페니는 가계부를 정리하며 얻는 여러 이득을 이야기했는데, 무엇보다 막연한 불안에서 벗어나 경제적 자신감을 얻는 게 크다고 했다.

깜깜한 어둠 속에서 느끼는 공포와, 밝은 데서 상황을 알고 느끼는 공포의 차이라고 말하고 싶어요. 어둠 속에서 불안에 떨며 공포를 느끼는 것보다 '앗, 저기 사자가 있군!' 하고 알면 적절하게 마음의 대비를 할 수 있잖아요. 가계부의 목적은 불을 환히 밝히고 자신의 상황을 알려는 거지, 기분 좋거나 뿌듯하려고 쓰는 게 아니에요. 가계부의 궁극적인 목적은 문제 해결이란 걸 잊지 말아야 해요. 문제를 해결하려면 일단 문제를 알아야 하잖아요.

여담이지만, 부부간의 돈 대화도 데이터를 놓고 의논해야 의미 있는 결론이 나와요. 데이터가 없으면 대화는 대화대로 했는데 기분은 나쁘고, 결과는 얻지 못할 수 있어요. 뭐든 객관적인 데이터를 놓고 이야기하는 게 굉장히 중요한 것 같아요. 데이터를 만드는 데 약간의 수고로움이 있지만, 몰라서 마주해야 하는 리스크와 마음의 불안보다 조금 수고스러운 게 낫다 싶으면, 하게 되는 거죠.

인생의 파도를 바라보는 법

미스페니의 조언대로 2023년 새해부터 나도 가계부를 쓰고 있다. 처음엔 돈이 들어오거나 쓸 때마다 앱에 기록하는 게 익숙지 않더니, 몇 번 하니까 금세 습관이 들었다. 돈이 들어올 때는 말할 것도 없이 당연히 기분 좋다. 그런데 신기하게, 돈을 쓸 때 기록하는 것도 생각보다 기분이 좋았다. 돈을 쓰고 있다는 감각이 좋았다. 별생각 없이 카드로 슥슥 긁고, 계좌이체로 삭삭 보내기만 할 때는 느끼지 못한 감각. 기록은 내가 번 돈으로 날(그리고 사랑하는 사람들을) 먹여 살린다는 감각을 일깨웠다. 돈 버는 이유가 뭔가. 다들 먹고살려고 번다. 우리는 잘 알고 있다. 하지만 너무 당연해서 잊어버리면, 있지만 없는 거나 마찬가지 아닐까. 그 순환의 고리 속에 '나'는 분명 존재하지만, 그 사실을 '감각'하지 않으면 존재하지 않는 것과 같다.

일별로, 월별로, 지출 성격별로 차곡차곡 쌓여가는 숫자를 보면서 나란 사람이 존재하기 위해, 숨을 쉬며 세상과 관계를 맺고 살아가기 위해 이 정도의 돈이 필요하구나, 싶었다. 막연히 불안해했던 것보단 적지만 그렇다고 세상을 얕보진 말라고 말 걸어오는 숫자. 나를 살릴 수 있는 돈이 명확히 숫자로 드러나니 오히려 자신감이 생겼다. 불확실과 불안으로 가득한 세상이지만, 내가 설마, 어디서든 이 정도도 못 벌까!

미스페니는 가계부를 적어도 몇 달에 한 번 그리고 연말에

먹고산다는 건 생각보다 굉장한
일이잖아요. 가계부를 정리하면서 살아 있다는
느낌이 좀더 생생해져요.

꼭 들여다보면서 정리하는 시간을 가지라고 조언했다. 질책하기 위해서가 아니라, 날 좀더 이해하고 어루만지기 위해서다.

매달 내 생활을 정리하는 시간을 가져요. '아, 이번 달은 나도 모르게 외식을 많이 했구나. 내 입에 들어갈 음식 만들 시간도 없이 바쁘게 살았네.' 혹은 '생각보다 문화생활을 별로 안 했네, 어쩐지 좀 메마른 느낌이었어. 다음 달엔 좀더 해볼까?' 하는 식으로요. 무심코 행하는 나의 습관을 살펴보고, 수정할 수 있다면 그렇게 해요. 수정하고 싶지 않은 마음이 든다면, 왜 그런지 스스로에게 질문하고요.

가계부 정리의 꽃은 연말정산이에요. 올해의 수입, 올해의 지출을 큰 덩어리로 플러스, 마이너스를 매겨보면서 '이렇게 한 해를 살아냈구나' 하는 느낌을 받거든요. 먹고 사느라고 수고한 나를 봐주게 돼요. 먹고산다는 거, 생각보다 굉장히 대단한 일이잖아요. 가계부를 정리하면서, 뭐랄까, 산다는 느낌이 좀더 생생하게 들어요.

미스페니의 말을 들으며 직장인으로 산 지난 10년을 돌이켜봤다. 사실 직장을 다니면서는 이렇게까지 돈 관리를 할 필요가 없었다. 해야겠다고 생각도 못 했다. 언제나 쓰는 것보단 조금이라도 더 벌었으니 그 안에서 그냥그냥, 매월 살아가기만 하면 됐다. 남는 건 그냥 두면 아까우니까 대충 저금하고, 그러면 어떻게든 되겠지, 어쨌든 당장 문제없이 살아가고 있으니까! 이런 생각이었다. 그러는 동안 내 안의 불안은 해결되지 않고 계속 웅크리고 있었다.

날 비난하지도 않았지만 칭찬하고 인정할 일도 없었다. 뭐랄까, 일과 월급 사이에서 톱니가 되어 왜 굴러가는지도 모르고 그냥 열심히 굴러가기만 했던 것 같다. 그러지 않으면 살 수 없다고 생각했으니까. 회사 다니는 건 나름대로 즐겁고 의미 있는 경험이었지만, 치열하고 바쁘게 살아가던 걸음을 잠시 멈추고 한 발짝 숨을 고르며 이제야 생각한다. 나를 잃어버리지 않기 위해 어루만지는 시간을 가져야겠다고. 그 구체적인 방법을 알게 되어 기쁘다.

"우리 세대가 호모 미세라빌리스라고 생각해요?"

미스페니에게 조금 도발적인 질문을 던졌다. 호모 미세라빌리스는 철학자 강신주의 책 『스무살의 인문학』에 나오는 개념이다. 더 필요한 것이 없을 정도로 많은 것을 누리고 있는데도 자신을 한없이 부족하다고 여기는 인간을 뜻한다. 어떻게든 결핍을 찾고, 자기연민에 빠지거나 미래를 불안해하기도 한다.

한동안 'N포 세대'라는 단어가 세간을 떠돌았다. 실제로 요즘 청년들은 돈이 없어서 많은 걸 포기한다. 연애, 결혼, 출산, 내 집 마련, 경력, 희망, 취미, 인간관계, 건강, 외모…. 청년층이 포기한다는 리스트다.

내가 그 세대임을 피부로 느낀 건 느지막이 독립해서 살 집을 구하면서였다. 지독히 고생해 서울에 자리 잡은 부모님에게 얹혀사는 행운을 누릴 땐 몰랐다. 아니, 내게도 분명 소소하게 포기하는 것들은 있었지만 '요즘 세상에 그쯤은' 하고 넘겼다. 아쉬워하기보단 외면하는 게 정신 건강에 나았으니까.

하지만 집 문제는 외면할 수 없는 현실이었다. 부모님 사시는 동네가 나도 익숙하고 정이 들어서, 그리고 독립하며 데리고 나온 강아지를 너무나 보고 싶어 하시는 부모님 때문에라도 가까이 살아야겠다 싶어서 근처로 집을 구하려는데, 여태까지 모은 돈으로 내 집 마련은커녕 전세도 감당하기 어려웠다. 대형견을 기르니 행복주택이니 뭐니 하는 공공주택에도 들어가기 쉽지 않았고, 그야말로 빚내지 않으면 꼼짝없이 매달 월세로 돈을 버리는 수밖에 없단 걸 깨달았다. 그렇게 열심히 일했는데 원하는 동네에서 사는 것조차 사치라니, 그야말로 호모 미세라빌리스가 아닌가…. 비참하단 생각이 절로 들었다. 이게 다 사람들이 돈, 돈 하는 이유구나, 나 뭔가 잘못 살고 있는 걸까…. 이런저런 생각에 빠져 한참 동안 우울했다.

미스페니는 나랑 같은 청년 세대다. 다양한 사람의 돈 고민을 들은 미스페니는 좀 다른 생각을 할까.

호모 미세라빌리스라는 개념은 마음에서부터 생겨난다고 생각해요. 내가 생각하기에 기본적이고 당연한 건데, 돈 때문에 못 할 때 비참하다고 느끼잖아요.

그런데 저는 우리 세대가 특별히 호모 미세라빌리스라고 생각하지는 않아요. 제가 다양한 소득과 자산 상태의 사람들을 상담으로 만나는데요. 이분들이 상담받는 공통된 이유가 돈이 부족하다는 거예요. 100만 원을 버는 사람이나 1,000만 원을 버는 사람이나 돈이 부족하다고 느끼는 건 마찬가지예요. 그때 알았어요. 상황이 어떻든 아쉬움이나 결핍감은 피할 길이 없다는 걸요. 그 감각은 돈을 많이 번다고 없어지는 게 아니라 형태를 바꾸며 찾아와요. 누군가에겐 서울의 집으로, 또 다른 사람에겐 더 나은 육아도우미를 쓸 수 있냐 없냐의 문제로요. 아픔은 누구에게나, 어느 세대에나 항상 있더라고요. 누구나 자기 위치에서만 보이는 결핍이 있고, 그것을 어떻게 해결할 것인지가 숙제인 거죠.

그럼 이 결핍을 어떻게 받아들여야 할까요? '헬조선'에서 '금수저'로 태어나지 않은 내 상황을 원망하거나, 이건 어차피 아무것도 아니라고 쿨하게 부정 또는 외면하는 듯한 태도, 둘 다 바람직하지 않다고 생각해요. 그렇게 생각하면 당장은 마음의 위안을 얻을 수 있을지도 모르죠. 하지만 장기적인 관점에선 길을 잃게 되는 것 같아요. 당장 이룰 수 없다고 욕망을 포기하거나 부정하다 보면, 나란 사람이 원래 무엇을 원했는지 알 수 없어지니까요.

결국에는 현재 내가 놓인 상황을 수용하고, 그 자리에서 할 수 있는 일을 찾는 게 중요해요. 인생은 자기에게 주어진 패를 갖고 기쁨과 슬픔을 느끼며, 그럼에도 할 바를 해 나가는 거라고 생각하거든요. 원하는 것을 당장 이루지 못 하는 건 마음 아픈 일이지만, 그래도 그 순간에 나는 최선 의 선택을 내릴 거잖아요. 그런 날 인정하는 게 중요한 것 같아요. 또, 그런 아픔이나 아쉬움이 있기에 계속 목표를 잃지 않고 삶을 살아갈 수 있는 게 아닐까요.

어떤 순간에도, 할 수 없는 것보다 할 수 있는 걸 생각하겠다 는 말이 참 와닿았다. 어떻게 삶을 바라보느냐는 내게 달린 것, 즉 선택의 문제라는 생각이 들었다. 그 긍정의 태도를 받아들여 또 한 걸음 더 걸어보고 싶어진 건 미스페니의 말이 타고난 낙 천성에 기대지 않아서다. 그녀는 지금도 인생이라는 바다에서 스스로에 대한 믿음의 닻을 내리고, 유연하고 합리적으로 행복 을 향해 헤엄치고 있으니까.

지금 제 삶이 완벽한 건 아니지만 싫지만은 않거든요. 언제나 방법을 찾아왔던 것 같아요. 오늘 그랬으면 내일도 그럴 수 있지 않을까, 그런 희망이 있어요.

오랜 시간 돈 관리를 하면서 느꼈어요. 돈이 많고 적은 게 중요하진 않다는 걸. 적은 돈으로도 얼마든지, 우선순위 를 결정해서 만족하며 살 수 있어요. 그 과정에서 나 자신 을 더욱 사랑하게 되는 건 덤이고요.

돈만 있으면 다 되는 세상이라지만, 모든 문제를 돈으로밖에 해결할 줄 모르는 사람의 삶은 얼마나 쓸쓸한지. 돈은 분명 중요하지만, 돈을 유일한 문제 해결 수단으로밖에 떠올리지 못하는 삶을 살고 싶진 않다.

그런 사례는 무궁무진하다. 이미 나는 돈을 매개하지 않은 헬프엑스 여행을 다녀오며 돈 대신 시간을 들여 쌓은 관계와 추억 그리고 이야기를 남겼다. 삶의 터전을 고민하던 나의 이웃은 시골 사는 지인과 한 달간 '집 바꿔 살기'를 하며 새로운 삶의 가능성을 점쳐보고 있다. 사소하게는 무엇이 필요할 때 곧장 마트에 가서 사는 게 아닌 직접 자기 손으로 만들거나 빌릴 수 있는 주변의 네트워크를 구축하는 것, 크게는 오래오래 내 곁에 함께할 파트너를 찾고 노후를 대비하는 문제까지… 조금만 방향을 돌려 더듬거려보면 좀더 다채로운 세상이 보이기 시작한다.

정작 삶에서 가장 중요한 것들은 돈으로 살 수 없다는 말이 있지 않은가. 한편으론 이런 생각도 든다. 돈을 벗어나면 밋밋할 뻔했던 일상의 한 조각이 생동감 넘치는 삶의 한 장면으로 바뀔 수도 있는 건 아닐까 하고.

너무 이상적인 생각인가 싶어 쑥스럽게 웃자 미스페니가 하는 말.

이상적인 게 아니라 요즘 트렌드에 맞다고 생각해요. 『100세 인생』, 『아비투스』라는 책을 읽어보면, 인간의 수

명이 길어지면서 예전에 통하던 인생 모델이 이젠 더 이상 통하지 않는다고 해요. 학교 졸업해서 한 직장 꾸준히 다니다가 퇴직해서 그 돈으로 좀 먹고살다가 죽는 3단계 모델이 통하지 않는다는 거죠. 그래서 이젠 '다단계 모델'이 래요. 열심히 일하다가 이직할 수도 있고(너무 흔하죠!), 잠깐 쉬어가는 과도기를 갖는 것도 이상하지 않고, 인생의 어떤 시기는 육아에 투자하다가 다시 일하기도 하고, 어떤 시기는 봉사활동을 하기도 하고… 이렇게 다단계의 삶을 살게 되는데 이때 중요해지는 것들이 있어요. 평생 배움(교육)과 비재무적 자산이에요. 비재무적 자산의 종류는 아주 다양해요. 인적 네트워크가 될 수도, 정보화 능력일 수도, 동거인과의 신뢰 관계일 수도 있죠. 예를 들어 파트너가 일하면 내가 쉬어야 할 때 좀더 마음 편하게 쉴 수 있고, 또 반대의 경우가 되기도 하잖아요. 그런 것도 자산이라고 볼 수 있단 거예요. 재무적 자산과 비재무적 자산, 이 둘을 잘 운용하는 능력이 중요하단 생각이 들어요.

삶과 나를 감각하는 수단

세 시간여에 걸친 인터뷰를 마치고도 미스페니와 난 정갈한 일본 가정식 백반집에서 나란히 앉아 식사하며 못다 한 이야길

이어갔다. 미스페니와의 대화에서 곱씹고 싶은 부분이 한둘이 아니었다. 무엇보다 돈이란 삶과 나를 감각하는 수단이라는 사실을 마음에 새겼다. 앞으로도 난 계속 돈과 밀고 당기며 살아갈 것이다. 인생의 변곡점마다, 희노애락의 무늬가 새겨질 때마다 돈은 가까이 또는 멀리 내 곁에 있을 것이다. 그때마다 잠시 숨을 고르고 오늘의 대화를 기억하고 싶다.

"오랜 시간 경제력이란 무조건 많은 돈을 가진 거라고 여겼습니다. 절대적인 수치에 도달하면 드디어 경제적 불안감을 없앨 수 있을 거라고 믿었습니다. 하지만 나와 타인의 돈을 관리하면서 저는 언제까지나 내 삶을 지켜줄 경제력은 관찰을 통해 내 상황을 객관적으로 파악하는 능력, 그리고 그 결과로 필요한 행동들을 시도하는 행동력이라고 결론짓게 되었습니다."

_『나의 첫 번째 머니 다이어리』, 「에필로그」 중에서

같이 읽으면 좋을 책

고미숙 외, 『스무 살의 인문학』, 이학사, 2015.
김얀, 『오늘부터 돈독하게』, 미디어창비, 2020.
김찬호, 『돈의 인문학』, 문학과지성사, 2011.
진예지, 『재테크 루틴의 기적』, 동양북스, 2022.
진예지, 『나의 첫 번째 머니 다이어리』, 스마트북스, 2019.

10
행복의 루트

🌙

별명	모모(@momosodamkim)
나이	만 33세
직업	헬프엑스 여행가, 작가, 회사원
지역	서울
좌우명	그냥 한번 해본다.
좋아하는 것	우주 이야기, 멋진 취향을 가진 사람
싫어하는 것	인간이 우주의 먼지임을 모르는 것처럼 사는 사람
앞으로의 계획	오늘을 사는 데 후회 없으려 합니다. 우리 강아지처럼요.
키워드	나를 찾는 모험

드디어 마지막, 열 번째 인물을 만날 차례가 되어 거울을 본다. 열 번째 인물은 바로 나, 모모다. 내 이야길 마지막에 실으면 좋겠다는 건 앞선 인터뷰이를 포함해 이 책의 기획에 관여한 이들 사이에 누가 먼저랄 것도 없이 자연스럽게 나온 아이디어였다. 나로선 조금, 아니 많이 부끄럽지만, 그래도 이야길 한번 시작해보겠다.

나는 88년생, 용띠다. 이른바 MZ세대 중간에 딱 껴 있다. 정작 MZ세대는 자기들이 MZ세대라고 불리는 것에 진저리를 치지만("아니, 같은 나이인 쟤랑 나랑도 이렇게 다른데 어떻게 1981년생과 2001년생을 한 묶음으로 볼 수 있냐고!") 아무래도 이전 세대와 비교해 MZ세대에서 두드러지는 어떤 사고의 특징이 있단 걸 부정할 순 없다고 생각한다. 내게도 그런 면이 있다. 특히 일이라는 측면에서 그렇다. 나의 행복과 워라밸을 중요시하고, 의미 있는 일을 하고 싶어 하며(바꿔 말하면 의미 없는 일은 하고 싶지 않으며), 수평적 조직 문화를 선호하고, 무엇보다 퇴사는 새로운 가능성이라 여기는….

꼭 위와 같은 이유 때문만은 아니었지만, 2012년 사회생활을 시작한 이래 지난 10년간 내가 경험한 일들은 꽤나 다채롭다. 꽤 유명한 외국계 기업에서 마케터로 일을 시작했고, 곧 **사회적경제**라는 대안 분야로 옮겨 갔으며, 화이트칼라가 아닌 몸 쓰는 일을 하며 살 순 없을까 하고 기웃거리다가 장작을 패 가마솥에 불을 때고 피자와 밥을 지어 파는 **적정기술** 레스토랑 매니저로 일하다가, 협동조합 게스트하우스 창업을 돕다가, 베이커리 카페에서 열심히 커피를 내리고 빵을 팔고 청소를 하다가, 잠시나마 공무원으로 일하기도 했다. 가장 최근엔 인문교양 잡지의 기자이자 편집자였다. 2018년부터는 두 권의 책을 낸 여행 작가로도 불린다.

나도 안다. 기업 인사담당자가 보면 비틀거리며 이마를 짚거나, 지원서를 읽어보지도 않고 "다음!"을 외칠 커리어라는 걸. 분야와 직무를 넘나든 건 그렇다 치고, 도대체 이 인간은 한곳에 진득하게 붙어 있을 수는 있나 싶을 거다(여행 작가라는 이력은 언제라도 해외로 '튈 준비'하는 사람을 연상케 하는 데 탁월하게 작용한다).

사회적경제란?

이윤의 극대화보다 사람의 가치를 우위에 두는 경제활동. 사회적 경제는 자본주의 시장 경제가 발전하면서 나타난 불평등과 빈부 격차, 환경 파괴 등 다양한 사회문제의 대안으로 등장했다. 보통 사회적기업, 협동조합, 마을기업, 자활기업 등이 그 범주에 들어간다.

적정기술이란?

기술이 사용되는 공동체의 필요 및 문화·환경적 조건, 정치적 상황 등을 고려하여 만들어진 기술로, 특히 저소득층이나 개발도상국에 속한 사람들의 삶의 질을 향상시키는 기술을 가리킨다. '착한 기술' '따뜻한 기술'이라고도 불린다.

하지만 혹시라도 이 '노답' 이력서에서 일말의 흥미를 느끼는 눈 밝은 이가 있다면, 여행 작가라는 소개만 듣고 역마살이 낀 사람은 우리 회사에 어울리지 않는다고 섣불리 판단하지 않을 인사담당자라면, 난 기꺼이 그와 술 한잔 시켜놓고 살아온 이야길 나누고픈 마음이 있다. 내가 그렇게 많은 일을 거친 건, 그리고 헬프엑스라는 여행을 떠난 건 정말 내게 맞는 자리가 어디인지 알기 위함이었으며, 궁극적으로는 앞으로 반백 년 이상 남은 내 인생을 어떻게 살아야 할 것인가에 대한 나름의 답을 찾기 위함이었다.

어디서 한번은 내 이야길 풀어놓고 싶었다. 내 안에서도 아직 정리되지 않은 이 이야길 누군가와 주고받으며 다시 한번 나 자신을 탄탄하게 다지고 싶었다. 그런 의미에서 모두의 동의 아래 이 책의 마지막 인터뷰이로 선정된 것에 깊이 감사드린다. 인터뷰에는 여행 때 만난 동갑내기 홍콩 친구, 메기가 도움을 줬다. 2015년 첫 헬프엑스 여행 때 독일 시골 마을 트레벨 Trebel에서 만난 메기는 나처럼 삶의 방향과 의미를 찾아 홍콩을 떠나온 청년이었다. 한 번도 서로의 나라에 가보지 않았지만 처음 만났을 때도 오래전부터 알던 사이인 양, 오히려 상대에게서 자신의 모습을 보는 듯 동질감을 느꼈던 우리 둘….

내 인생의 큰 이정표가 되었던 첫 번째 헬프엑스 여행에서 만났고, 지금은 지구 어딘가에서 비슷한 고민을 하며 성장하고 있을 메기에게 감사의 인사를 전하며 우리 대화를 기록으로 남긴다.

나만의 행복을 찾아 떠나는 여행

메기 모모! 정말 반가워. 이게 얼마 만이야… 7년? 와, 그런데 꼭 엊그제 같네. 아무래도 트레벨에서의 기억이 너무 특별해서겠지!

모모 정말! 생각해보면 우리 인연도 보통이 아니네. 동갑내기 아시아 청년 둘이 독일에서 가장 아름답다고 손꼽히는 시골 마을의 장애인 게스트하우스에서 처음 만났으니 말이야. 숙소 창문 밖으로 끝없이 펼쳐졌던 전나무숲 기억나? 눈이 시리게 푸르던 하늘과 구름! 아, 난 순간순간을 느릿느릿 꾹꾹 눌러 담으며 살았던 그 2주를 지금도 자주 떠올려.

메기 맞아, 그때 난 전공인 애니메이션 관련 일을 찾으려고 독일로 건너갔더랬지. 먼저 말도 익힐 겸 독일 곳곳을 여행하다가 트레벨까지 갔던 거였어. 헬프엑스로 독일 사람들 집에 머문 덕분에 언어 실력이 꽤 많이 늘었었어! 지금은 거의 다 까먹었지만(웃음).

생각해보니 나도 그때 거의 6개월을 헬프엑스로 여행했었네. 여행보단 그곳에 사는 것에 가까웠던 것 같아. 헬프엑스로 가는 곳마다 몇 주, 몇 달을 머물렀으니까. 난 헬프엑스 여행이 내 인생의 새로운 가능성처럼 여겨졌었어. 머물렀기 때문에 새로운 관계를 지을 수 있었고, 또 거기에 내 몸과 정신이 점차 적응해갔으니까. 살아보니 독일이 잘 맞아서 한때는 아예 독일에서 살 수도 있지 않을까 기대하기도 했지. 비록 지금은 워킹홀리데이로 호주에 와 살지만, 헬프엑스로 가능했던 것들이 그리워. 마음 내키면 머물고

다들 좋다는 게 내게도 좋을까?
난 좀더 다양한 삶의 모습을 살펴보면서
행복의 루트를 탐색하고 싶었어.

그러다 자유롭게 돌아다닐 수도 있었던!

모모 나도 그랬어. 난 두 번 길게 여행을 떠났어. 2015년엔 너랑 만났던 독일을 포함해 5개월가량 유럽을, 2020년엔 다시 5개월가량 남미를 헬프엑스로 여행했지. 그런데 돌이켜보면, 떠나기까지가 쉽지는 않았던 것 같아. 머무르는 여행을 하려면 한국에서의 삶을 잠깐 내려놓아야 했으니까. 떠날 때마다 한국에서의 일을 그만둬야 했지.

두 번째 여행은 떠날지 말지 정말 많이 고민했어. 무려 3년 동안이나! 떠나기 전에 어쩌다 공무원으로 일했는데, 요즘 같은 시대에 안정된 자리를 박차고 나오는 게 미친 짓이 아닐까 싶었거든. 처음 여행 떠날 땐 그래도 20대 후반이었는데, 두 번째 떠나려 했을 때 난 서른둘이었어. 한창 일할 나이잖아. 회사 쭉 잘 다닌 친구들은 하나둘 과장으로, 차장으로 승진하더라고. 대출 받아서 집 사고, 결혼하고, 벌써 둘셋씩 아이 낳는 친구들 사이에서 어쩐지 난 완전히 반대 방향으로 흐르는 조류에 올라타려는 기분이었어.

굉장히 두려웠어. 그래서 더 스스로에게 왜 이런 여행을 하고 싶은지 집요하게 질문했던 것 같아. 겨우 끄트머리나마 따라가고 있던 안정된 삶을 내 발로 걷어차고 뭘 얻고 싶은 거냐고. 늙어가는 부모님의 얼굴과 내가 책임져야 할

워킹홀리데이와 헬프엑스, 어떻게 다를까?

청년들에게 해외여행도 하고 일해서 돈도 벌 수 있어 인기인 워킹홀리데이(이하 워홀) 제도와 헬프엑스는 많은 부분에서 다르다. 먼저 워홀은 국가가 인증하는 제도이기 때문에 국가 간 협약 아래 진행된다. 그래서 워홀을 위해선 특정 비자가 필요하다. 나이에도 제한이 있다. 하지만 헬프엑스는 한 개인이 만든 웹사이트라서, 비자가 필요치 않고 나이 제한도 없다. 무비자로 머물 수 있는 만큼 여행이 가능하다. 한국인의 비자 파워는 상당해서, 꽤 많은 나라에서 적잖은 기간 동안 무비자로 머물 수 있다. 가령 한국인은 영국에 6개월 무비자로 머물 수 있다. 영국을 헬프엑스로 6개월 동안 여행할 수 있다는 뜻이다!

큰 차이가 하나 더 있다. 워홀은 그야말로 현지 취업을 의미해서, 파트타임 혹은 풀타임으로 일하고 급여도 받는다. 하지만 헬프엑스엔 정해진 게 없다. 주 20~30시간을 일하는 대신 숙식을 제공받는다는 암묵적인 약속이 있을 뿐이다. 모든 건 호스트와 나와의 협상에 달렸다. 헬프엑스에서 가장 중요한 건, 노동자가 아닌 여행자로서의 정체성이다. 숙식을 제공받기 위해 일손을 돕는 건 맞지만, 어디까지나 목적은 여행이어야 한다. 집 안에서의 여행이든, 밖에서의 여행이든. 호스트나 헬퍼^{헬프엑스 여행자} 모두 이 점을 명심해야 한다.

것들…. 마라톤처럼 지금부터 꾸준히 준비해도 모자랄 판에 이렇게 멈춰도(혹은 돌아서도) 되는 건가…. 이런 생각들이 머릿속을 헤집고 돌아다녔어.

메기 '나, 잘하고 있는 건가?' 이런 생각, 나도 안 해본 게 아니라서 공감이 가네(웃음). 다 묵직한 질문들인데… 어떻게 내려놓고 다시 떠날 수 있었어?

모모 돌이켜보니 세 가지 이유가 있었어. 먼저, 완벽하게 해소되지 않은 채 여전히 내 안에 남아 있던 어떤 의문 때문이었어. '사회에서 말하는 일반적인 삶의 단계를 밟으면 나도 행복할까?' '착실히 회사 다녀서 돈 모아 집 사고 좋은 사람 만나 결혼하고 아이 낳고 기르면서 늙어가는 게 행복이라고들 하는데 나도 그럴까? 다들 좋다는 게 내게도 좋을까?' 아니라고 예단할 순 없어. 그럴 수도 있으니까! 하지만 하나밖에 모르고 어쩔 수 없이 그 하나를 선택하고 싶진 않았어. 심지어 물건 하나 살 때도 이것저것 비교해보다가 이거다! 싶은 걸 고르는데….

난 좀더 다양한 삶의 모습을 살펴보면서 행복의 루트를 탐색하고 싶었어. 그런데 갑자기 "행복이 뭐라고 생각하세요?"라고 각 잡고 물으면 누가 선뜻 대답할 수 있겠어?(웃음) 천천히, 조금씩, 자연스럽게 느끼고 싶었지. 한 사람의 가장 솔직한 시간인 '일상'을 함께하면서. 그러려면 여유를 갖고 한곳에 머물러야 했고, 머무르기 위해 헬프엑스만한 방법이 없지. 긴가민가하며 떠난 첫 번째 헬프엑스 여행이 확신을 줬어.

메기 으잉… 생각보다 꽤나 논리적인데?(웃음) 그냥 '회사원은 별로야, 자유로운 여행자가 될래!'가 아니었구나?

모모 하하하, 전혀 아니야. 나 회사생활도 잘해. 두 번 여행 떠난 기간을 제외하곤 난 줄곧 회사원이었다고! 의외라구?(웃음) 그런데 이게 여행을 떠난 두 번째 이유와도 연결돼. 난 좀더 성장하고 싶었던 것 같아. 여기서 성장은 외국어 실력을 갖추고, 코딩을 배우고, 몸을 만드는 등의 자기 계발을 말하는 게 아니야. 물론 삶에서 그런 기술적 계발도 중요하지만, 내가 하고 싶은 성장은 더 나은 사람이 되는 것이었어. 생각의 폭, 마음의 품이 넓어져서 더 지혜롭고 현명하게 삶을 대하는 것. 그러기 위해서 다들 무언가 하잖아. 책 읽고, 강연도 듣고, 주변 사람들과 생각도 나누고….

나한텐 일도 그 일환이야. 난 더 나은 사람이 되기 위한 자극을 받을 수 있는 일을 하고 싶어. 그런 회사라면 함께 할 수 있고. 난 여전히 내 마음에 드는, 나와 비전을 공유할 수 있는 회사나 조직을 찾아 그 구성원으로 일조하는 꿈을 꿔. 그 또한 굉장히 행복한 일일 거라고 생각해. 지금은 이렇게 말할 수 있지만, 첫 회사에 들어갔을 땐 이런 기준이 내 안에 전혀 세워지지 않았어. 하지만 다들 좋다니 좋은 줄 아는 상태로 남고 싶지 않았지. '과연 좋은가?'에 대한 답을—회사를 고르는 안목이든 아니면 회사원이라는 길이 나와 맞는지에 대한 판단이든— 스스로 정하고 싶었지. 그러려면 무엇에 가치를 두고 살아갈 건지 그 기준이 내 안에 정립되어야 했어. 마음이 좀더 커야 했던 거지.

　나를 키우는 가장 가성비 좋은 경험이 헬프엑스 여행이라고 생각했어. 일을 포함해서 내가 그때까지 해왔던 그 어떤 경험보다 말이야! 어디에서 무엇을 하든 시간과 마음을 내야 하고 여러모로 노력해야 할 텐데, 똑같이 시간과 마음, 노력을 들였을 때 내가 가장 많이 성장할 수 있는 길, 당시엔 그게 다른 무엇보다 헬프엑스 여행이라고 생각했던 거지. 완전히 다른 환경에 여유를 갖고 머물며 다른 생각을 해온 사람들과 교류하기. 이를 통해 나를 객관적으로 되돌아보기! 어때, 이해가 되니? 정리하자면 난 이루고 싶은 목적이 있었고, 헬프엑스 여행은 그걸 이루기 위한 수단이었어.

청춘은 잃을 것보다 얻을 게 많아

메기 이야길 들어보니 여행을 너무 사랑해서 떠나지 않고는 못 배기는 보통의 여행 작가 이미지는 전혀 아니네 (웃음). 여행을 떠난 기간을 제외하곤 회사원이 아닌 적이 없었단 사실이 너무 재밌다. 하지만 회사원이라는 자리가 주는 안정을 포기하긴 쉽지 않았을 텐데.

모모 그렇긴 해. 하지만 다시 생각해보니 그리 대단한 것도 아니란 생각이 들더라. 어차피 이제 월급만으론 집을 살 수 없는 세상이야. 특히 내가 사는 서울에선 대출 말곤 답이 없어. 홍콩도 주거 부담이 굉장하다고 들었는데! 결국엔 빚지는 인생, 꼼짝없이 매이는 삶을 살겠지. 그에 비해 헬프엑스는 그야말로 미지수! 어떤 일이 펼쳐질지 몰라. 확실한 마이너스보단 차라리 물음표가 낫다고 생각했어. 조금만 일하면 숙식이 해결되니 비용도 적게 들고. 시간만 들이면 얻는 게 더 많을 거라고 믿었지.

메기 듣고 보니 그렇네. 나도 사실 안정된 상태를 벗어나는 게 너무 두렵고 겁이 나서 원하는 것들을 포기한 경우가 종종 있었거든. 근데 그게 진정한 안정인지 아니면 변화에 대한 두려움이었는지 질문해볼 필요가 있었을 것 같아. 하지만⋯ 으, 잃을 게 별로 없다고 생각하긴 여전히 쉽지 않네⋯. 아무래도 난 가진 게 많은가 봐(눈물).

모모 하하하, 사실 그렇지. 우린 다 뭔가를 갖고 있어. 썩 만족스러운 조건은 아니라도 일이 있고 살 곳이 있잖아. 그래서 우린 살 수 있지. 살아 있단 것 자체가 무언가를 갖고 있단 뜻이니, 놓아버리기는 쉽지 않을 거야. 그런데 우리가 꼭 쥐고 놓지 못하는 건 물질만이 아니라고 생각해. 어떤 생각이나 감정 또한 그렇지. 나는 생각과 감정을 놓지 못하는 게 물질을 놓지 못하게 하는 데도 굉장히 크게 작용한다고 생각해.

이걸 느낀 게 10년 전, 첫 번째 회사에 입사하면서였어. 당시 난 여기저기 원서를 내고 광탈하길 반복했지. 그러다 어떤 회사에 자리가 났어. 꽤 유명한 외국계 회사였지. 운이 좋아서 서류 심사, 1·2차 면접까지 거쳐 드디어 최종 면접을 보게 됐어. 그런데 외국인 사장이 고작 20여 분 화상 통화로 면접을 보더니 날 뚝 떨어트린 거야. 아, 연기처럼 날아간 내 3개월!

밤새 자는 둥 마는 둥 하다가 다음 날 아침 내가 어떻게 했는 줄 아니? 그 회사로 찾아갔어! 무슨 정신으로 그랬는지⋯ 지금 생각하니 전날 마신 깡소주의 기운이었던 것 같군(웃음). 사장님은 해외에 있으니 부사장님을 만나게 해

내가 하고 싶은 성장은
더 나은 사람이 되는 것이었어. 생각의 폭,
마음의 품이 넓어져서 더 지혜롭고
현명하게 삶을 대하는 것.

달라고 했어. 그리고 두 시간을 기다려서 만났지. 열심히 호소했어. 날 뽑으면 회사에 어떤 도움이 될 수 있는지…. 평소엔 자기 PR에 서툴기 짝이 없는 내가 정말 절박하니까 그렇게까지 뻔뻔하게 들이댈 수 있더라. 교통비가 없어서 버스 열 정거장을 매일 걸어 다닐 정도였거든. 그 회사가 다른 곳보다 더 마음에 들어서 일하고 싶기도 했고.

그래서 어떻게 되었냐고? 하하, 인생은 현실! 해피엔딩은 없었어. 배수진을 치고 마지막 제안까지 했지만("3개월 동안 돈 안 받을게요. 일 시켜보고 결정하시면 안 될까요?") 인자하게 생긴 부사장님은 다음에 다시 지원하라며 날 다독여서 돌려보냈지. 그 길로 끝! 2개월 정도가 지난 후 난 다른 회사에 입사를 앞두고 있었어.

그런데 또 어찌 될지 알 수 없는 게 인생 아니겠어? 그 회사에서 다시 연락이 왔어! 마케팅팀에 자리가 하나 더 났는데 혹시 입사하지 않겠느냐고. 나중에 들은 이야긴데, 회사에서도 그 한 자리를 채우려고 긴긴 채용 절차를 다시 밟는 게 부담이었던지라 최종 면접까지 올라왔던 사람 중에 올 만한 사람이 있는지 먼저 검토했대. 그런데 그 이야길 들은 부사장님이 "혹시 전에 날 찾아온 김소담 씨에게 먼저 연락해보는 게 어때요?"라고 해서 그들 가운데 내게 가장 먼저 연락이 온 거였지!

메기 와우!

모모 나도 입사하고 한참 뒤에 들은 이야기야. 그 이야기 들으면서 결심했어. 앞으로 살면서 '그냥 한번 해본다'는 원칙을 절대 잊지 말아야겠다고! 사실 날 떨어트린 회사에 다시 찾아가면, 몹시 부끄러울 거라고 생각했어. 그들이 날 어떻게 생각할까 싶었지. 하지만 막상 부사장님을 만나 이야기할 때, 굉장히 떨리긴 했지만 생각보다 부끄럽진 않았어. 부끄러움, 창피함, 자존심… 이런 감정과 생각도 '놓아버릴 것들'이었던 거지. 생각해봐, 설령 일이 잘 안 돼도, 우린 사실 잃을 게 없는걸! 그때 느꼈어. 지금 내가 가진 게 정말 가져야 살 수 있는 것인지 아니면 오히려 삶을 더 무겁게 만드는 것인지 생각해봐야 한다는 걸. 내가 불안을 내려놓고 긴 여행을 떠날 수 있었던 건 이런 경험 덕분이었던 것 같아.

미지의 세계에서 만난 사람들

메기 와아… 정말 귀한 경험이다. 맞아, 생각해보면 잃을 게 없어. 특히 젊을수록 무엇을 하든 잃을 것보다는 새로 얻을 게 더 많지 않을까…. 그래서 돌이켜보니 여행하길 잘한 것 같아? 헬프엑스 여행으로 뭘 느꼈는지 궁금해.

모모 정말 많지. 우리가 같이 머물렀던 독일 트레벨의 로터네 집에서만 해도 그래! 로터가 아내와 함께 그 아름다운 시골 마을에 장애인을 위한 게스트하우스를 짓고 운영하는 이유를 듣고 감탄했던 것 기억나? 신체나 정신에 관계없이 장애가 있는 사람이라면 누구나 와서 며칠이고 편안하게 머물 수 있는 그곳에서 다양한 교류가 이루어졌잖아. 그때까지 장애인을 위한 곳이라고 하면 내 머릿속엔 요양시설이나 치료센터 같은 곳만 떠올랐는데, 로터네 게스트하우스는 그런 딱딱한 시설이 아니었어. 자유롭고 따뜻한 분위기의 그곳에서 많은 사람이 위로받고 돌아가는 걸 보고 감탄하지 않을 수 없었지.

메기 맞아, 그중에서도 장애인의 성^性을 주제로 열리는 워크숍이 정말 놀라웠지. 우리 둘 다 그 워크숍을 듣고 나서야 이전까지 한번도 장애인의 성에 대해 생각해본 적이 없단 사실을 깨달았잖아. 사실 비장애인들에게도 성이라는 주제는 터부시되고 왜곡되기 쉽지. 그러니 장애인의 성에 대해선 아예 '0'! 보통은 그런 주제로까지 생각이 미치지 못하는 것 같아.

모모 성이라는 주제는 내 몸을 어떻게 긍정하고 바라보는가와 맞닿아 있는데, 많은 장애인이 이렇게 중요한 주제를 사회적으로 드러내고 배우고 나눌 기회조차 갖지 못하는 거야. 이건 결국 장애인이 한 인간으로서 얼마나 자존감을 갖고 살아가느냐 하는 문제와 직결돼. 특히 어렸을 때부터 장애를 안고 태어나는 아이들에겐 말할 수 없이 중요한 문제지.

로터는 그 자신이 휠체어를 타는 장애인이기 때문에 이런 문제를 아주 잘 알고 있었던 것 같아. 남미에서 장애 인권 운동을 하기도 했던 로터가 독일로 돌아와서 고민을 나눌 곳이 필요하다는 생각에 그 게스트하우스를 세우고 운영하는 거였잖아. 독일 국내뿐 아니라 해외에서도 이 워크숍에 참가한 사례가 있다고 했었지? 이탈리아에서 온 한 장애인의 이야기가 로터네에서 다큐멘터리로 제작되기도 했다고.

그런 곳에 머물며 내 생각이 한 뼘 더 자란 느낌이었어. 잠깐이지만 그 멋진 곳에 손을 보태며 머물 수 있단 게 기뻤지. 멕시코 헬퍼 세르지오, 스페인 헬퍼 호세 그리고 너랑 같이 일하고 동네 바에 가서 카드놀이하며 마셨던 시원한 맥주 맛도 아직 생생해!

메기 아, 자전거 타고 세 시간 달려서 마신 그 맥주… 기

억나. 정말 최고였지!(눈물) 로터네 말고 다른 호스트들은
어땠어?

모모 헬프엑스로 만난 호스트 중에선 이웃 그리고 자연
과 더불어 살아가는 이들이 많았어. 더불어 살아가기의 기
쁨을 깨달은 이들이 헬프엑스 호스트를 하는 걸까? 스페
인 북쪽 산속에 사는 사이먼이 기억나. 아일랜드부터 인도
까지 자전거로 1,000여 킬로미터를 여행하고 지금은 스페
인의 산속에 정착해 사는 아일랜드인인데, 마을 사람들에
게 무료로 요가를 가르쳐주고 기부를 받아 살더라. 나처럼
헬프엑스로 왔다가 연인이 되어 머물게 된 미국인 앨리와
함께 말이야. 사이먼의 오두막은 우리나라 대관령처럼 아
주 깊은 산속에 있어서 평소엔 사람 한 명 보기 힘든데, 요
가 수련이 열리는 일요일 아침엔 어디서부터인지 모르게
마을 사람들이 쉬엄쉬엄 걸어 올라와 하나둘 모이는 모습
이 참 보기 좋았어. 끝나고 나선 각자 싸 온 음식을 나눠 먹
으며 안부를 묻고 말이야. 온통 초록이 우거진 산속 오두
막에서 열댓 명이 모여 두런두런 이야기 나누는 모습이 참
편안하고 자연스러워 보이더라.

메기 나도 사진으로 봤어. 전기, 와이파이, 냉장고가 없
는 3무無의 집이라지? 해의 리듬에 맞춰 생활하고, 세상과

의 접촉을 최소화해 고요한 일상을 유지하고, 밭에서 바로 먹거리를 가져와서 요리해 먹는… 그런 데서 살면 도대체 어떤 느낌일까 궁금하더라고.

　　모모 인간이 자연 속 한 부분으로 사는, 그야말로 '자연스러운 삶'이지. 원래 인간도 자연의 일부니까 말이야. 한국에서 아무리 많이 들었어도 교과서처럼 생기 없이 느껴졌던 이 문장이 무슨 의미인지, 처음 마음에 와닿은 게 그때였어. 그런데 말이야, 두 번째 남미 여행은 더욱 놀라웠어. 인간이 자연의 일부라는 감각이 최대치까지 끌어 올려진 게 바로 두 번째 여행 때였거든!

　　우선 자연환경 자체가 달라. 페루의 3,000여 미터 산속과 아마존 정글에 헬프엑스로 머물면서 말 그대로 대자연을 처음 제대로 느꼈더랬어. 대한민국에서 제일 높다는 한라산 백록담이 1,947미터인데, 가보면 정상 근처까지도 사람이 만든 대피소와 계단이 있어. 가장 높은 곳이 이런데, 그보다 낮은 곳은 어떻겠어? 한국에선 사람 손 타지 않은 곳을 만나기가 어렵지. 그건 더 이상 자연에 대해 신비롭고 두려운 느낌을 받을 일이 없단 뜻이야. 손길이 닿는다는 건 인간 마음대로 다룰 수 있단 의미이기도 하니까!

　　하지만 남미의 자연은 달라. 거긴 해발 5,000~6,000미터 산이 흔해. 자칫 잘못 들어갔다간 목숨이 위험하지. 아마존의 나무는 또 어떻고? 목숨만 부지하는 듯한 서울의 가로수와는 차원이 달라. 딱 봐도 어마어마한 생명력을 뿜내지. 그곳에선 나무가 살아 움직이는 것처럼 느껴져. 그 거대한 생명체가 아마존강에 뿌리박고 무섭게 물을 빨아들여 가지를 뻗고 잎을 밀어내고 있는 게 눈앞에 생생히 보이는 것 같다고 해야 할까…. 옆에 선 인간이 얼마나 한없이 작고 연약하게 느껴지는지 몰라.

그런 곳에서 하는 헬프엑스 여행은 유럽과는 비교할 수가 없어. 물론 남미가 조금 더 여행하기 어렵긴 해. 일단 호스트가 많지 않거든. 영국에는 헬프엑스 호스트가 1,000여 명인데 콜롬비아엔 100명 정도밖에 없어. 우리나라의 11배나 되는 콜롬비아 땅덩이를 생각해보면 100명이라는 숫자가 얼마나 적은 건지 감이 올 거야.

그런데 그 얼마 되지 않는 남미 호스트들의 자기소개를 읽어보면, 놀랍게도 대다수가 자연과 함께하는 삶을 고수하기 위해 노력하는 이들이더라고! 난 페루 두 곳, 콜롬비아 두 곳에서 헬프엑스를 했는데, 페루의 첫 번째 호스트 넬슨은 페루 원주민 잉카족의 후예였어. 넬슨의 집은 수도 리마에서 버스로 아홉 시간 떨어진 3,300미터 정도 높이의 산속에 있는데, 넬슨은 거기서 파차마마^{대지의 어머니}를 섬기는 전통적인 삶의 방식을 고수하며 살아가. 거의 일주일 동안 산에 올라가 모닥불을 피우고 땅에게 기도하는 전통 의식에 나도 함께해봤는데, 정말 말로 다 할 수 없이 신기한 경험이었어.

메기 어떤?

모모 우린 보통 '나'를 기준으로 생각하고 행동하고 살아가잖아. 바꿔 말하면 나라는 틀 안에 가둬진 채로 살아간다고도 할 수 있지. 그런데 그 순간에는 그 틀이 느껴지지 않더라. 나랑 내 곁의 존재가 이어져 있다고 느꼈어. 내 옆에 누운 사람, 개, 무엇보다 불, 흙, 돌, 바람, 나무, 해, 물 등의 자연…. 우린 나무와 같고, 흙과 같아. 사실이 그렇잖아? 우린 다 똑같이 원소로 이루어져 있고, 죽으면 다시 원소로 흩어진다고 하잖아. 그 원소들이 다시 합쳐져서 나무가 되고, 흙이 되지. 그러니 그것들과 우린 사실 동등하고, 다를 게 없어. 나도 그랬지만, 평생 도시에서 살아온 사람이 이런 생각을 할 수 있을까? 생각은커녕 요즘은 자기 손으로 자기 먹을 것(자기의 일부를 이룰 무엇)을 길러내는 경험조차도 안 해본 사람이 많잖아. 어떤 의미에서 우린 경험의 폭이 갈수록 좁아지는 삶을 살고 있다고 생각해. 그런 와중에 넬슨의 의식 때 느꼈던 감각은 너무 새롭고 놀라웠어. 뭐랄까, 그때까지의 내가 와장창 깨지는 경험이었달까.

그 순간에는 나라는 틀에 갇힌 내가
전혀 느껴지지 않았어.
나랑 내 곁의 존재가 이어진 것 같았지.
내 옆에 사람, 개, 흙, 돌, 바람, 나무….

메기 캬… 진짜 다양한 삶을 가까이에서 지켜봤구나. 나도 홍콩 사람이라 서울에서의 삶은 안 살아봐도 뭔지 알겠는데, 네가 얼마나 큰 차이를 느꼈을지 상상이 조금 가네!

모모 나중에 세어보니 내가 헬프엑스로 짧게는 2주, 길게는 한 달 이상 머문 곳들이 유럽에 다섯 곳, 남미에 다섯 곳이더라고. 그 모든 곳에서 배울 점이 있었어. 세상에 이런 생각을 하며 살아가는 사람도 있구나, 싶었지. 이 좁은 대한민국에만 있다 보면 절대 알 수 없는 어떤 생각들 말이야.

여행 이후 펼쳐진 삶

메기 그런 것들을 보고 돌아와서 너한테도 어떤 변화가 있었어? 그들이야 그런 삶을 산다지만, 네가 돌아온 곳은 다시 서울 한복판이잖아. 삶의 모습을 대폭 변화시키긴 어려울 것 같은데.

모모 맞아. 아무리 진하게 경험했다 해도 어떻게 하루아침에 바뀔 수 있겠어. 단지 여행에서 얻어온 키워드를 나침반 삼아 조금씩 방향을 틀려고 노력할 뿐이지. 하지만 이거 하나는 분명해. 예전보다 '지금 꼭 ○○해야 한다'는

생각에서 많이 자유로워진 것. 다양한 삶의 모습을 보다
보니 한국에서 30여 년 살면서 이루어야 한다고 여겼던 목
표들이 꼭 이루지 않아도 되는 거란 걸 알았어. 지금 내 모
토는 이거야. '애쓰고 있을 때 알아차리기' 그리고 '정말 애
쓰고 싶은 것인지 먼저 판단하기'.

메기 꼭 어때야 한다는 생각 때문에 나도 모르게 애쓰면
서 살게 된다는 거지? 어때야 한다는 것 중에는 사회에서
만들어놓은 것들이 많고. 홍콩도 비슷해서 이해가 되네.

모모 맞아, 이건 듣기에 따라 관련 있을 수도 있는 이야
긴데, 헬프엑스로 여행하면서 느꼈던 나 자신의 쓸모에 대
해서도 종종 생각해. 전부터 '세상에 내 자리는 어디에 있
을까' 하는 생각을 했었거든. 난 그게 '내가 장차 어떤 직업
을 갖고 어떤 일을 하며 살아가게 될까'와 같은 질문이라
고 생각했어. 세상에 기여할 수 있는 나의 역할이 뭘까.
그런데 헬프엑스로 여행하면서 좀더 넓은 관점에서 '쓸
모'를 생각하게 됐어. 그곳에서 난 너무나 아름다운 사람들
의 삶에 일조하며 존재했거든. 여행하며 도움을 주고 또 받
았고, 그 순간 난 충분히 쓸모 있는 한 명의 인간일 수 있었
어. 우리가 왜 일을 하지? 최소한 나 자신을 계속해서 살리
려고(먹이고 입히고 재워서), 성장하려고 그리고 세상과

관계 맺으려고 일을 하지. 헬프엑스를 하는 동안 이 세 가지를 모두 얻었어. 그렇다면 이렇게 사는 것도 충분히 의미 있는 삶 아닐까? 아, 물론 하려고 든다면 말이야!(찡긋)

메기 생각이 많아지네…. 네가 만난 개성 강한 호스트들의 이야길 듣고 있자니 세상에 그런 사람들이 또 얼마나 많을까 궁금해진다! 최근에 들어가 보니 헬프엑스 웹사이트에 거의 9만 명의 호스트가 있더라고. 그중에 네가 고작 열 명을 만나고 온 거잖아!(웃음) 전 세계에 퍼져 있는 그 호스트들의 자기소개를 보니 가슴이 또 뛰더라. 팬데믹 상황에서도 헬프엑스로 여행하는 사람들은 여전히 있었지만, 엔데믹에 접어든 지금은 더욱 두 팔 벌려 헬퍼를 받아들이는 곳이 많으니까. 아마 사람이 북적거리는 관광지가 아니라서 더 가능한 것 같아.

유럽과 남미, 각각의 헬프엑스 여행을 담아 두 권의 책을 펴냈다고 들었어. 독일에서 여행할 때만 해도 그런 계획은 말한 적 없잖아! 깜짝 놀랐어(웃음). 책은 어떻게 내게 된 거야?

모모 하하, 맞아. 원래 그럴 생각은 전혀 없었어. 가능할 거라고 생각하지도 않았지. 그런데 여행하면서 매일 조금씩 일기 쓰고 메모한 것들을 모아보니 거의 책 한 권 분량이더라고. 따로 놓고 봤을 땐 그냥 짧은 일기, 메모에 불과했는데, 모아놓고 보니 좀 달리 보였어. 옆집 언니에게 심심할 때 읽어달라고 하면서 드렸지. 그런데 언니가 보더니 "재미있는데? 출판사에 투고해봐" 그러는 거야. 그래서 자주 다니던 동네 책방에서 마음에 드는 출판사를 다섯 곳 정도 추려서 메일을 보냈지. 이것도 역시 '그냥 한번 해본다' 정신의 발현이었어. 보냈다가 안 돼도 그만이었으니까. 그런데 정말 감사하게도, 그중 한 군데에서 제안을 받은 거야!

믿을 수 없이 기뻤지. 동시에 이런 생각도 들었어. 이 여행기가 내게는 소중하지만 다른 사람에게는 과연 어떤 의미가 있을까? 홍콩도 그렇겠지만 한국엔 헬프엑스가 잘 안 알려져 있거든. 세계 이곳저곳을 여행해보니 해외엔 이런 방식으로 여행하는 사람들이 굉장히 많은데 말이야! 우리는 보통 해외여행을 한다고 하면 여행사에 들어가서 패키지나 자유여행 상품을 구매하거나, 그게 아니라도 에어비앤비나 호(스)텔 등에서 묵고 현지의 투어 상품에 참가하는 정도를 생각하지. 상품으로서의 여행이 아니라, 여행의 본질을 잘 느낄 수 있는 이런 여행도 있단 걸 알리고 싶었어. 진정한 여행을 경험하고자 하는 사람들에게 헬프엑스는 정말 좋은 방법이라고 생각해. 내가 직접 경험했으니까. 다시 스무 살로 돌아간다면, 아니, 고등학생 때로 돌아

헬프엑스 여행가 모모의 한마디 "여행은 돈보다 마음이다!"

여행하기 위해서 필요한 건 돈을 모으는 게 아니야! 돈은 부차적인 거야. 헬프엑스로 여행할 때 그 물가 비싼 유럽에서 한 달에 50만 원 정도밖에 들지 않았어. 남미에선 가장 적게는 10만 원 정도를 썼고! 일을 하고 대신 숙식을 제공받잖아. 여행 가서도 내 앞가림은 내가 할 수 있어. 중요한 건 시간을 낼 수 있는지, 즉 정말 여행에 날 던질 수 있느냐야. 결국 마음의 문제지. 꼭 다양한 장소를 돌아다녀야만 여행이 아니야. 어디에서 여행의 의미를 발견할지는 찾는 이의 의지에 달려 있다고 생각해.

헬프엑스 여행이 더 궁금하다면 모모의 헬프엑스 여행기 《모모야 어디 가?》(유럽편), 《당신이 모르는 여행》(남미편)을 참고할 것.

갈 수 있다면 난 학교를 다니지 않고 헬프엑스로 몇 년이고 여행을 다닐 거야.

메기 '그냥 한번 해보기'가 또 새로운 가능성을 열어줬네! 재미있다, 나를 어디로 데려갈지 모르는 시도! 그런데 잠깐. 원래부터 글쓰기를 좋아했어? 자주 쓰기도 했고? 나도 여행 다니면서 일기는 가끔 썼는데, 책으로 내는 건 또 다른 문제잖아.

모모 오, 전혀. 글쓰기를 싫어한 건 아니었지만 그렇다고 좋아해서 자주 끄적거리는 사람도 아니었어. 일기도 귀찮아서 안 썼는걸! 그런데도 이렇게 긴 글을 썼다는 게 나도 신기해. 아마 여행에서 보고 들은 것들 때문에 내 안에 이야기 샘물이 퐁퐁 솟아나기 시작했나 봐. 여행이 전복시켜버린, 깨부숴버린 혹은 다듬어준 내 생각들 말이야. 쓸 거리가 있으니 글쓰기가 재미있어지더라고. 글을 쓸 때면 하얀 바다 위에서 이리저리 유영하는 느낌이 들어. 내 멋대로 써보고, 지워보고…. 막힐 땐, 몸에 힘을 빼고 물의 흐름에 몸을 맡기듯 내 안의 목소리에 그냥 손가락을 맡겨보기도 하고.

원고를 완성하는 데 버려진 영수증이 큰 도움이 됐어 (웃음). 첫 번째 책을 쓸 당시 베이커리 카페에서 매니저로 일했거든. 커피와 음료를 만들고, 빵을 팔고, 마감 청소하는 게 주된 일이었지. 열심히 청소하다가 불현듯 아이디어가 떠오르면 손님들이 버리고 간 영수증에 적어뒀어. 안 그러면 손안의 모래처럼 빠져나가니까…! 영수증 뭉치를 갖고 집에 돌아와 밤늦게까지 글을 썼지. 그때가 내 인생 통틀어 머리와 몸의 균형이 가장 잘 잡힌 시간이었던 것 같아. 난 생각이 많은 사람이거든. 카페 일을 하는 동안엔 몸을 쓰면서 머리가 쉴 수 있었어. 머리는 최소한의 생각만 하고, 나머진 몸이 기억하니까.

메기 하하, 적성을 제대로 깨달았네! 두 번째 여행 다녀와선 잡지사에서 기자 겸 편집자로 일하기도 했다며? 그 일은 잘 맞았어?

모모 응, 그간 일곱 개의 서로 다른 일을 거쳤는데 글과 관련된 직업을 얻은 건 처음이었어. 내 이야기를 쓰는 게 아니라서 처음엔 엄청 떨렸지. 일하면서 힘도 들었지만 많이 배웠고, 정말 즐거웠어. 그런데 이 일에도 재미있는 에피소드가 있지. SNS에 공개적으로 일자리를 찾는다고 올려서 얻은 일이었거든! 두 번째 여행에서 막 귀국했을 때였어. 원래 2년 정도 돌아다녀보기로 큰마음 먹고 출국했는데, 코로나19 때문에 148일로 여행을 끝내고 귀국했지. 먹고살려니 다시 일을 찾아야 하잖아? 그런데 이제 일반적인 경로로는 내게 맞는 일을 찾기가 어려울 것 같은 거야. 고민하다가 SNS에 글을 올렸어. 한국에 돌아가서 할 새 일을 찾는다고. 지구와 인간에게 도움이 되는 일을 하고 싶다고. 아래엔 내가 관심 있는 키워드를 적었지. 환경, 몸(운동), 먹거리, 채식, 대안적인 삶, 책(언어), 여행, 기업의 사회적 책임(CSR) 등…. 내가 여태까지 경험했던 일들도 함께 말이야. 나라는 사람을 세상에 던져놓고, 어떻게 흘러가나 한번 보자는 생각이었어. 잡지사는 그렇게 연락받은 여러 곳 가운데 하나였지. 앗, 그러고 보니 이게 벌써 내 인생

세 번째 '그냥 한번 해보기'였네!(웃음)

메기 정말 그렇게 일을 찾았던 거라고? 세상에나, 놀라움의 연속이다! 그런데 그때 이미 첫 책이 나온 뒤였잖아. 그럼 넌 헬프엑스 여행 작가이기만 한 적은 한 번도 없었던 거네. 여행 작가이면서 동시에 잡지 편집자이자 기자였던 거구나.

모모 응, 헬프엑스 여행가라는 직업은 어떻게 보면 내가 만들어낸 거지. 책을 펴냈으니 작가로 불리는 거고. 책이 인연이 되어 강연할 기회도 가끔 있어. 고마운 일이지. 한번은 진로 탐색 시간이라고 해서 어느 중학교에 학생들을 만나러 갔어. 그런데 아이들이 묻더라고. "여행 작가가 돈을 벌 수 있어요? 여행하면서 쓰는 돈이 더 많은 거 아니에요?" 아… 순간 말문이 막히더라고. 안 그래도 그게 내 직업이 될 수 있을까 고민하던 차였거든. 나도 직업은 돈을 벌 수 있어야 직업이고, 그것도 생계를 유지할 수 있을 정도여야 의미가 있다고 생각했었던 거야. 그래서 회사원, 카페 매니저, 공무원 등으로 나 자신을 소개하는 게 익숙했어. 누구나 다 아는 직업이지.

하지만 언젠가부터 생각이 좀 바뀌었어. 이젠 N잡러의 시대잖아. N개의 직업이 내게 가져다주는 게 조금씩 다를 수 있다고 생각해. 어떤 직업은 안정적인 수입을, 어떤 직업은 자존감을, 어떤 직업은 해방감을…. 내가 살아가는 데 필요한 걸 충분히 준다면, 꼭 많은 돈을 버는 게 아니더라도 그 직업의 효용이 충분하다고 볼 수 있지 않을까. 내 경우엔 헬프엑스 여행가라는 직업이 그래.

그리고 무엇보다, 나 스스로 정체성의 방점을 어디에 찍느냐에 따라 삶을 다르게 디자인할 수 있다고 생각해. 오랫동안 난 회사원이고, 헬프엑스 여행가는 어쩌다 운 좋게 얻은 부캐^{두 번째 캐릭터}에 불과하다고 생각했어. 하지만 문득 이런 생각이 들었어. 헬프엑스 여행가를 본캐라고 생각하면 어떤 일이 벌어질까? 겉으로 봤을 때는 바뀌는 게 없을지도 몰라. 하지만 내 안에선 큰 변화가 일어나지. 스스로를 여행가라 생각한 순간부터 난 여행가의 시선으로 삶을 바라보게 됐어. 회사에서 일하는 것도 여행의 일환이고, 일상도 여행가의 태도로 살아가기로 한 거야. 회사원으로만 존재했을 때의 나와는 전혀 다른 삶이야. 조금 더 두근거리고, 행복해진 삶!

메기 앞으로도 계속 그렇게 최소 두 가지 이상의 일을 병행하며 살 거야? 아예 헬프엑스 여행가로 전업할 생각은 없어? 다시 여행을 떠날 건지도 궁금해.

모모 글쎄. 지금 여기에서 이미 만족스러워서 다시 떠날지 모르겠어. 나만 바라보는 우리 강아지 때문에 이제 어딜 가기도 쉽지 않고(웃음). 떠나기보단 여행에서 얻어온 감각과 키워드를 잊지 않고 지금 있는 자리에서 적용하며 사는 게 숙제야. 그게 잘 안 될 땐 다시 여행을 떠나 수혈을 받아야 하나 싶기도 하고(웃음). 아마 이제는 뭔가를 찾으려고 떠난다기보다는, 여행하는 그 상태를 순수하게 느끼고 싶어 떠날 것 같기도 해.

내가 좋아하는 이웃집 현관에 이런 문구가 붙어 있어.

"인생이란 눈치 보지 않고 춤을 추는 것."

나 이 문구 참 마음에 들더라. 뭐가 됐든, 눈치 보지 말고 인생이라는 춤을 춰보자고!

같이 읽으면 좋을 책 _____

김소담, 『모모야 어디 가?: 헬프엑스로 살아보는 유럽 마을 생활기』, 정은문고, 2018.

김소담, 『당신이 모르는 여행』, 정은문고, 2021.

[독립잡지] 『삼십대가 말하다 3호: 일(Work, Living)』, 삼프레스, 2020.

길을 내며 걷다 보면

　각지에 흩어져 뿌리를 내리고 자기만의 길을 만들어가고 있는 이 아홉 명을 만나고, 덧붙여 나 자신과 대화한 기록을 정리해 내놓기까지 꼬박 2년에 가까운 시간이 걸렸다. 이 책은 내게 굉장히 의미가 깊다. 나는 종종 '헬프엑스 여행가'로 소개되는데, 이때 다른 이들이 주목하는 부분은 보통 헬프엑스라는 독특한 여행 방식 그 자체다. 국내에 잘 알려져 있지 않아 새롭고 신기하기 때문이다.

　하지만 내가 정말 하고 싶은 이야기는 새로운 여행 방식이기 이전에 여행을 떠난 이유였다. 나는 새로운 길에 질문을 품었고, 그 가능성을 천천히 그리고 자연스럽게 탐색하고 싶었고, 그를 위해 한곳에 오래 머무를 수 있는 헬프엑스가 가장 적당했던 것이다. 언제나 이색적인 여행 방식이 먼저 주목받았기에 여행의 '이유'까지 이야기 나눌 여유는 별로 없었다. 그게 바로 내 과거, 나의 현재 그리고 미래의 화두임에도 불구하고. 이 책은 앞선 두 권의 여행 책과 이어지는, 여행을 떠난 '이유'에 대해서 인터뷰라는 새로운 양식으로 풀어놓을 수 있는 자리였다.

여기 소개한 이들은 어떻게 보면 평범하지만, 동시에 평범하지 않다. 바로 우리 곁에서 이웃과 친구로 존재하기 때문에 친숙하지만, 한편으로 자기만의 키워드를 품고 주어진 길이 아닌 새로운 길을 내며 걷는다는 점에서 낯설다. 길이 없는 곳에 길을 내며 걷기 위해 이들은 과거의 자신을 버렸고, 과감히 경로를 바꾸었고, 때로는 온갖 걱정과 선입견에 맞서 싸웠다. 혹자는 그것을 방황이라 명명하고, 하루빨리 곧게 뻗은 큰길로 돌아와야 하지 않겠느냐고 권한다. 그 선봉에 우리 엄마가 있다. 맞다, 나를 포함해 우리는 모두 '불안한 어른의 길'을 걷고 있다.

그러나 어머니, 너무 걱정은 마세요.

우리는 모두 삶을 걱정하기보다 낙관하며 자신이 설정한 지점을 향해 나아가고 있다. 지금은 없어 보여도, 길은 반드시 생긴다. 거친 세상이지만 방향타만 놓치지 않는다면 길은 만들어진다. 자신 있게 말할 수 있다. 내가 원하는 삶의 문을 열 수 있는 열쇠는 다른 누구도 아닌 오직 나에게 들려 있으며, 그렇기에 그 길은 정해져 있거나 남들과 똑같지 않다고. 그 유일무이함을 깨닫고 나의 길을 발견하는 것, 그것이 인생이 살 만한 이유라는 걸 나는 이제 안다. 경험에서 길어낸 이 작은 확신은 이 책의 주인공들과 이야기를 나누며 더욱 커졌다.

삶은 어디로 흘러갈지 모르는 것이니 그들도 영원히 현재와 같은 모습이지는 않을 것이다. 그런 의미에서 이 책은 인생의 '스냅샷' 같은 것이다. 삶의 한 순간과 모습, 생각을 기록한. 하지만 어디에 있든, 무엇을 하든 각자의 키워드는 사라지지 않을 것이라 생각한다. 아니, 오히려 더 깊어질 것이라고 믿는다. 그 믿음으로 우리는 서로를 응원하고, 또 서로를 이정표 삼아 걸어갈 것이다.

나를 포함한 이 책의 주인공들에게, 그리고 이 책과 인연 지을 모든 독자에게 큰 박수와 포옹을 보내며 글을 마무리한다.

2023년 8월 망원동에서
모모 김소담

이번 여행지는 사람입니다
인생 키워드 쫌 아는 청년들

초판 1쇄 펴낸날 2023년 9월 20일
초판 2쇄 펴낸날 2023년 10월 30일

지은이 김소담
펴낸이 서상미
펴낸곳 책이라는신화

기획이사 배경진 권해진
기획자문 김성신
책임편집 김지연 유혜림
표지 디자인 정인호 **본문 디자인** 김지희
홍보 문수정 오수란 **관리** 이연희
마케팅 김준영 황찬영
독자 관리 이연희 **콘텐츠 관리** 김정일

독자위원장 민순현
독자위원 고기연 권정희 김하나 김형준 김혜선 김영애 김은숙 박가영 박정선 박지연
박혜미 방수정 유인영 유인숙 이동옥 이소영 임은봉 조선미

출판등록 2021년 12월 22일(제2021-000188호)
주소 경기도 파주시 문발로 119, 306호(문발동)
전화 031-955-2024 **팩스** 031-955-2025
블로그 blog.naver.com/chaegira_22
포스트 post.naver.com/chaegira_22
인스타그램 @chaegira_22
유튜브 책이라는신화 채널
전자우편 chaegira_22@naver.com

ⓒ 김소담, 2023
ISBN 979-11-982687-4-7 03810